LO QUE LOS
MONSTRUOS
NOS HICIERON

JOSÉ MARIANO LEYVA

LO QUE LOS
MONSTRUOS
NOS HICIERON

Grijalbo

El papel utilizado para la impresión de este libro ha sido fabricado a partir de madera
procedente de bosques y plantaciones gestionadas con los más altos estándares ambientales,
garantizando una explotación de los recursos sostenible con el medio ambiente y beneficiosa para las personas.

Lo que los monstruos nos hicieron

Primera edición: octubre, 2023

D. R. © 2022, José Mariano Leyva

Publicado mediante acuerdo con VicLit Agencia Literaria

D. R. © 2023, derechos de edición mundiales en lengua castellana:
Penguin Random House Grupo Editorial, S. A. de C. V.
Blvd. Miguel de Cervantes Saavedra núm. 301, 1er piso,
colonia Granada, alcaldía Miguel Hidalgo, C. P. 11520,
Ciudad de México

penguinlibros.com

ISBN: 978-607-383-458-2

Impreso en México – *Printed in Mexico*

*Para Mario Lucio, Ana Lucía y sus
ojos de mariposa.*

*Para la mujer nacida en Piscis que
guarda silencio porque está
descifrando al mundo y el mundo
entonces la convierte en su centro.*

Así fue como vi las llamas oscuras, las llamas
oscuras del averno, lamer el espacio sagrado de
mi infancia [...] Vi que no existía ningún espacio
a salvo, que el monstruo estaba siempre en la
puerta, y que un poco del monstruo habitaba
también en nosotros, que éramos los monstruos
que siempre habíamos temido, y que daba igual
cuánta belleza nos rodeara, daba igual la suerte
que tuviéramos en la vida o en el dinero o en la
familia o en el talento o en el amor, al final
del camino ardía el fuego que
nos consumiría a todos.

SALMAN RUSHDIE,
La decadencia de Nerón Golden

1901

He olido la muerte varias veces. Su aroma nada tiene que ver con rosas como creen los católicos. Nada de hedores santos. Tampoco es cercano al agrio olor de la carne rancia, o de un músculo que comienza a pudrirse en el instante en el que se desliga del hueso a tiras. La muerte, siento decirlo, huele a excremento y a orina. Tiene el mismo olor que el miedo. La muerte siempre da miedo. Peor cuando se muere debido a un acto violento. En ese momento, el pavor provoca incontinencias. La persona que sabe que está a punto de morir realiza el acto más primitivo: defecar u orinarse. Eso y, si tiene oportunidad, estalla en un grito que deja de ser humano y se convierte en terror puro. Es el miedo que viene antes de desaparecer por completo. Por siempre.

Sin embargo, el olor que desprendía la muerte a investigar era diferente.

Me enfrenté a un asesino que, con un solo acto, logró hacerse de dos víctimas: la mujer que tenía los miembros separados del cuerpo, y el investigador, que por seguir los rastros del crimen, destazó su propia vida.

Desde que llegué a aquel tugurio, flotaba en el ambiente la presencia del terror, pero también de la culpa.

—Ya está en un mejor sitio —me dijo con la mirada hacia abajo y las manos entrelazadas, un asistente. Pero le dije que yo no creía en la

11

vida después de la muerte. Lo que creo es que la religión es el refugio de nuestros abuelos para huir del pánico a la muerte. Una creencia de sociedades poco civilizadas. El día de hoy, por fortuna, contamos con la ciencia, con la tecnología, con la modernidad. No resulta tan acogedora como la vida después de la muerte, pero es la verdad.

Sin embargo, coincidía con la idea de que la víctima ya estaba en un sitio mejor: cualquier lugar, incluso la muerte, era mejor que ser desmembrada en aquel cuarto oscuro que hedía a orina y a excrementos humanos. Los últimos minutos de vida de aquella mujer debieron hacerle rogar que la muerte llegara lo más pronto posible.

La masacre se había llevado a cabo en un antro de siete piezas que estaban dispuestas en los bajos de un edificio. Los cuartos que estaban por debajo de la calle eran tremendamente oscuros. Estaba en el barrio de San Sebastián, que sólo contaba con aquel edificio, el resto eran jacales, y la muerte había ocurrido justo en ese lugar: no eran buenas noticias. La zona estaba repleta de léperos y turbas de pillos. De críos andrajosos y desarrapados que tenían sus juegos en las vías públicas. De comerciantes chinos y de tabernas sin licencia. Era posible oler el opio que llegaba directo de la Nao de China. Ver a las mujeres disolutas y dispuestas con su rebozo terciado, las enaguas almidonadas y los botines altos, capaces de realizar todo por unas monedas, aunque fueran de níquel. Mujeres cuyo final ya había vislumbrado el maestro Zola. Mujeres con desenlaces de *Naná*.

Ya desde el túnel de entrada al prostíbulo se percibían fétidos aromas: a encerrado, a polvo, a una humedad colmada de hongos y moho. Un poco más adelante llegaba aquel aroma a muerte. A pesar de ser mediodía, adentro, la oscuridad fingía una noche cargada de libertinajes e indecencias. Las escaleras de la entrada bajaban hacia el mundo hipogeo. Hacia las actividades que no se realizan con iluminación por lo vergonzosas que son. Por supuesto, la luz eléctrica no había llegado a ese recinto. Las llamas de unas velas, grandes como cirios, conferían a ese sótano un aire eclesiástico. El calor y el olor a cera tostada recordaban a una iglesia. Pero ahí no se hacía nada santo. Eran otros demonios los que se exorcizaban.

La primera habitación estaba repleta de mujeres vestidas con corsés llenos de manchas y grasa. Las enaguas antes blancas, ahora tenían un gris polvoriento. El asistente anunció a la concurrencia entre solemne y asustado:

—Ya está aquí el gendarme.

—No soy gendarme —repliqué.

—Perdone usted —respondió con abochornada velocidad—, ¿el señor es...?

—Científico.

La cara del asistente expresó incógnita. Pero no había tiempo para aclaraciones.

—Todas ustedes —dije, dirigiéndome al conjunto—, van a salir de aquí en orden y sin tocar nada. Afuera las esperan los verdaderos gendarmes.

El desfile inició, una señora más sucia que la otra. Una vez que ya estaban arriba, y creyendo que aquel sitio estaba vacío, escuché que de cuartos vecinos salía una gavilla de hombres más avergonzados aún. Era el mediodía de una jornada laboral, y esos caballeros se dedicaban a dar rienda suelta a sus pasiones más deleznables. Sentí cómo mis mejillas se calentaban, pero no sabía si era por el enojo o por la vergüenza. Ambos sentimientos competían por ser el más rotundo. Ninguno fue capaz de verme a la cara. Su caminata hacia la salida era la repetición de una misma imagen que incluía manos en los bolsillos y cabezas gachas, como si buscaran un sótano más profundo todavía donde esconder su culpa.

—¡Qué vergüenza! —dije mientras el último hombre salía, pero no sólo me refería a ellos: en ese momento, la pena era un virus que todos nos estábamos contagiando como una peste.

Con el espacio vacío disminuyó el hedor, pero no la sordidez. Las paredes manchadas y sebosas también tenían huecos que simulaban ventanas primitivas. Con un suspiro comencé mi inspección. Fui hacia una de las piezas contiguas. Era una estancia más amplia que la recepción y tenía un mobiliario excéntrico: mantas de terciopelo tiradas por el piso y dos camas gemelas. En cada esquina se levantaban columnas de madera torcidas al estilo salomónico que, para colmo, estaban doradas con una pintura barata que ya se estaba descarapelando. Sobre los cuatro pilares se extendía un cielo raso de terciopelo verde. Observé que la manta cedía ante el peso de algo. Extendí mi mano y me topé con un paquete de varias fotografías. Un lujo de la técnica más flamante aplicado a una de las aberraciones más antiguas.

Primera. Una mujer con un antifaz negro, sentada en una silla de madera. Las piernas completamente descubiertas. Sin ninguna seda para disimular las carnes. Su vulva apenas cubierta por el vello parcialmente rasurado. Con un corsé de tela negra parecida al cuero. Los brazos y los hombros igual de desnudos que las piernas. En la mano una fusta para caballos. La postura quiere ser desafiante, pero su cara, a pesar de estar cubierta, muestra miedo. Su mirada está quebrada.

Segunda fotografía. La misma mujer con una pijama infantil, recostada boca abajo sobre las piernas de un caballero en jacquet. Ella con el pantaloncillo abajo hasta las rodillas. Él, atizando azotes en el trasero de la mujer.

Un poco hastiado, dándome cuenta de que la perversión es la antesala de la rutina, pasé con rapidez el resto de las fotos: un hombre lamiendo los botines de una mujer muy obesa (que no era la misma que la anterior). Dos mujeres con guantes de *boxing* y los rostros bañados en pintura roja. Una anciana de carnes flácidas cargando en su regazo a un señor vestido como un bebé. Parafilias sexuales que se unificaban en una creatividad un poco absurda. Sin embargo, al llegar a la última fotografía, me percaté de que había algo diferente. Me detuve. Todas las anteriores eran sólo representaciones de realidades que no se llevaban a cabo. La última no. Ésta era una realidad terrible. El primer detalle era la mirada de la mujer que aparecía en la fotografía. No estaba quebrada como en la primera fotografía, era una contemplación desesperada. Los ojos tan abiertos que, parecía, se desprenderían de sus cuencas. Un rastro negro bajaba por las mejillas. Descubrí que se trataban de lágrimas corriendo el cosmético. La mujer buscaba con su mirada algo atrás de ella. La impotencia quedaba patente. Las facciones de la cara mostraban dolor y pánico. Aquello no era histrionismo. Tenía una especie de bozal más sencillo que el que se pone a los perros, hecho con un metal delgado, y justo en la boca había una esfera que parecía ser de caucho y que sofocaba a la mujer. La bola tenía unidos unos cintillos, también de metal, que avanzaban pegados a los cachetes hasta la nuca y ahí se convertían en una suerte de rienda. Los cintillos tenían pequeños remaches a lo largo de su camino. Los observé con más detenimiento. Me di cuenta de algo terrible: los remaches estaban incrustados en la piel de la víctima, en sus mejillas. Estaban clavados a la piel. La asfixia de la esfera y el dolor en la dermis justificaban la expresión en los ojos de aquella mujer. Alguien se había molestado en tomar el cintillo metálico e ir remachándolo punto por punto a la piel. Si ese alguien era el asesino, había tenido mucho tiempo para perpetrar su hazaña.

La rienda estaba sostenida por un hombre vestido de etiqueta. La mujer, como un caballo a cuatro patas, era cabalgada por aquel hombre. Resultaba difícil saber qué tipo de traje llevaba el verdugo, pues no portaba ningún corte reconocible. Sin embargo, lo que sí constituía una verdadera incógnita era el rostro del degenerado: había sido raspado de la impresión en el papel. El resto del cuerpo, sin embargo, aparecía límpido y sanguinario, de hecho, había otro elemento que llamaba mi atención: la actitud del verdugo que, por su postura, denotaba ausencia de goce. El hombre volteaba a ver con tranquilidad a la cámara, no hacia su víctima, como posando con cierto tedio. Las manos no asían con fuerza la rienda. Las venas no estaban saltadas. Los brazos no estaban rígidos. El hombre parecía que realizaba ese ritual más por deber que por delectación. Tal vez era un mal actor y el placer de la foto estaba destinado para aquel que la había mandado sacar. Una petición de fantasía impresa, de un *voyeur* que jamás se atrevería a interpretar los descaros que su mente le pedía para lograr la cúspide sexual.

En aquella habitación no había muchos más rincones, así que pasé a la de al lado mientras guardaba las fotografías en el bolsillo de mi chaleco. En el nuevo cuarto no había una cama de las proporciones de la anterior, pero en cambio había varios almohadones en el suelo. Y botellas vacías, y vasos a la mitad, además de varios pañuelos y polvo. Entre los cojines se intercalaban pequeñas mesas. Sobre ellas había narguiles y pipas. La oscuridad era todavía mayor que la de los recintos anteriores. Cuando mis ojos se acostumbraron, vi en una esquina del fondo un cuerpo tirado. Pensé que se trataba del cadáver. Llamé al asistente.

—Diga usted, señor... científico —me arrepentí de haberle pedido que me llamara así.

—Con "señor" es suficiente —le dije. Luego señalé el bulto humano.

—¿Es ése el motivo de mi visita?

Vio al fondo. Arrugó la nariz y el entrecejo. Dudó unos segundos y luego respondió:

—¡Oh, no, señor! No, no, no. Se me indicó que el cadáver está en los cuartos del fondo.

—Entonces, tal vez pueda usted decirme qué es eso.

—Es, señor, es... es... bueno... un señor que vino a...

—¡A embrutecerse hasta la inconciencia! Y al parecer aquí todo mundo debe tolerar libertinajes toxicómanos, porque mientras se lleva a cabo una investigación, ese hombre sigue durmiendo el sueño del opio. ¡Sáqueme a ese imbécil en el acto! —en ese momento, mi enojo le había ganado con creces a cualquier tipo de vergüenza.

Con paso resuelto traspuse las otras habitaciones que me separaban de la escena que ya debería estar analizando desde hacía tiempo. Observé más camas, colchones mugrientos, cojines, trastes para realizar lavativas. Cuando llegué al umbral que, suponía, era el último cuarto, me topé con la novedad de una puerta. Cerrada. Al parecer era la única puerta de aquella mazmorra. Si la sordidez se escondía de la obscenidad con una puerta, significaba que el tono de la deshonestidad debía ser inaudito. Respiré hondo y me preparé. Empujé la puerta, que cedió con alguna dificultad. La humedad del sitio había hinchado la madera. La oscuridad era impenetrable.

—¡Señor asistente! —grité. El aludido apareció varios metros allá con el adicto que intentaba sacar en hombros.

—Hágame el favor de traer un candelabro que aquí adentro no puedo distinguir más allá de mi nariz.

Mientras el asistente se apuraba, agobiado por el peso del cuerpo que llevaba encima, alcancé a olisquear. El miedo. La muerte. Sin necesidad de volver a ver la última fotografía, recordé la cara de terror de la modelo. Segundos después, la figura del asistente, iluminada por las llamas de unas velas, llegó hasta mí. Tomé el candelabro y me interné en el estómago de la bestia.

La luz que llevaba en la mano era demasiado tenue. Tuve que entrar tocando los muros para no tropezar. Eran de una textura poco uniforme, llenos de huecos de diferentes dimensiones. De pronto mi mano se topó con algunos objetos que colgaban. Acerqué el candelabro. Bajo una hilera de clavos, había distintos tipos de látigos y azotes: de una sola tira, zurriagos de dos trenzadas, látigos tipo serpiente. Me detuve cuando alcancé a ver uno de nueve colas, ubicado al lado de una cachiporra. Miré con detenimiento: en los extremos, la cuerda tenía insertadas pequeñas esferas de metal. En varias se podía ver el rastro de sangre. No añeja: fresca, casi goteante. Inmediatamente elucubré: sangre fría. No me refería al líquido viscoso que veía, sino a la sangre que corría por las venas del asesino. Sólo alguien insensible, con el espíritu templado incluso después de haber realizado una atrocidad, era capaz de colgar un látigo que ha utilizado hasta aflorar la carne viva.

Me costó poco trabajo imaginar los gritos que se debieron proferir en aquel lugar. El sonido que calaba los muros reblandecidos por la humedad estaba ahí. Atrapado entre el yeso. Fui hacia el centro de la habitación. No llegué muy lejos: di dos pasos, resbalé y caí de rodillas, con las manos en el suelo, y el candelabro a unos metros de mí. El piso estaba mojado, pero sin luz no podía ver si era agua o sangre. Intenté palpar con precaución, pero un sonido extraño me distrajo de mi tarea. Una especie de chillido que reaccionó al ruido de mi caída. Pensé en roedores. Me incorporé a medias y fui por la luz. Dos de las cinco velas del candelabro se habían apagado. Acerqué la menguada luz al piso. No había ni sangre ni agua. En el suelo no había líquido alguno. En vez de eso había vísceras regadas. Órganos humanos que, aplastados,

17

formaban una capa resbalosa. Tuve que contener una arcada. Salí de inmediato y a gritos le pedí al asistente que no dejara de traer más velas. Mientras respiraba intentando regresar al ritmo calmo, el asistente trajo varias candelas prendidas que dejaba a mis pies. Iba y venía sin parar. Las fui introduciendo en el cuarto. Así aparecieron, poco a poco, las zonas de aquella brutal desgracia. Todos mis conocimientos científicos tenían que estar afinados en extremo para darle forma a ese infierno.

Un cirio hizo aparecer extremidades inferiores en el suelo. Por la piel deduje que se trataba de una mujer: a pesar de la maceración, alcancé a distinguir ciertas delicadezas con el cuerpo humano (depilaciones, uñas bien pulidas, la piel blanca). Pero aquello era un rompecabezas de piezas opuestas forzadas para embonar. Un candelabro de cuatro extensiones dejó ver otras fracciones humanas que compartían espacio con excremento y orina. La obstinación de la crueldad. Tres veladoras sobre un plato de cobre me hicieron ver uno de los rincones. Ahí no había restos humanos, sólo un libro forrado en cuero café. Un objeto ajeno a su contexto. En cuclillas, sin tocarlo, observé la tapa. Entre las manchas de líquidos se veía el título: *Del asesinato considerado como una de las bellas artes*, de Thomas de Quincey. No conocía al autor, tampoco al libro. Me asaltaron de inmediato las dudas: ¿era yo el idóneo para ese trabajo? ¿No hubiera sido preferible haberme quedado en el ambiente controlado de la academia? Tomé el pañuelo de mi bolsillo, limpié con alguna repugnancia los líquidos vertidos en el volumen. Lo llevé fuera de la habitación y lo deposité en el piso, a un lado de la puerta.

Cada reingreso me provocaba menos repulsión y más indicios. Con otro candelabro en mano, pasé decidido hasta el fondo. Ahí presencié lo peor del espectáculo: sobre un cilindro horizontal de cuero negro que me llegaba a la cintura y que estaba sostenido por cuatro patas de madera, encontré lo que sin duda fue el pasatiempo más morboso: los brazos de la sacrificada, que estaban atados al artilugio. Y era lo único: el resto del cuerpo estaba desparramado por la habitación. Las extremidades amarradas al potro por las muñecas con un hilo de cáñamo supuraban sangre y pus. El hilo se había enterrado en la carne, en un desesperado forcejeo que sólo logró mayor suplicio. Las uñas se habían clavado en el mismo cuero rasgándolo y quebrándose al mismo tiempo. La tortura había sido lenta. Sin el torso, sólo se veían los húmedos y pulposos huecos de la separación. Venas, cartílagos, carne.

Control, me ordené varias veces. Cabeza despejada, me recomendé.

Di media vuelta para pensar sin que me distrajera aquella atrocidad, cuando por accidente pateé un objeto metálico del suelo. El chillido que minutos antes había escuchado se repitió. Entonces me di cuenta: aquel sonido no lo hacía ninguna rata, sino que era emitido por una garganta humana. De inmediato salí por una nueva vela. Las reservas que el asistente me ponía se agotaban: sólo encontré un pequeño candelabro a punto de consumirse. Con él me adentré como si fuera un espeleólogo que descubre la entrada al inframundo. Intenté ver detrás del potro. Detrás de los brazos cercenados. Detrás de la liturgia del escándalo. Volví a escuchar el chillido. El sonido guio mi vista. Mi vista se topó con un hueco en la parte baja de la pared. Enorme. Dentro del hueco, se agitó un cuerpo.

La réplica en miniatura de un humano. Proporciones menudas. Miedo infantil. Una niña de cabellos largos trataba de hundirse en lo más profundo de aquella caverna. Sus rodillas menudas pegadas al pecho, las manos en el piso intentando retraerse más y más a pesar de que su espalda ya tocaba la pared.

—¿Hola? —dije tratando de no asustarla. La niña chilló de nuevo. Debo aceptar que me sentí incapaz de lograr un avance. Repasé mis referencias y me acordé de Pestalozzi, aunque nunca lo había leído a fondo, pues me costaba creer que la pedagogía tuviera bases científicas. El silencio que provocaron mis reflexiones sirvió para tranquilizar los chillidos de la niña. Pensé entonces en la biología, en una auténtica ciencia. Y entendí. Aquella criatura era como un primate. Sólo debía guiarme por actos básicos. A falta de civilización y razón (que un infante no tiene todavía), el hambre siempre existiría. Pedí al asistente que me trajera un bocado, de lo que fuera. Tuvo que salir a la calle e ir a uno de los inmundos locales para traerme un pambazo.

—¿No había nada mejor?

—Fue lo primero que encontré, señor.

Imaginando que aquella niña era como un animal encrespado, puse el bocado sobre el piso. Un cuadro de papel evitaba el contacto con el suelo. Si algo nos había enseñado la ciencia moderna, era la higiene. Y aquella niña actuaba como un simio, pero seguramente no tendría el aparato inmunológico de uno. Después de poner el alimento, me retiré con lentitud. No quería asustarla, ni tampoco tropezar con los fragmentos de la ejecución.

Mi trampa tuvo éxito. Le llevó su tiempo, pero tuvo éxito. La niña, calculé, tendría unos siete u ocho años. Sin embargo, estaba vestida como una más de las prostitutas de aquel local: con enaguas y moños confeccionados a su medida y con dos trenzas bien ceñidas a su cabello. Tenía la tez blanca y la cara maquillada. Mientras comía pensé que, si el hambre había vencido al miedo, significaba que llevaba ahí dentro bastante tiempo, y podría ser testigo de lo que había ocurrido. Una pieza valiosa. Ocupada por saciar su hambre, no reparó en mi cercanía. Avancé con lentitud, me volteó a ver, ya empezaba a lanzarse nuevamente hacia el fondo de su hueco cuando logré asirla por uno de sus brazos. Con el estómago un poco más lleno, con un semblante más tranquilo, tal vez dedujo que no le haría daño. Después de un breve forcejeo, aceptó caminar hacia la salida. Una vez afuera le dije al asistente que la llevara a los servicios médicos. La niña nunca intentó huir. Sólo veía el mundo exterior como una escenografía que se podía admirar, pero en la que nunca se podría vivir. El gendarme la vio con sorpresa, pero reaccionó de inmediato. Por suerte, se comportó a la altura de las circunstancias.

Otra vez solo en aquella habitación, me di unos segundos para tomar un respiro. El aire viciado de la estancia me ayudó muy poco, pero no era momento para tener un semblante débil. En vez de eso traté de imaginar los últimos minutos de la mujer descuartizada. Caminé por el oscuro lugar. A pesar de haber revisado todo, siempre aparecían nuevos elementos de la macabra liturgia. Ahí había uno nuevo: el cráneo mancillado. Una esfera poco perfecta con la carne y hueso ultrajados a golpes. Era imposible reconocer una cara: el pelo hacía una maraña con la carne, además la cabeza tenía una gruesa venda de tela color carmesí que le cubría los ojos. La mujer no vio quién fue su ejecutor. Tal vez nunca conoció su identidad. Ésa era una crueldad común, pero no por ello menos espantosa. Si lo hubiera visto con una mueca de satisfacción, habría sabido que se trataba de un sádico. Este hecho, por más nimio que pareciera, a la hora de la muerte, le hubiera dado un sentido.

Le pedí al asistente que entrara a la habitación. Su paso resuelto pronto se volvió vacilante. Luego, se detuvo por completo. Estaba viendo lo mismo que yo. La cabeza cercenada era un espectáculo que podía causar vigorosa conmoción, sobre todo para aquellos que no se habían fogueado en las morgues o anfiteatros. El hombre volteó para todos lados, se llevó una mano a la boca para que la impresión, convertida en náusea, no se le escapara. Vi que comenzaba a tambalearse. Me pregunté cómo había sido posible que una persona tan a la deriva de sus emociones hubiera elegido aquel trabajo.

—Tenga calma —le dije—; no vea si no quiere.

El asistente intentó observarme sólo a mí. Pero fue incapaz. Sus ojos, descontrolados, iban y venían por el cuarto, entonces cayó en el suelo de un sentón.

—Esto... esto... —balbuceó sin encontrar adjetivos a la altura de la masacre.

—Esto le parece imposible —lo asistí para completar su idea. Me volteó a ver atónito. Giró la cabeza hacia los lados indicando un gesto negativo.

—No. Esto... me recuerda... Pero no pensé que fuera posible aquí, en este país.

—¿A qué se refiere? —le pregunté acercándome y poniéndome en cuclillas, interesado. Tal vez su breve experiencia como gendarme podría ayudarme un poco en la investigación.

—A Londres... a lo que pasó allá.

—Sea usted más claro —le pedí sin abandonar el semblante rígido. El tono ayudó, sus ojos, al fin, me vieron sólo a mí. Tragó saliva religada con miedo. Más tranquilo, prosiguió.

—Jack... Él anunció que éste iba a ser su siglo.

Pensé unos segundos. La referencia me llegó a la cabeza.

—¿Se refiere a Jack el Destripador?

Entonces, el asistente sacudió la cabeza afirmativamente.

Me costaba trabajo creerlo. La prensa había sembrado una leyenda que en las cabezas rústicas había ocasionado terror, o cuando menos, chismes de verduleras. La noticia del asesino al que nunca habían capturado era añeja, al menos diez años. Sin embargo, seguía causando estragos en la imaginación de la gente.

—Eso pasó hace mucho y en un lugar lejano —contesté emulando los cuentos de hadas, mientras me levantaba y me reprendía por prestar atención a la necedad de aquel hombre.

—¡Pero él dijo que éste iba a ser su siglo! ¡Que su ejemplo se iba a seguir en todas partes del mundo! —respondió el asistente con cierto ímpetu. De inmediato la sangre se me fue a la cabeza, la tensión era demasiada y el tiempo muy breve.

—¡Compóngase de una vez, hombre! —le reclamé—, que esto no es un juego.

—Es su siglo, él lo dijo, ahora lo vemos... es su...

—¡Si este siglo será de algo, no queda duda de que será de la ciencia! ¡Será el siglo de la civilización! —respondí tomando fuerza de mis convicciones.

Frente a la confrontación, el gendarme acopió un poco de coraje.

—El siglo que acaba de pasar fue de la ciencia, el que viene no —me espetó olvidando mi rango y su propiedad—. E incluso en el anterior ya hemos presenciado vistazos de lo que se avecina. Aun en países tan civilizados como Inglaterra y Francia.

Quedé sorprendido por el desacato, pero tardé en esbozar alguna reacción. El asistente fue más veloz y, lleno de sí mismo, continuó:

—¿Qué me dice de la explosión ocurrida en el restaurante Grand Foyot de París? ¿De la catástrofe del barco Volturno? ¿De los asesinos de la monomaníatica de la calle Rocher? ¿Del asesino de...?

No lo dejé terminar. Era suficiente grosería. El gendarme estaba citando como loro encabezados de los periódicos más escandalosos, y con ellos quería entablar un debate académico. Le venía muy bien esa prensa que, a últimas fechas, se dedicaba a escarbar en la basura nacional o a reproducir las desgracias internacionales en busca de sangre, porque la sangre vendía. Además, la perorata comenzaba a tener visos de demencia. Tranquilo, como mi maestro me enseñó que es necesario presentarse frente a los enfermos de neurastenia, le dije:

—Usted está convencido de que es una persona cosmopolita, ¿no es verdad? Informada y bilingüe, ¿no es cierto? Pues déjeme decirle que tanto sus datos como su francés son deplorables —cada vez que pensaba en las lecciones de mi maestro, lograba mayor aplomo—. Todo lo que usted ve como una profética cadena de desastres tiene una respuesta lógica —tomé aire y procedí a explicarle, a pesar de que aquel cuarto se antojaba como el sitio menos indicado, y el asistente como el menos aventajado de los alumnos.

—Todas las desgracias que me ha citado sólo tienen en común que la prensa de los *reporters* las ha utilizado para atizar el morbo de individuos como usted. La dinamita del Foyot —y enuncié la palabra con cierta lentitud para hacer más sonoro mi acento parisino que tanto trabajo me había costado pulir— se debe al acto cometido por un anarquista. El anarquismo, del que muy poco hemos conocido en este país, es la exageración de las ideas de Kropotkin, Fourier o Bakunin. Y sólo se trata de un movimiento político, en efecto, un tanto desmedido, pero no muy lejano a las ideas del socialismo o el espiritualismo. Cuando los truhanes se apiñan con la radicalidad terminan siendo seres obsesos, dignos de los manicomios más modernos.

Llegado a este punto, para no alarmar la mente del pobre hombre, consideré que no era necesario agregar que México ya comenzaba a albergar pálidas versiones del anarquismo europeo. Brotes en el recién terminado Congreso Liberal de San Luis Potosí, con un par de hermanos, cuyos nombres no recordaba, y que develaban cierta vena anárquica. Proseguí:

—El buque trasatlántico, que no simple barco, llamado Volturno, cuya ruta se establecía entre Róterdam y Nueva York, en efecto colisionó y permaneció en llamas hasta hundirse. La catástrofe ahí no se debe a un obseso, sino a un simple error: los motores de la embarcación se sobrecalentaron. Pero el desliz fue subsanado rápidamente: los pasajeros subieron prestos a las embarcaciones de emergencia y listo. La dinamita del restaurante y el Volturno nada tienen que ver. Es como desear que el Coloso de Rodas hubiera sido construido por manos mapuches.

"El caso de la monomaniática de la calle Rocher —nuevamente pronunciación lenta— fue aislado y más común de lo que parece. Entiendo que le parezca un evento sobresaliente por las condiciones en que se efectuó: una mujer que baña en petróleo a su marido para prenderle fuego después y, en el colmo de la enajenación, cocinar con un sartén sobre el cuerpo en llamas es una anécdota que, sin duda, se queda grabada en la mente de gente impresionable. Sin embargo, especialistas de las enfermedades de la mente como Notzing, Moll o Legrand encontrarían en este brutal caso los componentes necesarios para declararlo un crimen pasional. Un tipo de trasgresión que ha existido desde que el hombre vive en pareja y siente celos.

Para ese momento ya me había acercado al asistente un par de pasos y le puse una mano en el hombro, no sin cierta energía. A pesar de lo dicho, balbuceó:

—Sin embargo... Las coincidencias... El siglo... La ciencia es incapaz...

—Nada, hombre. Nada. Todo siempre tiene una explicación lógica, médica, científica —me detuve unos segundos analizando ahora al hombre con el que compartía la pieza: lo curioso de las mentes como la suya es que sólo son capaces de asociar a partir del morbo. Reparé en que era necesario pensar de manera distinta si deseaba formar parte de este nuevo siglo.

Zanjada la cuestión, revisé con la mirada aquel lugar. Mi trabajo era hacer entendible el acto de salvajismo y crueldad que había sucedido. Ya tenía algunas ideas, pero la primera tarea era hablar con aquella niña, una vez que se encontrara más templada. Sabía que de ahí ya no se podría sacar más información. Antes de irme, cuando ya estaba en el intersticio de la puerta, a modo de lección, no pude reprimir decirle al asistente:

—Llame usted al dibujante. Quiero retratos en distintas perspectivas de este crimen. Usted será el encargado de cerciorarse de que no falle en el trazo, que no yerre en los detalles.

Su espíritu necio se vería obligado a curtirse con el espectáculo que, ahora, vería detallado. Tal vez con eso se vacunaría contra su afición al morbo.

Ciencia aplicada, arte destructor

Al llegar a la gendarmería, me dirigí a la sección especial. Se trataba de un cuarto separado del caos que provocaban los borrachos y los pendencieros, con una ventana que daba hacia un lote baldío, lo que garantizaba silencio, buena iluminación y aires ventilados. Por la noche, la luz eléctrica permitía el trabajo sin interrupción. Era uno de los pocos recintos en la ciudad que superaban al sistema Tollet en su higiene. Lo sabía porque había pasado varias noches diseñando esa recámara, había mandado recubrir el piso, las paredes, incluso el techo de blanco azulejo. Eran piezas cuadradas de porcelana blanca traída de Sèvres, Francia, así, cualquier asomo de inmundicia quedaba expuesta de manera grosera en los cuadros inmaculados. Para evitar eso, solicité que tres veces por día una agente de limpieza entrara a realizar su labor a conciencia. Temprano por la mañana, a la hora de la comida, y por la noche. Estaba convencido de que buena parte del éxito en las investigaciones se debía a una rutina que fuera constante como la necedad de las bacterias.

El costo de todo aquello no era bajo pero, con la recomendación de mi maestro, nadie dudó en otorgarme las facilidades. Ambos convencimos a las autoridades de que era necesaria una sección de la gendarmería donde se pudieran realizar investigaciones con métodos científicos. Juntar el estudio de las enfermedades de las sensaciones y el crimen. Más veces de lo que se cree, el cerebro físicamente deformado crea delincuentes. Dentro de muy poco tiempo, cada estación de gendarmes tendría una réplica de mi cámara blanca, sólo sería necesario instruir a más científicos para reducir drásticamente los actos violentos de la ciudad, usar una exacta metodología contra las barbaries nacionales. Por el momento, yo soy el único con un consultorio de ese tipo: mis estudios en Francia me han hecho merecedor de ello, lo mismo que mis conferencias sobre el lóbulo frontal en los pacientes insomnes. Mi maestro me dijo que estaba desperdiciando mis conocimientos en la vida vulgar, pero que tal vez yo veía algo que él no alcanzaba a comprender.

En el centro de mi recinto, dos anaqueles metálicos servían para dividir el espacio y para contener grandes frascos llenos de formol. Ahí adentro, en el líquido, buceaban los cerebros dañados de criminales que habían diseccionado. El abanico de comportamientos peligrosos que el ser humano puede tener se podía analizar a simple vista. También tenía varias figuras de cera bien pulidas y barnizadas. Reproducciones de cabezas que mandé hacer directamente con los alumnos de Spitzner. Modelos de frenología comprobada. El cráneo de un asesino compulsivo tenía las claras señas neuroanatómicas: la frente amplia y achatada hacia la coronilla. El cráneo de un famoso pedófilo inglés con las sienes abultadas. El busto de un sádico con las secciones 20, 42 y 31 del lóbulo parietal formando breves protuberancias. Al entrar una vez más a mi espacio, me detuve unos segundos en esta última figura. El realismo era admirable: la cabeza rapada daba profundidad a los ojos, hechos de vidrio. La cera tenía la pigmentación exacta. El asesino del inmundo prostíbulo debía tener un cráneo similar. Sería muy difícil que mi memoria visual fallara: en cuanto lo avistara, lo reconocería.

Los fragmentos del cuerpo de la víctima, destazado con salvaje meticulosidad, todavía no estaban en el cuarto. Debían pasar algunos días con mi asistente médico, quien inyectaría formol en las venas y curtiría con grasa la piel para mantenerlos intactos. Ese día mi labor sería otra. Llamé a la sirvienta. Llegó veloz y silenciosa. Le pedí que echara una sábana sobre los anaqueles para cubrir los frascos, los cerebros y los perfiles de cera. Lo hizo sin poder disimular un tenue gesto de repudio. No todos tienen el carácter que la ciencia demanda. Pero el ocultamiento de mis piezas era necesario: sería ahí donde interrogaría a la niña. Al único testigo de la barbarie a la que ahora me enfrentaba.

Salí de la habitación blanca. En una pieza contigua —ni tan limpia, ni tan ordenada—, me esperaba un psicólogo. Se me había informado que él también había estudiado en Europa: concretamente en Alemania. La diferencia era que sus estudios no pedían la rigurosa evidencia, se basaban en suposiciones; los míos, en comprobaciones. Aun así, pensé que aquel hombre podría ser de alguna ayuda.

—Doctor Servando de Lizardi —me dijo a manera de saludo cuando me vio entrar. Se le notaba la expectación en la cara. Un gesto que yo había visto repetido en conferencias o cuando daba cátedra. No era momento para dudar. Tenía que cerciorarme con presteza de que los conocimientos del psicólogo podían ser tomados en cuenta. Cada hora que se gastaba, el asesino se encontraría más lejos del rastro que había dejado.

—Mucho gusto, ¿señor...?

—Doctor Rogelio Campuzano, egresado de la universidad...

Sin dar tiempo repliqué:

—Dígame, señor, y disculpe mi rusticidad, pero el tiempo apremia, ¿ha tenido oportunidad de charlar con la niña?

Sacudió levemente la cabeza mientras abría un poco los ojos. No me importó: aquello era una gendarmería, no el salón de té del Jockey Club. No era el momento de recitarnos nuestros logros escolares. Tardó unos segundos en reaccionar, luego replicó:

—Soy doctor, si no le molesta, y no charlé con la niña: le realicé una evaluación para determinar el nivel que pueda tener de un posible síndrome...

—¿Alguna información que me sea de utilidad, *señor*? —hice énfasis en la última palabra. Ese día ya había tenido suficientes pruebas de desacato. Visto desde cierto ángulo, el desacato era lo opuesto a la sana rutina.

29

Me miró con los ojos entrecerrados, luego esbozo una diminuta sonrisa. Ironía: el refugio de los hombres poco meticulosos. Los irónicos suelen tener hundidas las fracciones 15 y 18 de su cerebro. Corroboré. A pesar de la cabellera, casi estuve seguro de ver las depresiones.

—¿De utilidad como para qué, *señor*? —hizo el mismo énfasis que yo había utilizado segundos antes.

—Para resolver el crimen, claro está.

—Dígame una cosa, *señor*, ¿cree usted, en su sano juicio, que una niña que no lo está porque acaba de ver una de las muertes más horrendas es capaz de dar información como un adulto después de haber bebido un café en el Casino Francés?

—Estamos perdiendo el tiempo.

—Y lo perderemos aún más si no me permite explicarle mi punto de vista, *señor*.

Mi suspiro fue incontenible y sonoro, luego se hizo un breve silencio que fue tomado como una venia para proseguir.

—La niña está en un violento *impasse*. Es incapaz de hablar. Cualquier cosa que semeje a un adulto la aterroriza.

—Muy bien, entonces dejaremos que se tranquilice para poder obtener información sobre...

—¿Me permite? —su entrada fue vigorosa—. El hecho de que no hable no significa que no se pueda obtener información. Al menos no para alguien que haya estudiado psicología.

Aquello era el colmo.

—¿Qué ha hecho? ¿Torturarla?

Su rostro enrojeció. Los párpados desaparecieron por encima de las órbitas oculares. Su cuello se tensó haciendo saltar sus venas. Me di cuenta de que por una fracción de segundo estuvo a punto de lanzar un escarnio que pronto reprimió.

—Señor —replicó fingiendo una calma que no existía—, haga el favor de tener un poco de sentido común, si lo considera conveniente.

Con este nuevo sarcasmo supe que estaba faltando a una regla aprendida hacía tiempo: las mentes ofuscadas pueden proporcionar alguna información para que una cabeza lúcida la pueda aprovechar.

—Disculpe usted, prosiga si es tan amable, señor.

Pareció pensarlo unos segundos. Luego cedió.

—Su reacción frente a los adultos tiene una ligera variación. No responde de la misma manera frente a hombres y mujeres. Con los primeros su terror es tal que no controla los esfínteres. Con las mujeres sucede algo distinto.

—¿Qué cosa?

—Las ve como si no fuera posible que... que...

—¿Que qué?

—Que existieran. Que estuvieran vivas.

—¿Y bien? ¿Qué puede significar eso?

—Que el asesino, con toda probabilidad, es del género masculino. Y que, aunque aquí me estoy aventurando un poco porque debería hacer la prueba de...

—¿Qué? ¿Qué más?

—Que la víctima, ahora representada por cualquier mujer que se le acerca, pudo haber sido su madre.

No necesitaba saber más. Agradeciendo rápidamente, me di media vuelta y escapé de la verborrea que aquel señor se empeñaba en escupir.

El día era soleado, perfecto para una caminata. En un momento pensé, un poco contrariado, que jamás había tenido que esperar a una niña para resolver una investigación. Aun así, el tiempo muerto podía ser aprovechado. A pesar de encontrarse hasta la orilla de la ciudad, Avenida Reforma no quedaba lejos a pie. Caminar en vez de tomar el tranvía me daría oportunidad para organizar mis pensamientos. Afinar mi metodología y planteársela a mi maestro, que ahora también era mi mejor amigo.

El doctor Limanterri era uno de los pocos mexicanos que tenían una casa sobre Avenida Reforma. Era entendible: su ascendencia estaba ligada a la nobleza española. Pero además, había sabido progresar: ir con los tiempos. En vez de anquilosarse en liturgias monárquicas, miró hacia el futuro. Cambió la contemplación artística por la docta acción científica. Médico de profesión, había sido mi primer maestro antes de que yo mismo partiera hacia Francia. Innumerables veces lo vi operar desde las gradas del anfiteatro en varios hospitales. Luego me gané el honor de asistirlo en las intervenciones. Y, debo decirlo, sus capacidades podían ser equiparadas con las más altas en Europa. Era capaz de diseccionar cerebros de pacientes vivos, de curar dolencias y manías removiendo fragmentos de la masa gris con una precisión matemática. Cuando decidí inmiscuirme en asuntos policíacos, sus consejos eran continuos y siempre fueron de utilidad. Como lo he señalado, cada vez que la confianza en mí mismo se convertía en grasosa duda, su recuerdo funcionaba como formidable antiséptico. Siempre recordaba que, de todas las opciones que tenía, fue a mí a quien había elegido como auxiliar.

Toqué la puerta, me abrió su mozo de confianza, y luego lo esperé en el salón recibidor. El mozo regresó acompañado de un whisky. Sólo con hielos, como sabía que lo tomaba.

El pequeño aunque confortable cuarto mostraba las dos virtudes principales de mi mentor: alcurnia y metodología. Había una mesa redonda de pequeñas dimensiones, flanqueada por dos sillas Luis XIV, una de ellas ocupada por mi persona. Gruesas cortinas —con toda probabilidad italianas— acompañaban a un alfombrado turco. Y justo arriba de la mesa, en un espacio de la pared, había un aparato telefónico. La estación de policía había recibido su primer teléfono casi tres meses después que el doctor Limanterri. Lo supe porque la prensa orquestó un pequeño escándalo al respecto. El tipo de fatuas amonestaciones que a los cronistas de la vida ociosa les gusta sacar a la luz. Que si no era posible que algunos ciudadanos tuvieran tales privilegios, mientras el pueblo no tenía herramientas para garantizar su seguridad. Que si la inequidad era una constante en este país. Verborrea que agotaba. Yo sabía que la secuencia de eventos era correcta: los avances de la ciencia debían ir primero para aquellos que la impulsaban. Ahí no había injusticia, había lógica.

El doctor Limanterri llegó veloz al cuarto recibidor. Se le veía agitado, con la frente ligeramente humedecida por el sudor. Todavía bajo ese impulso, me vio y me dijo:

—¿Cómo es posible que lo hayan retenido aquí? Venga, venga, pasemos a la sala, que usted es de la casa. Mi mozo ya debería saberlo, pero su sentido común está tan horadado como un queso gruyere.

Me puse al ritmo del doctor Limanterri y pasamos a la sala a una velocidad meteórica. Veía cierto nerviosismo en el rostro de mi amigo. Era extraño: su semblante se caracterizaba por la templanza. Una vez sentados, el mozo referido llegó con otro whisky para el doctor Limanterri.

—La próxima vez que el doctor Lizardi llegue, haga usted favor de pasarlo a la sala. No lo deje esperando en el recibidor como a un delincuente.

—Sí, señor —respondió el mozo sin levantar la vista, y luego giró su mollera hacia mí.

—Mil disculpas, doctor.

—No pasa nada.

La salida del mozo sirvió para que el doctor Limanterri recobrara algún temple.

—Lo veo agitado. ¿Algún problema? —le pregunté.

—Ninguno, querido amigo. Todo lo contrario. Lo que tengo es emoción.

Estudié la mirada de mi amigo y, en efecto, la vi. No era angustia lo que tenía, sino una sana excitación.

—En el laboratorio estamos implementando nuevas técnicas médicas —continuó—. La velocidad de la ciencia aún me sorprende.

—¿Algún invento producto de su metodología?

—¡Qué más quisiera, querido amigo! Nada de eso. Por el momento soy un simple usuario de la técnica ajena. Me ha llegado finalmente una máquina de rayos X.

Creo que en ese momento abrí tanto los ojos que delaté una sorpresa mezclada con alegría.

—Así es, querido doctor, he pasado toda la mañana ajustando el aparato en una sala que mandé hacer para mi consultorio. Si puedo sortear las lentitudes de mis asistentes, mañana mismo podré realizar la primera prueba.

—¡Qué maravilla! —fue lo único que atiné a decir.

—Pero no gaste usted todo su entusiasmo todavía —respondió Limanterri—, también he recibido un formidable conjunto para aplicar baños eléctricos. El magnetismo del cuerpo será equilibrado y tonificado a partir de la electricidad estática. El artilugio, además de tratarse de un portento de la ciencia médica, me redituará excelentes beneficios. Creo que podré realizar sesiones de quince minutos al costo de dos pesos. La gente pagará gustosa esa cantidad. Incluso, si combino el baño con la gimnástica médico-sueca, podría cobrar la consulta en cuatro pesos.

Ahora entendía el entusiasmo del doctor Limanterri. La posibilidad de palpar los avances de la ciencia en esa forma provocaría la excitación de cualquier enterado.

—Debo aceptar, amigo, que lo miro con cierta envidia —me atreví a decirle.

—¿Y eso? —respondió entre sorprendido y sonriente.

—Los menesteres a los que me aboco en este momento, si bien inmiscuyen a la ciencia, son de una naturaleza completamente distinta al progreso.

—Algún acto aberrante, sin duda —me dijo mientras meneaba la cabeza en forma negativa.

Evitando tétricas descripciones, le pregunté a rajatabla:

—¿Alguna vez ha trabajado con infantes?

El doctor Limanterri se quedó pensando unos segundos. Sus ojos me escudriñaban el rostro, como intentando adivinar hacia donde iba con esa pregunta. Luego contestó, manteniendo aún su gesto reflexivo:

—Que yo recuerde no, querido amigo. Ése es trabajo de los pedagogos que desean hacer de sus frágiles ideas algo cercano a la ciencia y sólo terminan en politiquerías.

—Sí, algo parecido opino.

—No hay vuelta de hoja, vea el caso de Francisco Ferrer, el español: pedagogo que terminó en el anarquismo.

—Lo sé y concuerdo por completo con su parecer. Pero el problema es que estoy en medio de un crimen que me exige el trato con una niña.

—¿Y eso?

—Es posible que tenga información privilegiada. Tanto que puede hacer la diferencia entre la resolución o el fracaso de la identidad de un sádico verdugo.

—Querido amigo —respondió con rapidez Limanterri—, ya le he dicho que esa vida tan brutalmente mundana lo va a volver un obseso. Usted debería dedicarse a cuestiones más altas. Más alejadas del ir y venir de la vulgaridad.

—Es curioso: yo sí trabajé con un infante una vez. En la realización de un experimento que rindió pocos frutos —trunqué su perorata porque la conocía muy bien, tanto que la había hecho mía en los momentos de inseguridad.

—Si no hubo resultados, ¿por qué lo guarda en su memoria? —respondió Limanterri con un gesto irónico.

—Por una reacción que tuve en ese momento.

—Cuénteme usted —dijo mientras daba un largo trago a su whisky.

—Se trataba de un simple experimento de reacción. Queríamos ver en qué forma se relacionaban el ingenio y la capacidad motriz de un infante de poco más de tres años. Lo atamos con sencillos nudos a una silla durante unas horas para ver si era capaz de escapar.

El doctor Limanterri me miró con auténtico interés. Incluso se acomodó en el borde de su asiento.

—¿Y qué tal? ¿Fue capaz de resolver su situación?

—No. Lo único que logró fue un llanto en distintas tonalidades que pronto llegó a la histeria.

—Muchos considerarían su pequeño experimento como un acto de suplicio —me contestó sin reprimir una mueca cómplice.

—Mentes simples, sin duda.

—Así es, mentes simples que jamás entenderán los sacrificios que la civilización debe realizar para lograr el bien de todos —completó con un tono vehemente que se acercaba al enojo.

—Aunque debo aceptar que, en el momento más vulnerable del niño, se despertó en mí una perversa sensación de total dominio que no me disgustó. Sus llantos henchidos de desesperación pasaron de ser molestos a ser interesantes, luego, casi me satisfacían.

Limanterri guardó silencio algunos minutos. Me vio mientras me analizaba. Luego, como saliendo de un trance, volvió a hablarme:

—El sadismo siempre se encontrará inherente en la mente del hombre. Son las migajas animales que aún quedan en nosotros, a pesar de los progresos de la civilización.

Sin embargo, no estaba muy de acuerdo con él: por mis pruebas podía corroborar que los comportamientos perniciosos siempre tenían un origen físico, ubicado casi siempre en anomalías cerebrales. Y era eso lo que me preocupaba de mi reacción con aquel experimento: ¿dónde estaba mi defecto físico?

—Sé que es un tanto pragmático de mi parte —comencé diciéndole mientras me tocaba con discreción el cráneo—, pero esta visita también tiene el propósito de buscar un consejo.

—Adelante, querido amigo, para eso estamos los colegas.

Le referí de manera detallada el crimen ocurrido. Limanterri aprovechó ese lapso para encender un puro y beber otro trago de whisky; sin embargo, jamás dejó de prestar atención a lo que le contaba, tampoco se alteró. Su espíritu estaba curtido de experiencia humana. Cuando terminé de narrarle mi encuentro con el psicólogo, revolvió con calma su espesa barba, más blanca que oscura.

—¿Cuál es el título del libro que encontró en ese arrabal?

—*Del asesinato considerado como una de las bellas artes*, de un tal Thomas de Quincey.

—Sí, sí... He escuchado hablar de ese... estudio.

Luego, apartándose de su reflexión, me indicó con seguridad:

—Es un libro muy apreciado en algunos círculos. Por personas que dicen elaborar arte a partir de la putrefacción humana.

—¿Existe eso?

—¡Oh, sí, amigo mío! Se trata de una corriente venida de las influencias más morbosas de Francia. Una propuesta que ha tenido algún eco en este país. Artistas y escritores que gustan de hablar de incestos, muertes prematuras, satanismos, además de ponderar actividades como la prostitución y, justamente, el asesinato.

—¿Qué tipo de gente es ésa? ¿Por qué el gobierno no ha tomado cartas en el asunto?

—El gobierno algo ha hecho: les ha prohibido la entrada en algunos de los diarios. Pero la realidad es que nadie les ha probado un crimen... todavía.

—Es decir, que todo queda en su... literatura.

—¡Oh, no, querido amigo! También son famosos por organizar bacanales repletas de ajenjo, éter y sicalipsis. Y créame: esos festines son tan reales como usted y yo. Son aborrecibles tertulias que tienen lugar en las afueras de la ciudad, sobre todo. Como varios de estos pervertidos son hijos de buenas familias, tienen la oportunidad de prestar sus casas de campo en Tlalpan, San Ángel o Xochimilco para esas actividades nocivas.

—Pues el perfil que me describe tiene el mismo tenor del crimen —respondí pensando en las coincidencias.

—Por lo tanto, comprende usted lo que le estoy sugiriendo, ¿no es así?

—Qué investigue a esos... personajes.

—Decadentes. Se autodenominan *escritores decadentes*.

El doctor Limanterri sonrió satisfecho. Sabía que había hecho de mí un científico de valía. Pensé rápidamente en lo mucho que le debía. Fue también gracias a él que la Academia de Ciencias Exactas, Físicas y Naturales me había aceptado, y de qué manera: hasta donde recordaba, nunca faltaba un texto mío en los anuarios que la academia publicaba.

—Doctor Limanterri, mi deuda con usted se acrecienta con cada visita que le hago.

—Nada de eso, nada de eso —replicó incómodo, mientras se paraba de su asiento, señal de que aquella reunión había terminado—, somos condiscípulos, y me enorgullece haber sido su mentor.

Iba a decirle que más que mentor, yo siempre lo había considerado como un hermano mayor. Pero ya no había espacio para eso. Sus pasos guiaron una vez más los míos, en este caso, hacia la puerta de salida de su casa.

Hospital Psiquiátrico del Verrón

Estudio de caso, paciente A... J... (8245-3)
Diagnóstico general: oligofrenia con etapas de autismo, a pesar de no
    tratarse de una paciente de mente débil.
Última prueba realizada: medición de la inteligencia de Godard.
Doctor a cargo del tratamiento: Rogelio Campuzano.
Diario médico elaborado por la paciente como parte de su terapia
    psicológica.

6 DE ABRIL DE 1916

El doctor Campuzano me ha pedido que escriba un diario con mis
memorias. Dice que eso ayudará para que vengan a mi cabeza otros
recuerdos que ahora no aparecen. Que esto servirá para arreglar lo
que siento, lo que me duele.

    La verdad es que para mí es más fácil escribir que hablar: hablar
hace ruido, mucho ruido. El ruido me pega y me duele. Cuando
estoy en el jardín, me dicen que hablo en susurros. Todo el tiempo me
piden que hable un poco más fuerte. Cuando escribo, lo hago pensando en voz baja, y el que lo lea puede escucharlo al volumen que
desee.

El doctor Campuzano me pide que recuerde. Le digo que no es fácil. Que, hasta hace unos meses, mi vida iniciaba en la clínica y no había nada antes de ella. Entonces me reitera: "Por eso te lo pido, Ángela. No naciste aquí hace un año", me dice, "tienes que recordar lo que pasó antes". Pero no me gusta ni intentarlo. Sé que lo que pasó antes no está bien. Que pega y duele. No recuerdo casi nada, pero sé que duele. Durante varios días estuve angustiada por escribir aunque fuera un recuerdo. Y ahora lo tengo que escribir. Lo voy a escribir en voz baja para que no pegue ni duela mucho.

El primer recuerdo que conservo es el de un cuarto con luz. No mucha: arriba de uno de los muros había una sola ventana muy pequeña y larga, y por ahí entraba esa luz. Recuerdo que la poca luz me ponía contenta, de buen humor. Cuando la luz no estaba, entonces me daba miedo. Debía de ser muy pequeña. También recuerdo cuando la ventana centellaba en medio de aquella oscuridad que no me gustaba. A pesar de que no era una ventana muy grande, cada vez que iluminaba durante breves instantes, era suficiente para llenar de luz toda la habitación. Relámpagos de una tormenta durante la noche, supongo. Por un momento se volvía de día y podía ver los rincones del cuarto. Eso no me gustaba nada porque, cuando la oscuridad regresaba, esos escondrijos se volvían más amenazantes debido a que los había visto por un instante, y en esos rincones se escondían por la noche los monstruos.

Ahora recuerdo que una noche de esas, de lluvia y rayos, mi mamá llegó a vigilarme como si aquellos relámpagos pudieran hacerme daño. Mi mamá siempre llegaba sonriente. A pesar del miedo. Suyo y mío. La recuerdo con miedo, pero sonriente. Creo que intentaba darme seguridad. Creo que fingía y eso me provocaba más inseguridad porque entonces significaba que de verdad pasaba algo tan terrible que ella tenía que actuar para que yo no sintiera miedo.

Tal vez no estaba tan chica porque en mi recuerdo ya entendía palabras, aunque no supiera bien a qué se referían. Así, cada tanto llega el recuerdo a mi cabeza de una vez que alguien le gritó desde afuera del cuarto mientras se reía:

—¡Carajo!, eres la puta más benevolente.

Nunca he entendido bien esas palabras que hacen ruido, que pegan, que duelen. Pero sé que la persona de afuera del cuarto sabía que mi mamá siempre estaba sonriente, pero no le gustaba que estuviera feliz. También recuerdo que mi mamá no estaba mucho tiempo conmigo.

Creo que cuando era niña era más fácil que mi mamá estuviera conmigo en el día que en la noche. Tal vez porque en la noche me dormía y ya no la veía. Ya voy recordando que cuando había luz, me daba de comer. Se ponía frente a la hornilla que estaba justo en uno de los rincones tenebrosos, pero que en ese rato dejaba de serlo. Ya me acuerdo cuando preparaba la comida y hablaba sin parar. Me gustaba cuando cocinaba. Mi nariz olía mucho, mis oídos escuchaban mucho, y era como si en ese momento fuéramos muchos los que estábamos en aquel cuarto. Pero nadie pegaba con su ruido. Me hacían buena compañía.

En la noche casi no me acuerdo de ella.

Casi no me acuerdo de lo que había afuera del cuarto. Es como si de niña nunca hubiera salido de ese espacio que tenía la ventana dándome de vez en cuando alguna luz. No era muy grande, pero yo tampoco. Sé que el resto, lo de afuera, no era de nosotras. Tampoco tengo ningún recuerdo de algún papá. Nunca lo hubo. Si hubiera habido alguno, tal vez me hubiera protegido cuando mi mamá no estaba. Tal vez hubiera protegido a mi mamá también. El cuarto tenía en una parte la cocina, una mesa y una silla en donde comía mi mamá. Yo comía sentada en sus piernas, o a veces en otra silla que, recuerdo, me quedaba grande. Afuera estaban los ruidos. Siempre afuera. Los ruidos, que pegan.

Del otro lado de la puerta sabía que los monstruos realizaban actos terribles. Lo sabía porque gritaban mucho. Parecían gritos de dolor o espanto, que duraban un rato y luego desaparecían. Gritos que aún de adulta me siguen molestando. Muchos de mis sueños, ahora lo voy teniendo claro, tienen como fondo aquel cuarto. Tienen como horrenda música aquellos sollozos. Y la soledad, que no era otra cosa que

41

la ausencia de mi madre, como el doctor Campuzano me ha sugerido en varias ocasiones.

Cuando no había rayos y estaba mi mamá, todo estaba bien.

Cuando había rayos, veía a los monstruos que hacían sus ruidos, y entonces sólo quedaba el miedo. Creo.

Patibularios habituales

Los pendientes se acumulaban y en los hospitales aprendí que el orden nunca es espontáneo: hay que provocarlo. Días después de mi entrevista con el doctor Limanterri, pedí que el único testigo de aquel crimen pudiera habitar en mis recintos. Mi laboratorio resultaba insuficiente, debía llevar a la niña a mi propia casa. Cualquier avance sería más provechoso si era identificado por ojos doctos, más que por intuiciones de aficionados. Hubo algunas trabas que el psicólogo quiso poner, pero al final logré mi objetivo. No fue muy difícil, aunque tuve que acceder, eso sí, a que el hombre pudiera realizar una visita cada tanto para conocer el estado físico de aquella niña.

En casa, instruí a los mozos para que contrataran a cuatro nanas que le dieran a la niña un ambiente tranquilo. De la misma manera pedí que acondicionaran uno de los cuartos para que la testigo residiera ahí. Tendría que estar pendiente de cada uno de sus progresos para poder obtener algo en claro. El acondicionamiento, traslado y disposición fue efectuado sin mucha demora. Intenté supervisar hasta el último detalle:

—¿Qué tipo de juguetes desea que pongamos? —me preguntó una de las nanas.

—¿Juguetes?, ¿para qué quiero yo juguetes?

—Me refiero al cuarto de la niña, señor.

—¡Ella tampoco necesita juguetes, por Dios! No necesitamos más distracciones de las que ya tiene, lo que necesitamos es que se concentre para recordar lo que sucedió en el escenario del crimen.

Ningún juguete fue puesto en aquel cuarto, por el momento.

La tarde posterior salí del laboratorio fotográfico más reputado de la ciudad con el dictamen de las perversas láminas que había encontrado en el burdel. A diferencia de los días pasados, una continua amenaza de tormenta se erguía sobre la ciudad. A pesar de que el crimen había resultado aparatoso, ningún diario lo había mencionado. El buen gusto de los editores, por fortuna, no permitía meter el dedo en las llagas dolorosas, en aquellas que nos recordaban de brutal manera que aún compartíamos varios rasgos con los cavernarios. Además, haber sacado una noticia así habría provocado peligrosos acentos para el orden público.

El laboratorio de la Sociedad Fotográfica Mexicana comprobó mi sospecha: las fotos encontradas en el prostíbulo eran reales. No había truco. No había ni *collage* ni cosmético: las imágenes ilustraban los últimos minutos de vida de la martirizada.

—No fue nada agradable hacer las pruebas —me dijo el encargado—. Uno de mis asistentes sufrió un vahído con las imágenes.

—Pues debe usted capacitarlos de mejor manera —respondí. No me podía permitir sentir culpa, la diligencia era primero.

—De cualquier forma, le hubiera agradecido un aviso previo —respondió impertérrito el fotógrafo.

Antes de recibir el dictamen fotográfico, un amigo que era miembro de la Sociedad Mexicana de Historia Natural revisó, uno por uno, a los hombres que atrapamos en aquel prostíbulo. Clasificó complexiones y posturas, medidas anatómicas y mapas óseos. Luego comparamos las fotografías con los cautivos. El resultado fue tan negativo como desalentador: ninguno de los prisioneros atrapados *in situ* correspondía con la fisonomía del caballero de la cara raspada en la fotografía. Entre los disolutos de aquel mediodía no estaba el asesino.

Sin perder tiempo me dirigí hacia el oriente de la ciudad. Sabía dónde me metía, pero logré dominar cualquier temor. Mientras avanzaba por la zona, mis pies sintieron el desigual adoquín de las calles; metros más adelante, mis suelas se enfrentaron a la tierra apisonada. Ya adentrado en la zona que buscaba, mis zapatos comenzaron primero a ensuciarse con el polvo de adobe que se desprendía de los jacales inmundos, luego a empaparse con los verdosos charcos que estaban depositados en lo que aquellos pobres miserables llamaban calles. Llegué a la acequia que se extendía hasta la metrópoli desde los cultivos que estaban muy al sur. Me detuve a la orilla y vi flotar cadáveres de perros, cientos de verduras podridas y, a su costado, vendedores que gritaban su mercancía a un alto volumen, pero sin entusiasmo. El oriente era la vieja ciudad. El país que pertenecía a un siglo de indigencia, de invasiones y de enfrentamientos intestinos. Calles sucias y tortuosas. Míseras plazoletas. Los puentes en ruina del canal de la Viga. Léperos en los rincones. Jacales que se caían.

Cuando estaba a punto de entrar en casa de un gendarme retirado que me servía de confidente, dos jóvenes se acercaron a mí, marcando su paso a un ritmo veloz. En cuanto estuvieron cerca, se detuvieron y se puso uno delante del otro. El más corpulento, acortando la distancia entre mi cuerpo y el suyo, sacó algo que parecía un puñal. Veían sin duda una escena poco común en aquellas franjas: un hombre solo, vestido de traje y levita. Seguramente los dos pelados supusieron que sería fácil quitarle al visitante el dinero que ellos no tenían y por el que jamás trabajarían.

Sin emitir grito alguno, casi a forma de gruñido, uno me pidió dinero. Era curioso. No trataban de imponerse, aquello parecía más como un préstamo forzoso. Como si el hecho de ser de clases distintas no les diera completo derecho a vejarme. Aproveché esas condiciones:

—Han elegido a la peor de sus víctimas —les dije en tono pausado y severo, como el que se utiliza para reprender a la servidumbre cuando no hacen bien su trabajo. Ambos me miraron atónitos, hasta que uno de ellos reaccionó.

—Mira, lagartijo, danos el dinero y aquí no pasó nada.

—Aquí está pasando algo peor de lo que crees —respondí—. Trabajo para el cuartel IV de policía, y la fecha de caducidad de mi indulgencia con ustedes tiene exactamente treinta segundos más de vigencia.

Otra vez la mirada estupefacta, ahora matizada por un semblante de incomprensión. Uno de ellos no había podido descifrar mis palabras.

—¿Qué dice? —preguntó a su compañero.

—Que es de la gendarmería —tradujo el compinche.

Se vieron entre ellos por breves fracciones de segundo. Luego, como en un ballet bien coordinado, dieron media vuelta y se fueron corriendo. En el suelo sin pavimento dejaron tirada su arma. Me agaché hacia ella. Un pedazo de hierro aplanado y torcido en punta era suficiente para que un obseso mental, con deformidades en la zona 7 y 32-A del lóbulo occipital, hiciera de las suyas. Me incorporé, avancé unos pasos más y toqué el timbre de la habitación de mi informante.

Las noticias, a pesar de ser las que esperaba, me desalentaron. Parecía que ése sería el semblante del día. La compleja elaboración del crimen, me dijo, jamás correspondería a los patibularios habituales. Ni siquiera se molestó en revisar a fondo el material fotográfico que le llevaba. Tuve paciencia, por respeto al largo tiempo que llevaba investigando fechorías con un alto sentido de la honradez.

—Ahí hay algo más que necesidad, Servando —declaró.

—Querrás decir necedad —lo corregí.

—No. Me refiero a que este crimen nada tiene de pasional.

—Explícate.

—Mi experiencia me dicta que lo que sucedió no fue calentura del momento, fue algo planeado: fotos, posiciones bien estudiadas, tiempo y paciencia para realizar la ceremonia.

Tenía razón: aquello era perversión refinada. Enfermedad mental compleja.

—¿Alguna idea del origen del asesino?

—La verdad, ninguna —respondió casi deprimido—, jamás había visto algo parecido. Esa saña, esa perversión. Te diría que fueras con los titiriteros que se colocan afuera del Teatro Nacional. Saben de escenografías y de impactos burlescos, saben de la mala vida: son actores venidos a menos y rabiosos con los grandes empresarios teatrales. Gustan del alcohol y del comportamiento libertino, pero dudo mucho que alguien de ellos haya podido perpetrar un asesinato así de estrafalario. Creo que, para ello, además de tiempo, se necesita dinero, mucho dinero. No sólo para tener una cámara fotográfica, también para poder sobornar a los dueños del local donde realizarás tus trastadas, que te permitan que pases largo tiempo ahí y luego salir sin problema. ¿Qué te ha dicho el dueño de ese tugurio?

—El dueño del tugurio desapareció.

Entonces sí, el asesino tiene muchos recursos.

—¿Por qué lo dices?

—Porque con toda seguridad tuvo que pagar una cantidad igual o mayor al costo del negocio, de tal manera que el dueño accediera a irse y a abandonarlo por completo.

Me quedé pensando durante algunos segundos. No le faltaba razón a mi informante.

—Otro amigo me sugirió que buscara entre los escritores decadentes —le confesé con prudencia—, ¿los conoces?

El gendarme volteó su rostro hacia mí, pero me di cuenta de que no me veía. Estaba pensando en lo que acababa de decirle.

—No los conozco muy bien, pero me han contado de ellos, ¿son los que hacen orgías en Xochimilco? Entonces sí podrían calzar con los acontecimientos. Muchos son homosexuales, casi todos descarados. Sus fiestas, según me han referido, suelen ser furiosas. También las hacen en Coyoacán, en Tlalpan. Pero de vez en vez se inmiscuyen en los arrabales del oriente para beber grandes cantidades de alcohol y avanzar en sus depravaciones.

No había más que decidir. Al menos me quedaba claro que el artífice del asesinato que me ocupaba no era un criminal común. Me despedí de mi compañero y regresé a la calle. Mientras caminaba, mi mente trabajaba con celeridad. La posibilidad agujereaba con molestia mi cabeza. ¿Cómo era posible que alguien de alcurnia, de buena familia, se comportara como un salvaje? A menos que se tratara de un obseso mental. Tal vez consistía en una nueva enfermedad, tal vez me encontraba ante un padecimiento físico o químico que era provocado por la lectura de obras malsanas, una literatura que incitara a la neurosis y a la psicopatía. Pero la ley no podía detenerse. Ya teníamos la prisión de la Acordada, la de Belém, y acababan de terminar la prisión militar. Resultaba inaudito que ya hubiera un sitio destinado para los militares y pasáramos por alto a este tipo de criminales. Además de esa *literatura*, que no podía lograr más que trastornos, suponía que también tenían que ver las multitudes que día con día llegaban a la ciudad, entre ellos resultaba imposible que no se colaran criminales de la peor ralea. Y es que más de cuatro mil quinientos habitantes en una ciudad era demasiado.

El local de madame Bailleux

Lui

Para despejarme un poco de la investigación, concerté una cita con madame Bailleux. Desgraciadamente, siempre debo esperar algunos minutos antes de entrar, y aunque bien valen la pena, la espera me irrita: no termino de sentirme cómodo cuando voy a aquel local. Y no es que no esté finamente arreglado, muy bien concebido, sino que, de manera inevitable, siempre termino sintiéndome deshonesto. También en esto me ha aconsejado mi maestro. Me asegura que el hombre, sobre todo el del siglo XX, debe saber escuchar sus necesidades. Por más civilización que alcancemos, nuestra parte animal siempre estará ahí, lo sé. Y por el momento sólo nos queda encausarla. Si no se hace de esa forma, uno termina a su merced, como seguro le sucedió al asesino de las fotos de aquel tugurio. Por otro lado, si pensara todas las horas del día en mi investigación, correría el riesgo de caer víctima de la monomanía.

El local de madame Bailleux no es ningún tugurio. Todo lo contrario. Abre a horas convenientes sólo los fines de semana, jamás en días laborales, y además lo hace con mucha discreción. Llegas hasta el local, decorado con buen gusto, te tomas un par de coñacs —siempre franceses— y eliges a alguna de las damas que ahí se encuentran.

49

El intercambio es lineal, respetuoso y, sobre todo, higiénico. Nada que ver con cópulas bestiales que llevan más bien a la exacerbación de los instintos. Pero el acto mecánico, por más civilizado, me dejaba un sabor en la boca parecido al metal. Tal vez por ello, para evitar la transacción delusoria, es que había tomado la costumbre de verme con una sola de las mujeres. Aunque eso, muchas veces, significaba esperar más tiempo.

La mujer se hacía llamar Adelle, una jarocha muy simpática que entre sus virtudes tenía la de saber imitar acentos de diferentes países. "El que más me gusta", me ha dicho, "es el francés: la verdad es que se lo copié a madame Bailleux, y mucha gente termina por creerme francesa". A pesar de que hemos establecido vínculos que trascienden al austero intercambio sexual, creo que es importante no involucrarse de más. Incluso si el deseo es grande. Una vida junto a alguien como Adelle sería imposible para mí. Por desgracia, resulta estupenda sólo para el control de mi deseo, pero no mucho más.

Madame Bailleux es práctica con su negocio y eso me tranquiliza. Lo construyó en la antigua casa de los Beigbeder, los constructores del Casino Francés. La mitad de la primera planta la usa para sus chicas y, del otro lado, cubiertas con una elegante cortina aterciopelada, se encuentran las habitaciones. A pesar de no poder quitarme de la cabeza la palabra *inmundo*, esa mañana resultaba cardinal desfogarme: por la tarde tendría una cita con una mujer de buena familia que había conocido en la Maison Dorée mientras daba una lectura. Aficionada a la ciencia, llegó hasta mí con decisión y cierta soltura.

—Doctor Lizardi —me dijo—, disculpe usted el atrevimiento.

—Ninguno. No se preocupe, señora...

—Señorita Lafragua —respondió intentado exponer categoría. El apellido comprobaba mis suposiciones de su estatus.

—Carmela Lafragua —completó, ahora intentando un acercamiento más personal.

—¿En qué puedo ayudarla?

—Soy ferviente seguidora de sus trabajos —dijo sin anteponer cortesías inútiles.

—¡Mire usted! —respondí—, somos pocos los que nos interesamos por menesteres de ese tipo en el país. Menos aún mujeres —la agradable tensión que desde un principio se estableció entre ambos cuerpos nos acercaba cada vez más. Sabía que lo que me decía tenía más qué ver con esa atracción física que con su interés por la frenología. Y eso me ponía un poco nervioso porque resultaba impredecible.

— Pues yo he leído con atención sus exposiciones. La que publicó en el Anuario de la Academia de Ciencias Exactas el año pasado me pareció... reveladora.

Comencé a hacer memoria para traer a mi cabeza el texto referido, pero la señorita Lafragua, viendo mi ceño arrugado, se me adelantó:

—La criminalidad como mito psicológico es una de sus hipótesis.

—¡Cierto! —respondí entusiasmado, como si me encontrara con un viejo amigo—. Curioso que hablemos de eso, justo en esta zona de la ciudad.

—Sí, por desgracia, aquí se registran muchos crímenes.

De inmediato me agradó el semblante de aquella mujer, pero me costaba aguantar la simpatía provocada que se fusionaba con mis propios nervios. Hice una especie de catálogo de virtudes para lograr cierto aplomo. Carmela Lafragua parecía honesta (y eso eliminaba a la hipocresía), tenía interés por temas académicos (es decir que, contrario a su sexo, no se inclinaba por materias comunes como la rosa literatura) y su aspecto (recatado, sin vulgaridad) era agradable. Pensé de inmediato una locura: esa mujer tenía un perfil tan atractivo como para compartir mi vida con ella. Proyectándome demasiado en el futuro, pensé que con toda seguridad entendería, por ejemplo, que alguien como yo necesitaba, sobre todo, tiempo libre. Como la esposa de un colega español que se dedicaba por completo a la casa y sentía en carne propia enojo si alguien molestaba a su marido cuando trabajaba. Si era una mujer entusiasta de las ciencias, sabría realizar con alguna pericia las actividades del hogar necesarias para despejar de mi vida molestias cotidianas y poder dedicarme así a mis estudios. Además, lo sabía, era una mujer muy guapa. Delgada sin ostentar esa moda anoréxica, pues parecía que todas las mujeres de buena cuna

51

habían adquirido a propósito la tuberculosis con fines estéticos. Ojos brillantes y un cabello que, cuando la luz le pegaba de lado, lograba destellos castaños.

Elle

Los anuncios en la prensa lo decían: la mujer moderna debe adquirir sus afeites en la botica de madame Bailleux. Cada perfume llega intacto de Francia. Cada jabón fue envuelto desde el África occidental para conservar el aceite precioso necesario para humectar la piel como se debe.

En mi última visita a ese establecimiento, me recibió como siempre Adelle, una simpática muchacha del sur de Francia con un encantador acento. Un par de horas antes de ir, siempre envío a mi mozo con una nota para preparar mi cita con ella, quien tal vez sea la mayor experta de ese establecimiento, salvo la propia madame, claro. Bailleux eligió su local con mucho tino: la casona había sido propiedad de la familia que impulsó la creación del Casino Francés. La tienda ocupaba sólo la mitad del recinto; del otro lado, cubierta con una primorosa cortina de terciopelo rojo, nos había comentado madame Bailleux, estaba su casa y era lo suficientemente celosa de no dejar entrar a nadie porque, como ella decía, el trabajo y la vida privada debían tener una sólida frontera. El *savoir vivre* francés.

Adelle me recibió con un breve abrazo y de inmediato me sentó en la *chaise longe*. Me comentó las novedades que les habían llegado, y entonces olí tres perfumes para quedarme con dos, y probé cinco jabones para llevarme uno. Ese día debía lucir espectacular: iba a tener una cita. Días atrás había asistido en la Maison Dorée a la lectura de un gran científico. Entusiasta de la modernidad al igual que yo, práctico al igual que yo. La hora y media que duró su lectura me sentí rabiosamente atraída. Quería acercarme aunque seguramente tendría que competir con los típicos corrillos de ignorantes que vuelan como zopilotes sobre los ponentes una vez que el evento termina. Sentí nervios, no puedo negarlo, pero mi atuendo y mi aroma fueron una buena carta de presentación. Una vez cerca, le comenté lo que había leído del tema y, esperaba, la combinación fuera de su agrado. La mujer moderna ya no puede vivir ocultando sus sentimientos, claro que no se trata de irlos gritando por la ciudad, pero sí de conocerlos para domarlos, para aprovecharlos. Entonces, al final del acto, procedí según lo pensado: me acerqué y conversamos largos minutos. Sin mayor dilación me invitó a salir y concretamos la cita que tendríamos dos días después. Logré ponerlo un poco nervioso, y eso estaba bien. Significaba que no era indiferente a mi presencia y, la verdad, por qué no decirlo, me gusta ser notada. Mientras estaba en el establecimiento de madame Bailleux, elegí mis afeites pensando en él. Confiaba en que lo sublimarían de nueva cuenta. La mujer puede ser todo lo moderna que se quiera, pero nunca debe de dejar de ser una auténtica mujer.

Oscuras ociosidades

El tranvía avanzó sin contratiempos de la Avenida Reforma hasta el pueblo de San Ángel. Al fin había logrado establecer un sólido hilo conductor en mi pesquisa. Mi tarea era ir de incógnito y entrar al círculo de la mano de un iniciado. Las relaciones me habían asistido para concretar una cita; sin embargo, no era muy agradable utilizar los favores de Saúl Pereda, un colega científico que había desviado su trayectoria para dedicar su vida a asuntos que me parecían triviales. Pereda había renunciado a su cargo en la Academia de Ciencias Exactas, Físicas y Naturales para dedicarse, según dijo, al cultivo espiritual. Algo había de hartazgo y de falta de método, según recuerdo. Entonces anunció que se convertiría en escritor y empezó a publicar notas y piezas a las cuales no les encontré mucho sentido. Parece que no fui el único porque tenía entendido que incluso en esos menesteres tampoco le iba muy bien.

Aquel día soleado quedaba clara la razón por la que mucha gente de la buena sociedad elegía San Ángel como lugar de descanso: viejas haciendas remozadas, tranquilidad en las calles, una plazoleta que superaba en cuidado a la misma Alameda. Esperé sentado en una de las bancas a Saúl. Y lo hice durante largos minutos. Con sus nuevas actividades, mi excompañero había acentuado su falta de seriedad. Además, la ropa que había elegido no ayudaba a aligerar la espera.

Tras algunas lecturas del grupo literario autodenominado —sin el menor sentido del ridículo— *decadentista*, logré entender su estilo de vestir que, como torpes recetas, referían en sus artículos. "Dandismo" lo llamaban aquellas plumas bastante soeces.

Nunca me ha interesado la crítica literaria, pero es mi deber señalar que los textos eran un galimatías insondable. La inmoralidad se escondía en cada párrafo. Incestos (madres con hijos, hermano y hermana, padres e hijas), prostitución (de mujeres, de varones, de ventrílocuos que imitaban voces de poetas para recitar obscenidades que rimaban durante la cúpula, de gimnastas que eran penetrados mientras practicaban las posturas más increíbles, de enanas y lisiados, de leprosos y sifilíticos), loas a criminales, a mujeres disolutas, a jóvenes enfermizos, eternamente aquejados por la tisis. Aquellas estampas, quedaba clarísimo, azuzaban al lector a cometer los crímenes más atroces.

Y, en medio de esas ideas malsanas, estaban las recomendaciones de vestimenta. Por completo contradictorias. Los decadentes pedían elegancia y exquisitez. El atuendo oscuro —aun de día y en los cálidos climas nacionales— debía incluir bastones y los sombreros que la última moda parisina dictaba. Un completo disparate. Me sentía como el empleado de una funeraria a quien le faltaba el muerto. Aquellos escritores tan petulantes como peligrosos proponían la mezcla de dos mundos opuestos. Luego lo pensé mejor: tal vez el atuendo deseaba confundir, de modo que un ciudadano normal jamás los imaginara como los seres psicóticos que en realidad eran.

De acuerdo con mi opinión, el color oscuro del traje y el sombrero bajo el sol de San Ángel no me conferían ni aires satánicos, ni inclinaciones retorcidas: sólo me provocaban sofoco. Mientras sentía humedecerse mi levita por el calor, vislumbré finalmente, a lo lejos, a Saúl Pereda. Su saludo, a la distancia, fue poco recatado:

—¡Otro disidente de la ofuscación neurótica! —gritó mientras buena parte de los transeúntes lo volteaban a ver, y luego a mí. Me pareció ridículo. Su saludo, su actitud y su atuendo (que era idéntico al mío).

—Querido Pereda —fingí un cariño fraternal que no sentía.

—Querido Poeta —respondió orgulloso de su lamentable juego de palabras.

Deseaba decirle que su estampa se me antojaba la de un payaso que por las noches se gana la vida enterrando cadáveres, pero en vez de eso le dije:

—Le agradezco el favor que va a hacerme con...

—¡Nada de eso! Y deja los convencionalismos del usted para los individuos de poco espíritu.

Me dio un abrazo que se acercaba al erotismo. Deseé separarlo de mí, pero logré contenerme.

—Bueno, Saúl... Gracias por el recibimiento, lo agradezco. Ya te he contado que me dan muchas ganas de conocer a...

—¡Sin duda! Y conocerás a quien quieras. Pero antes debemos ponerte a tono.

—¿A tono?

—Sí, aquí a la vuelta hay un figón en donde conocen bien a todos los del grupo. Un par de ginebras y listo. Nos vamos a la reunión en honor del compositor y maestro.

Quería decirle que eso de *ponerse a tono* se me antojaba una necesidad de la gente opaca que no tiene nada que decirse, y que por ello recurre a los estupefacientes para creer que algo sucede. Que todo aquello no iba acorde a ningún tipo de etiqueta o decoro: beber a esas horas, en un local sin duda inmundo, todo eso resultaba propio de un bárbaro que se asustaría con la visión de una carreta por considerarla un vehículo sobrenatural. Sin embargo, apegándome a mi papel, contesté fingiendo un entusiasmo inexistente:

—¡Vamos, pues!

Pasamos la parte más reluciente de San Ángel y la dejamos atrás. Comenzamos a internarnos por callejuelas estrechas y torcidas. Parecía que el sol, en esas zonas, renunciaba a iluminar. Las calles empedradas mostraban huecos aquí y allá. Pereda no paró de hablar en todo el trayecto:

—Has dado un paso enorme, estimado Servando. Abandonar la alienación en la que estabas inmerso, evitando que tu espíritu se achicharrara a golpe de automatismo. Eso de las ciencias exactas está bien para los funcionarios que pastorean con su moral práctica. Una existencia de provecho se arma a partir de las artes bellas.

Quería decirle que ninguna ciencia seria había logrado la comprobación de la existencia de un espíritu. Que los funcionarios nada tenían que ver con la ciencia, ni los científicos con los rancheros. Que lo que decía no hacía ningún sentido pero, en vez de eso, le dije:

—Me costó algún tiempo, pero finalmente me decidí.

—Veo que traes un libro bajo el brazo. Estás dispuesto a cincelar con vigor la imagen del escritor, ¿eh?

—Quiero saber la opinión de tus compañeros sobre este volumen —le enseñé el libro a Saúl.

—¡Es un clásico! —respondió satisfecho, como si aquel texto hubiera llegado a mis manos por recomendación suya—. Sin embargo, si vas a leer a De Quincey, no debes olvidar leer algo de Poe.

Obvié su tono condescendiente, porque en ese momento estaba actuando. Pero sabía de lo que me hablaba. En uno de mis escasos ratos de ocio llegó a mis manos un relato de Edgar Allan Poe. Un caso clínico sin duda: falta de vigor, gatos negros, desidia, cuervos, alcoholismo, demencia provocada por los excesos. Una vida desperdiciada que se perdería en el olvido.

Al llegar al figón que tanta emoción causaba a Saúl, me quedó claro que, si quería hacerme pasar por uno de ellos, tendría que beber. No había escapatoria: era parte de la liturgia de aquel grupo tan nocivo. El sitio estaba prácticamente vacío salvo por la mesa de un rincón, en donde un ser vencido por el alcohol yacía dormido.

—Demasiado espíritu —trató de bromear Saúl cuando lo vio. Yo traté de sonreír.

Las mesas eran de metal y tenían un grueso mantel de cochambre. Me senté recto en mi silla intentando evadir la suciedad. Mis codos quedaron pegados al cuerpo, mis manos en las piernas. Saúl le pidió dos vasos de ginebra a una mujer gorda que maridaba con repugnancia la grasa de su mandil con la de la mesa. Por alguna razón, Saúl gozaba la miseria de aquel sitio.

—Aquí podemos hablar de lo que sea, en el tono que deseemos, sin ser molestados.

Entonces deduje por qué los decadentes necesitaban de aquellos sitios, pues la moral es tan escasa que no importa que se hablen de las concupiscencias más excéntricas o los actos más violentos. Así, aproveché el espacio para decirle a rajatabla a Saúl:

—Acabo de leer la "Misa Negra" de José Juan Tablada.

No me atreví a decir nada más.

—¿Hasta ahora?

—¿Hasta ahora, qué?

—Que si hasta ahora la leíste. Entiendo que tu giro de vida acaba de ocurrir, pero con el escándalo que armó esa pieza hace ocho años, ¿nunca tuviste curiosidad por leerla?

Entonces recordé. No había relacionado una cosa con la otra. "Misa Negra" y la señora Carmela Rubio de Díaz. El escritor libertino y la esposa del presidente. La escritura de elementos soeces y su posterior —y muy acertada— censura.

—No estaba en México en ese momento.

—¿Y qué te pareció?

—Es profunda —contesté pensando en una respuesta general.

—¿Nada más? —me miró entre confundido y molesto—. Hermano: necesitas afinar tu percepción si en realidad deseas sumergirte en estos mares.

La gruesa y sucia mujer llegó con las bebidas. Saúl desapareció la mitad de su líquido de un sorbo. Me vi obligado a beber para ganar tiempo. El trago me resultó violento, coloqué el vaso en la mesa y miré a mi interlocutor para ver si ahondaba. Nada. Entonces, me vi obligado a profundizar:

—Me queda claro que está cifrado. Que lo ocurrido pasó en fin de semana.

—¿En fin de semana? —Saúl quedó pensativo unos segundos—. ¡Ahh! Lo dices por el inicio: "¡Noche de sábado! Callada / está la tierra y negro el cielo; / late en mi pecho una balada / de doloroso ritornelo".

59

Saúl se sabía la pieza de memoria. Me quedó claro que había elegido bien el texto de mi acercamiento. Avancé, un poco más confiado:

—De igual forma, una vez que desentrañamos el código con el que está escrito, se entiende que el hombre en cuestión realizó un rito lleno de toques religiosos. Pero, al mismo tiempo, se trata de un acto cometido en medio del furor sexual. Una pasión que terminó de brutal manera.

—Sí, sí —me dijo con cierta exasperación—. "El corazón desangra herido / bajo el cilicio de las penas / y corre el plomo derretido / de la neurosis por mis venas". Pero ¿por qué lo analizas como si fueras un perito criminal? La Belleza, querido Servando, no se explica: se siente.

—Pero es que no comprendo, compañero —le dije *compañero* para lograr la camaradería y obtener más información—, cómo en medio del acto canallesco, cuando celebra justamente su macabro aquelarre sobre el cuerpo de la difunta...

—"Toma el aspecto triste y frío / de la enlutada religiosa / y con el traje más sombrío / viste tu carne voluptuosa" —Saúl ya no me veía, solamente daba sorbos a su trago y recitaba con desgano. Lo estaba perdiendo, por eso adopté un tono más enfático:

—Pero ¿por qué una vez realizado ese acto terrible, después regresa a otros eventos que nada tienen que ver con lo que ha hecho?

Entonces se detuvo tajante. Me miró con el mejor rostro de incógnito que he visto y me dijo:

—No entiendo bien.

—Sí, dice algo de "ternura", también de "hermosura". Entonces ¿por qué un acto de barbarie que combina sexo, muerte y liturgias religiosas al final le provoca ternura?

Entendí que hablábamos dos idiomas distintos, a pesar de haber leído el mismo poema. Con un gesto que ya transitaba de la incógnita al desagrado, me preguntó:

—¿Dices lo último por la parte de "Con el murmullo de los rezos / quiero la voz de tu ternura, / y con el óleo de mis besos / ungir de diosa tu hermosura"?

—¡Exacto! ¿Está declarando que le excitan las muertas? ¿Es necrófilo? Porque he leído en el *Psychopathia Sexualis,* de Krafft-Ebing...

—A ver, a ver, a ver —me detuvo con su palma vuelta hacia mí. Se me quedó viendo con las cejas plegadas, y luego se atrevió a poner un codo en la inmunda mesa mientras la misma mano iba hacia su barbilla. Sin dejar de verme, eliminó el resto de ginebra en su vaso. Agitó un dedo en el aire para pedir más sin ver a la mesera. Sus ojos estaban todavía conmigo. Me preguntó:

—A ver ¿qué piensas de esto? —Saúl comenzó a recitar envuelto en el histrionismo—: *"Un peu de merde et de fromage / Ne sont pas pour effaroucher / Mon nez, ma bouche et mon courage / Dans l'amour de gamahucher / L'odeour m'est assez gaie en somme, / Du trou du cul de mes amants, / Aigre et fraîche comme la pomme / Dans la moiteur de saints ferments".*

Tuve que contener un ataque de náusea. Me di cuenta de que podía enfrentarme a los escenarios más espeluznantes, pero la imagen que Saúl acababa de recitar me parecía imposible. En mi cabeza desfilaron las palabras escuchadas y se mezclaron con el entorno: la mierda, el cochambre de la mesa, el culo del amante (hombre), la gordura de la mesera, el penetrante olor del queso comparado con la materia fecal, la sordidez de aquel antro.

—¿De quién es? —pregunté para emitir algo breve y darme tiempo de controlar una arcada.

—De Verlaine —respondió Saúl casi sonriendo, aunque sin abandonar su mueca de desconfianza. Aún analizándome.

No sabía quién era Verlaine, pero me quedaban claras dos cosas: que era francés y que engrosaba la lista de los maníacos que a ese grupo le gustaba leer.

—Es otro rito —dije con las palabras cortadas—, también de sexo y ahora de... gastronomía —la costura de mi discurso era lenta y tenía los hilos rotos—, una orgía despreciable. Comida y sexo. Coprofagia.

Para bajar los espasmos, tuve que darle un largo trago a mi bebida. Era preferible el ardor en la garganta que la molesta intención del vómito. Me quedé viendo a Saúl. Temía que mi interlocución hubiera echado por tierra todos mis preparativos.

Saúl, a su vez, me veía atónito. Largos segundos después, la circuns-pección, que incluía ojos entrecerrados, cedió paso a un estallido. Una carcajada que rebotó en las asquerosas paredes de aquel lugar:

—Ja, ja, ja, ja. ¡Eres un bufón! ¡Bromista desgraciado! ¡Ya me es-tabas preocupando! Ja, ja, ja. Le vas a caer muy bien a Elorduy. ¡Van a competir en sarcasmos! ¡Casi me engañas!

No entendía su risa, pero la agradecí. Una vez más, busqué con mis labios el contacto con la ginebra, pero el vaso estaba ya vacío. En vez de reprenderme, concluí que mi sed se debía al trance nervioso por el que acababa de pasar. Saúl llamó de nuevo a la mesera y pidió una nueva ginebra para mí.

—¿Quién es Elorduy?

—Un compositor que sabe emplear lo exquisito hasta en sus bro-mas. Vive muy cerca de aquí. Va a ser de tu agrado. Pero debes ser más veloz en tus bufonerías. Él es vertiginoso. Cierta vez —se volvió a lanzar en su propia velocidad, nada exquisita—, regresaba de una reunión en la casa de Alberto Leduc... Lo conoces, ¿no?, gran escri-tor. Bueno, pues la borrachera se le convirtió a Elorduy en modorra y en el trayecto de Tlalpan a San Ángel se quedó dormido. Fue tal la profundidad de su sueño que el tranvía realizó el viaje de ida y vuelta varias veces. Elorduy es un personaje conocido por esta zona, así que en algún momento de aquel repetido desplazamiento, el chofer lo despertó con sutileza y le dijo: "Maestro Elorduy, ya hemos hecho el viaje varias veces". ¿Sabes qué le contestó Elorduy?

No lo sabía y no me interesaba. Siempre había pensado que la na-rración de los hechos triviales sólo confunde y aleja la mente de las cues-tiones importantes. Aun así, pregunté:

—No. ¿Qué le respondió?

—Le dijo: "No importa, hijo, tú sigue conduciendo que los viajes ilustran".

Saúl terminó la anécdota con un golpe en la mesa acompañado de otra sonora carcajada, que rubricó con un sorbo a su ginebra. Yo imité un poco sus gestos de simio y también sorbí de mi vaso recién colmado. ¿Qué sabría aquel compositor de viajes? Del provecho que pueden otorgar a las mentes menos frívolas. Hacer carrera científica en el extranjero, eso era provecho.

Saúl aniquiló su bebida de nueva cuenta y me conminó a que hiciera lo mismo. Lo hice. Sentí mi lengua cada vez más pesada y mi cabeza más y más ligera. Finalmente era hora de levantarnos para ir a nuestra reunión. Conocer al resto de la camarilla de necios para lograr mi propósito.

Hospital Psiquiátrico del Verrón

Estudio de caso, paciente A... J... (8245-3)
Diagnóstico general: oligofrenia con etapas de autismo, a pesar de no
  tratarse de una paciente de mente débil.
Última prueba realizada: procesos cognitivos a partir de experimentos de neuropsicología (área de Broca).
Nota: el anterior estado de desconexión social (ausencia) se suscitó
  cinco días antes del presente texto. Sin alteraciones visibles en la
  continuidad de su conducta.
Doctor a cargo del tratamiento: Rogelio Campuzano.
Diario médico elaborado por la paciente como parte de su terapia
  psicológica.

30 DE ABRIL DE 1916

La época alrededor de los siete u ocho años viene a mi cabeza con
alegría. Recuerdo que fue hacia esa edad cuando la habitación en
donde vivíamos mi mamá y yo dejó de ser el único sitio tangible. Fue
cuando comenzamos a salir a la calle una vez por semana, creo.

Supe hasta entonces que nuestra habitación era parte de un sótano
que tenía muchos cuartos más. Con este hallazgo, el misterio detrás

de la puerta desapareció, aunque no por completo. Cada vez que salíamos, mi madre me llevaba con rapidez por aquellas estancias. Yo apenas podía ver qué pasaba. "¡¿Lista?!", me preguntaba antes, y yo sabía lo que iba a pasar: la ansiada salida. Le sonreía y entonces ella comprendía que ya estaba preparada. No recuerdo muchas cosas, pero no puedo olvidar que cuando me hacía esa pregunta, sentía cosquillas en el espacio que está entre la panza y el corazón. Después me ponía sobre sus hombros y me llevaba hasta la ventana larga que daba a la calle. "¡Abre bien los ojos, chiquitita!, ¡aguanta lo más que puedas!", me decía mientras yo me reía. El juego consistía en ver hacia la luz y no parpadear. Después de unos segundos, mi mamá gritaba con alegría: "¡Ahora, la carrera!". Entonces me ponía de caballito en sus espaldas y avanzábamos a toda velocidad por los cuartos del sótano. La oscuridad provocada por haber visto justo antes mucha luz, además de la rapidez con la que mi mamá me llevaba, sólo me permiten recordar muchos cojines, y a veces algunas personas sentadas o acostadas en ellos. Nadie conocido. Todos apenas visibles por el contraste entre la luminosidad de la ventana y la penumbra de los cuartos.

Es una técnica que aun hoy sigo aplicando: cuando aparecen los monstruos de los sitios menos esperados: atrás de una enfermera que me va a inyectar, al lado de otro paciente que me mira en todos lados menos en el rostro, enfrente de alguien que se enoja y comienza a lanzar golpes. Entonces antes de que me domine el miedo, volteo a ver el sol durante un rato o una lámpara y logro que los monstruos que jadean y tiran baba por la comisura de sus labios partidos se vuelvan grises. Siguen ahí, pero sumidos en su estado grisáceo, así resultan menos terribles. Cuando aparecen con colores, son más grandes y están más enojados: sus labios muy rojos se abren en una risa que deja ver los dientes flojos y manchados; de la cuenca de los ojos azules con los párpados sumergidos asoman los globos como si se fueran a caer en cualquier momento. Hasta antes de mis ocho años, no recuerdo a otra persona que no fuera mi madre. El resto sólo eran esos rostros grises que pasaban.

Mi madre me sacaba del laberinto de habitaciones, y la velocidad se reducía hasta que estábamos en la calle. Mis ojos tardaban en acostumbrarse ahora a la luminosidad. Entonces, mi mamá seguía su camino un poco más pausada, pero sin detenerse. Como si cada paso la liberara más y más de la humedad del sótano. Yo iba de su mano. Ella siempre rápida. Ese momento me gustaba. No era sólo la luz de la calle: mi mamá también parecía iluminarse. Conforme me iba acostumbrando al exterior, volteaba para ver su cara. El cambio me fascinaba. Al principio tenía la cara de siempre, la que mostraba en nuestro cuarto. Rígida. Labios apretados. Ojos bien abiertos que parecían medirlo todo, incluso cuando pretendía estar feliz. Pasados algunos minutos en la calle, la tensión disminuía. Era como si la distancia entre el sótano y nosotras la aliviara. Yo pasaba entonces de ser un bulto jalado a ser su hija. El rito era muy parecido cada vez que salíamos: en el momento en que me volteaba a ver, yo sentía inmensa alegría. Creo que sonreía, porque ella, a su vez, también me sonreía. Su sonrisa garantizaba la mía.

Ese intercambio de sonrisas era una especie de meta, porque entonces la carrera cesaba. Mi mamá se veía segura en el exterior y yo también sentía tranquilidad. Siempre nos deteníamos en el mismo lugar: un local que vendía buñuelos. No sé si me engaño, pero tengo la sensación de que las únicas veces que mi mamá me compró algo fue cuando nos deteníamos en aquella tienda. Siempre pedía dos y uno me lo daba a mí. Luego avanzábamos sin tomarnos de la mano porque ambas las teníamos ocupadas con los buñuelos.

Pero los buñuelos sólo eran una parada. Mi madre, lo sé ahora, tenía un proyecto a largo plazo. Algo que la emocionaba. Al recordarlo no me sorprende. Parecía que siempre estaba haciendo algo. Con su cabeza ocupada en pensar estrategias o tal vez simples salidas. Era como si la vida tuviera un ritmo demasiado lento para ella, y entonces tuviera que completarla con sus pensamientos. El doctor Campuzano me dice que tal vez a mí me pasa lo mismo, que tal vez por eso tengo que *aderezar* mi realidad con los monstruos. Pero es que él nunca los ha visto; si lo hiciera, entendería que a nadie le gustaría aderezar nada con ellos. Después de algunos minutos de caminata, llegábamos a una casa que recuerdo inmensa. Entrábamos. El espacio interior lo tengo muy presente: un piso grande, con ventanas que, para mi sorpresa, dejaban ver una gran panorámica de la calle. No sólo dejaban entrar ruidos del exterior. Ya no se trataba nada más de zapatos taconeando en la banqueta como la pequeña ventana de nuestro cuarto, sino que, desde esos ventanales, se podían ver la esquina, las personas, las otras casas.

La casa estaba vacía y mi madre siempre recibía la llave de una vecina que se asomaba desde su ventana.

—¿Ya casi? —le preguntaba la anciana.

—Ya casi, señora, deme tres meses más y listo —contestaba mi mamá.

Cuando entrábamos, como si se tratara de un día de campo, nos sentábamos en el piso de madera porque no había muebles. El piso estaba maltratado, pero mi mamá ponía encima un mantel y ahí comenzaba la fiesta. Los buñuelos eran sólo el aperitivo. Mi mamá sacaba de una canasta varias frutas y pan.

—Ahorrar, lo importante es ahorrar —me instruía, aunque también parecía que se disculpaba por los alimentos tan magros. Era como una comida de juego. Por una vez abandonábamos la mesa de nuestro cuarto y comíamos en el piso de aquella casa vacía. Sin enseres, pero llena de luz y de vistas al exterior.

La soledad se sentía diferente a la de nuestro cuarto de siempre. No había ruidos extraños. Sólo mi madre y yo. Ella sonriendo, tranquila, feliz de estar sólo conmigo. Ella diciéndome: "Dentro de muy poco, cariño, ya no tendremos que salir de aquí. Estaremos solas las dos". Ella recordando el cuento que me leía algunas noches, esperando que no me visitaran los monstruos, y diciendo: "Vas a ver que existen las princesas sin príncipes, y vas a ver que no se la pasan tan mal". Entonces yo volvía a ver las ventanas de la casa, y aunque no entendía muy bien lo que decía, me imaginaba que en un castillo sólo con princesas habría más espacio. Mi mamá seguía:

—Son demasiados años trabajando en esa mazmorra —decía—, pero ahora valdrá la pena.

Yo pensaba que salir de mi cuarto de siempre podía ser peligroso. Pero luego veía la cara de mi mamá y llegaba la seguridad. No más ruidos tras las puertas, creo que pensaba. No más monstruos en las esquinas del cuarto oscuro, creo que imaginaba. Luego recuerdo que ambas volvíamos a sonreír. Yo para ella y ella para mí. Y luego comíamos. Mi mamá con los labios muy rojos, pero sin muecas pavorosas; con los ojos bien abiertos, pero sin que le saltaran los ojos, y viendo, como yo, hacia las ventanas.

Pero jamás nos mudamos a esa casa.

Poco tiempo después, esos paseos no volvieron a ocurrir.

Dejé de ver a mi mamá.

Desapareció. Desapareció ella. Desapareció la casa. También desapareció el sótano lleno de cuartos. Ésa es la parte que más se me escapa. A pesar de que el doctor Campuzano me insista en recordar justo ese punto, mi memoria se niega. Creo saber que a los ocho años fue la última vez que la volví a ver. Luego todo desapareció. Una nueva casa. Nuevos sentimientos. Fragmentos que no me hacen mucho sentido, como si hubieran tomado mi cabeza, la desarmaran y luego hubieran unido los pedazos en el sitio incorrecto. Por eso, aunque el doctor Campuzano me insista, prefiero quedarme con el recuerdo de esas comidas de juego. Volver a ver a mi mamá sentada en el piso de madera, con todos los detalles que, estoy segura, se encuentran en su sitio. Prefiero imaginar que sí nos mudamos a esa casa y que vivimos mucho tiempo ahí. Con las vistas de aquellas ventanas. Que la llenamos de muebles. Que había mucho espacio para las dos solas. Prefiero eso. El resto no lo quiero recordar. No me gusta. Me gustan más los buñuelos. Me gusta más la sonrisa de mi mamá.

El aquelarre de la inmoralidad

De pronto esa tarde sobre San Ángel se me antojó agradable. La luz del sol inyectaba brillo a las paredes de las magníficas casas. Paredes añejas de dos siglos atrás. El empedrado del piso ayudaba a dar una vieja consistencia que también resultaba agradable. Sabía que buena parte de mi placidez se debía a los dos vasos de ginebra que había bebido, pero por un momento agradecí poder soltar las tensas cuerdas de la investigación. Estaban ahí, al final de cuentas aquello no era un paseo sino parte de mi trabajo, pero no tiraban tanto. Ante los atisbos de culpa que aparecían cuando el calor de la ginebra desaparecía de vez en cuando, pensaba que un poco de relajación no hacía mal a nadie, menos aún en medio de esas tensiones que había sufrido durante los últimos días.

Mientras caminábamos, Saúl Pereda no detenía su cascada de palabras. Yo no hacía mucho caso, a veces asentía o contestaba con monosílabos. Pasados algunos minutos, y mientras el atardecer ya comenzaba a matizarse con el negro, llegamos a la casona. Había una puerta enorme franqueada por altos muros. En la dovela estaban esculpidas tres figuras humanas que parecían de niños, las cuales se abrazaban unas a otras, no sabía si con miedo o con frío. Saúl azotó una mano de metal que entró en vigoroso contacto con una esfera del mismo material. La calle estaba desierta y aquel sonido se me antojó desproporcionado. Los segundos transcurrieron en silencio. Creo que era la primera vez que Saúl callaba. Mis oídos se pusieron a tono con el resto del cuerpo y se relajaron.

Aquel prólogo adquirió un aire solemne. Como si, en vez de una reunión, esperáramos entrar a una secta o a un cenáculo de masones. El viento elevó las hojas que estaban tiradas en la calle. La puerta se abrió al fin. Del interior salió una bulla tan escandalosa que toda idea de iniciación secreta se evaporó. Respiré hondo. Era menester regresar al trabajo:

—El señor que me acompaña —dijo Saúl a nuestro anfitrión— quiere dedicar su sangre a la senda del claroscuro.

—Querido Saúl, cuántas veces te he dicho que tu pomposidad es confusa y no la entiendo. O la haces para elaborar una pésima broma, o realmente crees que el dandismo tiene que ir de la mano del ridículo.

Desde ese momento, me di cuenta de que entrar a aquel círculo de la mano de Saúl no resultaría muy prometedor. Saúl se esforzaba demasiado y con ello perdía toda elegancia. El resto de la noche, me quedó claro, tendría que hacerme notar por mis propios medios.

La reunión sucedía en una sala sobrecargada de objetos. Alcancé a contar doce bustos de yeso. Algunos sobre columnas, otros sobre pequeñas mesas y algunos más en los resquicios de amplios libreros que colmaban dos de las cuatro paredes. El piso estaba inundado de alfombras. Una sobre otra. No alcanzaba a definir su origen preciso, pero era evidente que provenían de Oriente. También había un par de ventanas que, de tan saturadas por gruesas cortinas y velos, resultaban inútiles en su tarea de introducir aire. Grandes candelabros sostenían algunas velas cuya luz sólo servía para darle a aquel lugar un tono lúgubre. Espejos de gruesos marcos dorados. Varias decenas de óleos.

En sillones de terciopelo rojo, ocho hombres discutían con ánimo vivaz. Acepto que no parecían especialmente propensos al crimen, incluso rectifiqué que el vestuario de cada uno resultaba menos estrafalario que el de Saúl o el mío. Como nuestro anfitrión no nos presentó con el resto de los invitados, nuestra llegada apenas fue percibida. El veloz hilado de los diálogos no fue interrumpido:

—Este anillo es idéntico al del Señor de Phocas.

—¡Basta ya! —replicó otro—, eso es imposible. Yo mismo he intentado hacerme uno así, pero en México no hay quién consiga la aleación mineral.

—Es por ello que lo mandé hacer a Francia —avanzó satisfecho el primero.

Todos miraron de cerca el mencionado anillo. Era una piedra azulina engarzada en montura de oro.

—¿Conoces la historia? —me dijo un Saúl discreto, de pronto apabullado y que encontraba en mí a su único interlocutor.

—¿La historia? —pregunté.

—¿Jean Lorrain, *El Señor de Phocas*?

Moví la cabeza en gesto negativo. Saúl la agitó de igual modo, pero proyectando sus ojos al techo. Entendí: me consideraba un peso, mas en medio de aquellas personas no se atrevía a corregirme con socarronería, como lo había hecho en el parque y en el bar. Su reputación, estaba claro, era ínfima en aquel círculo. Saúl, más que un invitado, era un estorbo: alguien a quien se tolera. Y yo, como acompañante de ese estorbo, gozaba del mismo prestigio que un mesero saltapatrás en el Jockey Club. Calibré entonces la nueva situación: hablar de los temas decadentes no me conduciría sino a mayores desprecios, tendría entonces que utilizar mi conocimiento científico para enganchar a alguien de esa reunión, y debía hacerlo de una manera sutil.

—Ese anillo no puede ser barato —dijo un *decadente*.

—Si de él depende el camino final, ¿qué importa?

—Bueno, pero ¿conseguiste la misma piedra que el Señor de Phocas?

—Ésta es turmalina. Igual que la receta que nos da Lorrain, la mandé horadar por dentro. Tiene su costado más delgado en la base, y su contenido es mortalmente venenoso.

Mi curiosidad comenzó a hacerme girar la cabeza, pero me hice el propósito de no ver directamente a la camarilla que discutía sobre el anillo. El desinterés, había leído en mi material de investigación, era considerado por ellos un rasgo de elegancia.

—¿No resulta más apropiado el cuarzo?

—El cuarzo es transparente y a demasiada gente le llamaría la atención el veneno.

—¡Claro! Y lo último que tú deseas es llamar la atención, ¿no? —dijo alguien irónico.

Decidí voltear a ver uno de los cuadros que desde mi llegada había llamado mi atención. Incluso di algunos pasos hacia él. En el óleo se veía a una mujer que sólo vestía medias y sombrero, con un fuete en la mano. A su alrededor, un cerdo corría con un gato erizado en el lomo. Látigos, mujeres con poca ropa, liviandad y perversión: iba por el camino correcto.

—Entonces ¿por qué no turquesa o crisocola? Ambas son tan opacas como elegantes.

—Querido amigo: poco sabes de mineralogía. De nobleza y elegancia, tal vez, pero nada de aquel reino.

Al oír la última intervención, mis sentidos regresaron al cuarto. Al fin un tema en el que podía intervenir. Abandoné la contemplación del cuadro y bebí un poco más de la copa que nos habían ofrecido. También era ginebra.

—Tanto la turquesa como la crisocola tienen cobre —continuó el dueño de la joya—; la primera, de hecho, también tiene aluminio; y la segunda es un silicato de cobre. Si mi veneno entra en contacto con cualquiera de las dos, se vería alterado y mi escapatoria de esta vida repleta de tedio se vería frustrada.

Segundos después, el hombre accedió a quitarse la joya del dedo para que los otros la revisaran. Todos la tomaban con mucho cuidado, como si se tratara de dinamita. Saúl, viendo que nadie lo convidaba a la inspección, se me acercó. Le quedaba claro que era mejor hablar conmigo que estar solo en un rincón del cuarto.

—El personaje de Lorrain —me aleccionó, pero ahora en un susurro— está hastiado de la vida. Un sentimiento noble. Sus gustos, demasiado exquisitos, no le permiten soportar un mundo tan vulgar. Entonces siempre lleva un anillo, como ése, en cuyo interior hay un potente veneno. Cuando el personaje considera que su existencia ya es insostenible, rompe la piedra preciosa y bebe el elixir para escapar del fastidio.

74

—¡Pero vamos! ¿Serías capaz de cometer suicidio? ¿Realmente te atreverías? —interrumpió con su gruesa voz otro de los convidados.

—Sin duda.

—¿Es cianuro el contenido?

—No, no me pareció el más apropiado.

—¿Y eso?

El cuestionado guardó silencio unos segundos. La providencia ponía en mi camino el momento justo. Me alejé de Saúl dando unos pasos hacia el grupo. Creo que fueron zancadas decididas porque la concurrencia volteó a verme.

—El cianuro es el veneno más reconocido por el pópulo —me lancé—; sin embargo, es bastante menos efectivo de lo que se cree. Las más de las veces no logra la muerte, sólo severos casos de apoplejía. La tetrodotoxina resulta más eficaz para quitar la vida: parálisis y muerte en menos de seis horas es el resultado. No obstante, es muy difícil de conseguir y de transportar. Sólo se encuentra en las entrañas del pez globo y son muy pocas las personas que la pueden obtener sin dañar sus propiedades.

—¡Eso es! —me interrumpió con evidente entusiasmo otro de los convidados—. Hay un platillo exquisito que se hace en tierras niponas, ¿no es así? Se llama...

—Su nombre es fugu —avancé con rapidez—, una delicia al paladar, pero de alto riesgo. Cualquier equivocación en la manufactura y el comensal prueba el último bocado de su vida: peligro y elegancia en un solo plato —terminé haciendo una comparación que, sabía, le gustaría a su espíritu morboso.

Con esa respuesta logré atraer la atención de todos. Era difícil que aquellos maleantes disfrazados de gente se callaran por un minuto, pero mi discurso lo estaba logrando. Todos voltearon a verme, esperando el resto de la lección:

—De hecho, casi cualquier sustancia puede convertirse en veneno. Bien lo dijo el profesor Von Hohenheim: todo es veneno o nada es veneno, sólo la dosis hace la diferencia.

Cuando volteé a verlos me di cuenta de que con aquella cita había perdido su interés. Entonces, intenté volver a atizar su morbo:

—Por ello estoy seguro de que no es tetrodotoxina lo que hay dentro de ese exquisito anillo —el *exquisito* era parte de la actuación—. Una segunda apuesta podría ser ricina: semilla potente que no necesita de grandes cantidades para aniquilar, y que se obtiene de la llamada higuera del diablo. Con sólo masticar algunas se logran recios fallos respiratorios. Sin embargo, es difícil convertir las semillas en líquido. Así que, mi apuesta final es que en esa joya no hay otra cosa que toxina botulínica.

La comitiva regresó al silencio. No sabía si causado por la admiración o por la desaprobación. Pasaron de verme a mí, a girar sus rostros hacia el dueño de la letal argolla. Todos menos Saúl, que me seguía observando estupefacto. Después de breves segundos, el hombre aludido dijo *in crescendo*:

—¡Pero esto es formidable! ¡Le ha dado justo al líquido! ¿Cómo es posible ese prodigio?

La última lección debía ser breve y cauta: era necesario evitar que pensaran que la ciencia me interesaba demasiado. Sólo como mera curiosidad para los mórbidos fines que los decadentes esgrimían:

—Porque ese veneno, también conocido como *botulinum*, es considerado el más efectivo. Va directo al sistema nervioso y la muerte es más o menos rápida. Puede obtenerse en estado líquido y es fácil de conseguir tanto en Europa como en estas tierras.

—En efecto, en efecto —dijo el dueño del anillo, quien intentaba retomar las riendas de la conversación. No lo dejé.

—Sin embargo, hay un par de problemas —dije tajante.

—¿Cuáles son? —se apresuró a decir un tercer interlocutor atajando la intervención del hombre del anillo, y ayudándome a mis propósitos.

—La petición de un anillo así es empresa peligrosa. Apuesto a que el químico joyero que le confeccionó el artilugio le prometió que ese veneno garantizaría cualquier muerte. No obstante, él no podía tener la certeza de si lo utilizaría para usted, como le dijo, o para cometer un homicidio. Por ello, muy probablemente no le dijo que, en pequeñas cantidades, la toxina botulínica no mata sino que obra milagros en algunos padecimientos de salud. Para su escape del hastío —reafirmé usando el lenguaje literario al que estaban acostumbrados—, sería necesaria una joya del tamaño de un vaso de cinco onzas. Temo decirle, entonces, que la única utilidad que obtendría al ingerir la cantidad que se encuentra dentro de su piedra turmalina sería resolver algunos trastornos en sus cuerdas vocales. Así que le sugiero que dedique varios años al canto bello antes de beber su contenido.

Sabía que me había arriesgado. Hacia el final, mi discurso había acariciado el tono de la lección, el cual se me había escapado para infligir humildad en la bufonería de aquel hombre. De inmediato escarmenté: la idea era introducirme en aquel círculo de manera velada, no resaltar mi estatura intelectual.

El silencio volvió a estacionarse en el lugar. Temí unos segundos. ¿Cuál sería el veredicto de la concurrencia? ¿Invitado encantador o petulante entrometido? ¿Cuántas veces me había enfrentado a la misma tensión segundos después de que terminara una conferencia? Mi aprensión se diluyó cuando la mayoría de los invitados estalló en una sonora carcajada.

—¡Buena te la han hecho, Gilberto!

—¿Cuánto pagaste por el timo?

Afortunadamente, el mencionado Gilberto tomó el percance de buena manera.

—Siempre confío en un miembro de nuestro cenáculo —dijo—, aun si está recién desempacado.

Acto seguido se quitó la sortija. La tomó con los dedos pulgar e índice y, con el mango de una cuchara, le asestó un certero golpe. La elevó a la altura de su cara y de un sorbo bebió su contenido. Nuevo suspenso. El llamado Gilberto comenzó a sostener la respiración. Se paró del sillón con las manos en el cuello, su rostro adquirió tonos rojizos. El resto de la comitiva se mostró inquieta. Lo veían a él y luego a mí. Yo me mantuve entero. Luego de algunos segundos de esa pantomima, Gilberto se soltó la garganta, elevó la cabeza y se puso a cantar alguna sonata en italiano, voz en cuello, logrando desafinados tonos durante un minuto. Después, sonriendo, le dijo a la concurrencia:

—Este anillo ha sido una de mis mejores inversiones.

Todos celebraron con nuevas carcajadas. Yo sólo sonreí, sabía que me había ganado mi lugar en aquel cenáculo, pero más allá de eso, estuve realmente cómodo. Me di cuenta de que, durante largos segundos, había dejado de actuar.

A partir de ese suceso las cosas cambiaron. Si en algún momento Saúl me había sentido como un peso, ahora era todo lo contrario: no deseaba separarse de mí, recordaba al resto con insistencia que había sido él quien me había llevado. Sus intentonas eran patéticas; sus esfuerzos, contraproducentes. Después de mi confronta, la reunión se fracturó: ahora había tres corrillos en la sala que realizaban diferentes actividades. Unos bebían y discutían; otros prolongaban el análisis del anillo —ya sin la expectativa de antes—; unos más recitaban poesía francesa a la manera en que Saúl lo había intentado algunas horas antes. La nueva dinámica de la reunión sirvió para que un hombre, quien desde mi llegada se había mantenido alejado de la comitiva, y que sólo festejaba las bromas con una leve ondulación de labios, se acercara. Me encontraba revisando con mayor puntualidad el óleo de la mujer, el cerdo y el gato, cuando sentí que se aproximaba por detrás.

—Una composición interesante, ¿no?

—Enigmática y a la vez muy clara —se me ocurrió decir, recordando lo entusiastas que eran esos personajes con las *paradojas*: las había leído hasta el cansancio en mi material de trabajo.

—Eso no nos dice mucho, ¿verdad? —respondió mi interlocutor y entonces enmudecí: mi fórmula no había tenido el efecto esperado.

—Es un óleo completamente simbolista —me dijo perdiéndose en el cuadro, apenas hablando conmigo—. La mujer con un látigo en la mano y sin embargo con un sombrero de día de campo y medias hasta los muslos. El cerdo que, azotado sin piedad, ha corrido tanto que ha terminado tallando un círculo en el pasto a su paso, en una tortura sin fin. No obstante, por lo poco que alcanzamos a ver el rostro de la mujer, no sabemos si lo disfruta, lo detesta o le parece natural. Finalmente, prevalece una circunstancia que sí es rotunda: el hecho de que sea un cerdo y no un hombre acrecienta la distancia entre víctima y verdugo. Un animal y una diva: el abismo de estatus resulta enorme. Para mi gusto, es una composición que cuenta considerables historias.

Tuve que contenerme ante el análisis. Era demasiado minucioso, parecía propio de un sadomasoquista capaz de llevar a cabo sus más terribles fantasías. Pero de la misma manera, y para mi sorpresa, el examen tenía cierta elegancia, un garbo retorcido, sin duda, pero que me impidió romper el silencio con alguna actuación.

—Sin embargo, esta noche no es ésta mi obra consentida —dijo aquel hombre aprovechando el mutismo.

—¿Cuál es entonces? —pregunté siguiendo el juego.

—Haga el favor de seguirme.

Después de una pausa, me dijo:

—Por cierto, mi nombre es Sebastián.

—Servando, mucho gusto.

Salimos de la sala atiborrada y llegamos a un patio interior. Mi nuevo guía adoptaba en su vestir algunos elementos *dandistas*, pero sin exageración. En la calle nadie sospecharía lo oscuro de sus inclinaciones. Sus ademanes eran afables, casi caballerescos y tranquilos, como si un sosegado aburrimiento hubiera aterrizado en su semblante sin hacer demasiado ruido.

El fresco me alivió el calor y la saturación que aturdía mi nariz por los olores encerrados, pero al mismo tiempo me hizo sentir más mareado. Ya sumaba cinco ginebras: mi temple estaba a completa prueba. Avanzamos por el pasillo abierto que rodeaba al patio, pasamos cuatro puertas y entramos a la siguiente.

Después de esos minutos, me quedó claro que Sebastián era el anfitrión de aquella tertulia. La naturalidad con la que se desenvolvía en aquella casa indicaba que era su dueño. Al entrar a la nueva habitación, accionó un interruptor y la luz eléctrica se hizo. Confundido, descubrí que las velas que alumbraban la sala estaban ahí por gusto, no por falta de modernidad. También me di cuenta de que aquel recinto estaba destinado para las obras que Sebastián consideraba más valiosas. No eran pocas. Muchos óleos que pasaron desapercibidos a mis ojos por el excesivo uso de tonos oscuros. Uno que otro con trazos claros donde era posible ver las curvaturas de cuerpos femeninos. Dos estatuas gemelas de mármol descansaban en gruesos pilares del mismo material: una representaba a una mujer con gesto de angustia en la cara que, sin embargo, acariciaba con la mano a un conejo que sólo podía inspirar simpatía; y la otra mostraba en su rostro una evidente satisfacción, aunque sostenía en su regazo a una serpiente enroscada con las fauces abiertas. Pero no nos detuvimos demasiado en ellas. Caminamos hasta el fondo y ahí Sebastián accionó otro interruptor.

Una luz bañó la pared más alejada de la puerta. Muy bien dispuesta y sin un solo rastro de polvo, descansaba una vitrina de respetables dimensiones. Adentro había unos veinte bustos de cera. De inmediato recordé mis propios anaqueles con reproducciones. Curiosamente, los bustos de Sebastián también parecían reflejar un propósito frenológico: mujeres macrocefálicas, hombres con infantilismo evidenciado en sus facciones, algunos rostros más con malformaciones menores. Tal vez envalentonado por la combinación de la ginebra y mi vena científica, le pregunté arriesgando mi condición de infiltrado:

—¿Tiene usted intereses médicos?

—No, no se encuentra entre mis aficiones —respondió sin mucha emoción—, pero creo que ya podemos abandonar el *usted* de una buena vez, ¿no le parece?

La perversión de aquel cenáculo era tal que ponía los conceptos patas arriba. ¿Cómo podía alguien despreciar de esa manera una ciencia como la medicina? Era despreciar al futuro.

—Entonces ¿cuál es el interés en estos bustos?

Sebastián me observó con el ceño fruncido. Como si no entendiera mi pregunta. Entonces respondió como si no valiera la pena continuar más con ese diálogo:

—Es mi escape del hastío.

—Ah, ya entiendo —respondí, aunque a decir verdad no me quedaba nada claro.

Se me quedó viendo, como analizándome, un par de segundos más, y luego avanzó:

—La medicina, la ciencia, junto con la enorme cantidad de cornetas que tienen en la era moderna, sólo sirven para ahondar en la vulgaridad de las sociedades. Meternos hasta la coronilla en diatribas terrenas. Y a mí, la verdad, es que nada de eso me encanta.

Lo peor del asunto es que lo dijo sin actuar. No elaboró ninguna pose. Tal vez contagiado, formulé la que fue probablemente mi primera intervención honesta de esa tarde:

—Pero todas estas reproducciones recuerdan de inmediato a la ciencia médica.

—Por la representación de lo grotesco, probablemente. Pero no debes olvidar que fueron realizadas como obra de arte. Una ironía de la practicidad. Una mofa de esa idea médica por la cual se cree que podremos, en algún momento, tener el control de todo. Lo que jamás sucederá. Por ello, estas cabezas se vuelven un remedo de la ciencia: son una broma.

Sentí su honestidad tan presente como un hierro afilado. No era posible la actuación: Sebastián hablaba con desgano ahora, como si haberme elegido como *invitado especial* esa noche hubiera sido una mala elección.

—Curioso, muy curioso —se me escapó mientras volvía a actuar, pero no lograba mi papel—. ¿Por qué entonces hacer reproducciones de anomalías físicas?

Su respuesta llegó tan rápida como tajante.

—Porque es un recordatorio.

—¿De qué?

—De que por más civilización que añoremos, el hombre sigue siendo una bestia.

Sus respuestas finales fueron como dagas heladas. Sabía que intentaba terminar de tajo la conversación y el recorrido. Para ganar simpatía, ahondé un poco en trabajos de cera europea. Hablé de los métodos que conocía, e intenté darles un matiz recreativo. No fue fácil. Sebastián escuchaba con atención, aunque no perdió su semblante de agobio. Al final de mi disertación, sólo atinó a sonreír un par de veces.

—Creo que tu espíritu se alimenta de elementos demasiado terrenos —sentenció. A pesar de la frase, su entonación no fue nada ostentosa. Y me disgustó porque sentía que algo había de verdad.

—También es un recordatorio de la bestialidad humana —respondí intentando copiar su estilo de pensamiento.

Sebastián asintió un par de veces y dio media vuelta mientras apagaba las luces eléctricas. Ya desandábamos el camino recorrido cuando en uno de los muros laterales, cercano a la puerta hacia el pasillo, vi otro óleo que de inmediato recordaba al que tenía en la sala. El trazo era el mismo, los colores muy parecidos. Sin embargo, este último estaba sin terminar. Los bordes del lienzo se mostraban blancos, intocables como una grosería.

Los papeles de la mujer estaban invertidos. Mientras que en el cuadro de la sala la fémina aparecía como domadora, en éste, la mujer aparecía sometida. Atada en sus cuatro extremidades por lo que parecían ser largas tiras de tela, la mujer mostraba todo su torso, completamente desnudo. Los brazos se elevaban por encima de su cabeza, separados entre sí. Las piernas, también apartadas una de la otra, dejaban ver el vello púbico expuesto. El cuerpo formaba una equis casi perfecta. A la par, su espalda se arqueaba porque reposaba en una inmensa roca con muchos salientes. Sin embargo, resultaba imposible saber a qué estaban atadas las tiras de tela que la sometían. Se perdían en las fronteras de lo inconcluso.

Realicé las conexiones de manera inmediata: el golpe de memoria fue tal que me detuve por completo. Los brazos cercenados de mi víctima atados al potro de tortura también trazando una equis. Las oposiciones me revolvieron el estómago: mientras que en la pintura se veía completa a la mujer, pero no se sabía a qué estaba atada porque faltaban los miembros, en el asesinato real sólo tenía completos los brazos y las piernas cercenados. Las ausencias se complementaban. Olvidando por completo mi actuación, doblé la cintura y casi pegué mi nariz al cuadro.

—Veo que lo suyo son los óleos —dijo Sebastián.

Me recompuse. La simulación debía mantenerse.

—Este pintor... ¿Es el mismo del cuadro de la sala?

—¿Es broma? —replicó como pensando que le gastaba una.

—No. Le pregunto de verdad. No estoy familiarizado con...

—Es un Ruelas. Julio Ruelas.

—Ah, Ruelas —dije, dejando en evidencia mi desconocimiento.

—¿Ruelas? ¿*Revista Moderna*? —preguntó Sebastián sorprendido.

Por mi cabeza atravesó una recriminación. Ubicaba la revista, pero no al artista. Debí haberlo incluido en mi estudio. Se me escapó entonces un dictamen que no vino de mi razón:

—La mujer aparece como algo terrible en cualquiera de los dos óleos: primero amenazante, luego salvajemente vejada. ¡En ambos casos demasiado lejana!

—Tal vez demasiado independiente. Poco asequible —completó el anfitrión con tranquilidad.

—Ese Ruelas —traté de indagar—, ¿en qué basa sus composiciones?

Sebastián me volteó a ver. De hecho, todo su cuerpo giró para confrontarme. En su rostro ya no había incógnita, sólo indignación. Luego, a rajatabla, me preguntó:

—¿Quién eres?

Sabía que había fallado. Toda mi parafernalia simulada caía por los suelos. Casi podía escucharla estrellándose.

—¿Realmente quiere saberlo? —fue lo único que se me ocurrió decirle. Pero contrario a lo que pensaba, su reacción fue alentadora. Su rostro finalmente se relajó, creo que incluso sonrió. No hubo gritos que me señalaran como traidor. Como espía de su cenáculo. Ni siquiera una burla por mi pretensión. Parecía que Sebastián acababa de encontrar una nueva aventura mucho más promisoria y emocionante que un anillo con falso veneno dentro.

El Salón Bach

Die

La carencia forjó el vínculo entre Carmela Lafragua y yo. Conforme avanzaron las citas, me enteré de que tenía muy poca familia, casi toda viviendo al norte del país. En la ciudad había apenas dos primas con las que se veía cada quince días. La falta de afecto, me dijo ella misma, era suplida con seguridad económica. Y a ella le parecía un trato justo. Si su familia quería perderse de lo que una metrópoli podía ofrecer para quedarse viviendo una vida llena de dinero pero que no se podía gastar más que en pastura o gallinas, allá ellos. Carmela trabajaba realizando diseños de moda en su propia casa. Los diseños salían de sus lápices, se plasmaban en papel y los enviaba por correo a tres suplementos para señoritas cada mes. El resto del tiempo, que no era poco, leía otras publicaciones. Estaba interesada sobre todo en la biología y sus variantes, pero me aseguró que sus coqueteos con la ciencia no me harían competencia: eran un ingrediente más que, creía, debían tener las mujeres modernas.

Hacia la tercera cita, mi nerviosismo había remitido. Las conversaciones eran un amasijo de clases que yo le daba y de noticias de un mundo más trivial que ella me prodigaba no sin cierto sarcasmo. Me parecía que Carmela tenía las cosas claras y eso me despejaba a mí mismo. Cuando descubrí que la tensión nerviosa disminuía, agradecí todavía más su presencia. A pesar de lo que les parecía a algunos, mucha de mi seguridad en la academia tenía bastante de impostación. Sabía que no existía una metodología infalible, y que por más trabajo que hubiera hecho, los errores podían esconderse. Entonces, una pesadilla recurrente era que alguien me los señalara en un foro público. El trabajo como valor principal era un vector innegociable, pero sabía que no era un recurso del todo certero. Así, cada vez que estaba inseguro de algún resultado, también me sentía un poco deshonesto.

Tal vez por eso terminé decidiéndome por la criminalística. Ahí, el campo se reducía a un hecho concreto y, a partir de un evento —sí, sangriento casi siempre—, podía avanzar por un camino que parecía trazado de antemano, y en donde sólo me tocaba descubrir el sendero. Claro que no le dije nada de esto a Carmela. No le confesé que a la incertidumbre la sentía siempre acusadora, eso me restaría muchos puntos en el set de la hombría. Y así fue como, certeza en mano, en la quinta cita le pedí matrimonio. Me hacía mucho bien estar con ella, como si fuera capaz de eliminar, justamente, la incertidumbre. Además, en esos días la convicción sencilla de mi trabajo me estaba fallando: estudiar a una niña para obtener información y entender los complejos códigos de disciplinas artísticas para ver en qué momento dejaban de ser arte para convertirse en muerte eran menesteres que me encaraban con un terreno ignoto. No me gustaban las sorpresas, no sonaba elegante, pero era la verdad. Y la ansiedad me la tranquilizaban las tardes con Carmela. Tenía el poder de regresarme a un mundo tangible en donde podía enseñarle lo que ella no sabía y podía escuchar anécdotas con las que no tenía que competir.

Una tarde en la que el viento insistía en hacer volar nuestras telas, llegamos al Salón Bach. Habíamos hecho ya varios de los arreglos y preparativos para la boda, y pensé que reservar una mesa en ese magnífico local a pesar de la enorme demanda se convertiría en un preciado epílogo. Desde su inauguración —hacía un par de meses—, el Salón Bach permanecía abarrotado. El lugar era estupendo, y la comida presentaba una variedad como ningún otro sitio.

Antes de llegar, cada uno había ido con su respectivo sastre. Para la futura ocasión elegí una levita café claro. Sin dejar de ser sobria, el color recordaría que aquello sería un evento alegre. Nos encontramos en Palacio de Hierro y ahí pasamos revista a los diferentes almacenes. Carmela llevaba dos criados que nos asistieron. En realidad, yo pensaba sólo presentarme con el agente de la tienda y dejar en las manos de Carmela la organización, pero acepto que una brisa de entusiasmo me elevó el espíritu. Carmela tenía una moderación que engarzaba con la elegancia. En algún momento pensé que estaba haciendo una de mis más atinadas elecciones.

A mi futura mujer le propuse tomar un carruaje hasta la Parroquia de Santa Catarina, lugar en donde celebraríamos la boda. Sería un evento discreto, nada ostentoso: cuatro parientes de su lado. El crimen que en ese momento me tenía enfrascado no nos permitía mayores actos públicos: ya con ese breve acontecimiento, corría el peligro de ser reconocido por el asesino, quien sea que éste fuera, más todavía si se trataba de alguien de buena familia pero mala moral. Así que por mi parte sólo invité al doctor Limanterri. "No me parece una contradicción que se case por la Iglesia", me tranquilizó cuando le expuse mi paradoja, "algunos ritos arcaicos sirven para mantener el orden en la disipada vida de hoy". Como siempre, agradecí el consejo de mi maestro.

Pero luego me hizo una pregunta que nunca me había formulado: "Y, hablando de ritos antiguos y de estructuras clásicas, nunca me ha contado de su familia, Servando". No, nunca lo había hecho. Nunca había habido necesidad. Pronto entendí que la familia podía ser un lastre para la demandante vida académica, sobre todo si se quería tomar con la suficiente seriedad. Entonces decidí alejarme de la mía y no hablar de ella. Sin embargo, en ese contexto —una invitación a una boda—, el tema era ineludible. Por vez primera convidaba a mi maestro a una actividad que no tenía que ver con las aulas, la medicina, o las lecturas científicas. Fue necesario satisfacer la duda.

La verdad es que la historia no era larga: un padre muy ausente y una madre muy presente. Ambos radicados en Puebla. Mi padre era errático, pasó largos años decidiéndose entre el seminario y la vida familiar. Al final, ganó la primera opción. Pero la vida en familia ya había dejado secuelas: un hijo único que era yo. Estrictamente no había nada ilegal en aquella alquimia sentimental. Mi padre eligió al fin su devoción después de su vida en pareja, y a partir de ahí nunca quebrantó las leyes espirituales. El resultado, sin embargo, fue que mi madre tuvo que vivir sorteando la vergüenza. Como si fuera una amante y yo un bastardo. Mi padre nunca dejó de dar manutención y visitas. Pero sus visitas eran confusas: cuando me acariciaba la cabeza, lo hacía desde una distancia que poco tenía de filial. Cuando se preocupaba por mí, se refería más a mi futuro ultraterreno que a mi vida como adulto. Al despedirnos, yo nunca sabía si debía abrazarlo o besarle la mano. Lo único que recuerdo como una clara directriz era su obsesión por que leyera. En donde vivíamos, el seminario era lo más parecido a un grupo de estudio, aunque los temas fueran más bien fútiles.

A pesar de su historia, mi padre y mi madre coincidían en un rasgo: la dureza. Era algo bueno. Daba disciplina y lograba el orden que la vida familiar nunca pudo. Mi madre alababa el trabajo de mi padre como seminarista, mi padre alababa la educación que mi madre me daba. Ambos coincidían en que su hijo les había salido bueno: inteligente y disciplinado. Entonces supe aprovechar lo más posible esas cualidades. Sin embargo, acepto que mi propio camino delineó su rumbo cuando decidí no seguir los senderos de terracería de mi padre. La ciencia era un lugar más provechoso para la disciplina. Mi juventud me hizo despedirme de Puebla para ir a instruirme en la ciudad de México.

Claro que no fui tan detallado con mi maestro respecto a mi historia, pero le quedó claro que mis convicciones científicas eran más valiosas que mis lazos familiares. Más ordenadas también. Una estrategia parecida había utilizado con Carmela. Yo sabía que ella admiraba lo que yo había construido en la ciudad de México, y mi familia poco tenía que ver con eso.

Aquel día, el carruaje nos dejó a un costado de la plaza. Lo que antaño había sido un mercado al lado de un cementerio —así de peligrosamente antihigiénico—, hoy era un hermoso conjunto de plazoletas arboladas con sus respectivas fuentes. Otro espacio conquistado por la modernidad. Dejé que Carmela entrara a la parroquia y arreglara con el cura los últimos detalles. Yo me quedé paseando en la plaza: tampoco iba a aceptar ningún sermón innecesario que viniera de un líder metafísico. Ya tendría mi dosis el día de la ceremonia.

Mientras me sentaba en una de las bancas, revisé con calma la fachada de la casa del coronel Mariano Pérez de Tagle. Erigida a un costado de la plaza donde yo estaba, se había visto beneficiada por varias remodelaciones. Algunos negocios bien llevados le habían permitido al coronel dar un aire nuevo a la magnífica construcción del siglo XVII: el tercer piso era por completo nuevo, y la familia había decidido poner balcones estilo limeño, lo cual resultaba arriesgado, pero no le restaba elegancia.

Fue en uno de esos balcones que alcancé a ver a un hombre que a su vez me veía desde aquella altura. De inmediato me sentí incómodo. Aquella figura me revisaba como queriendo aprehender todos mis detalles para hacer un reporte o algo similar. Entonces hice lo mismo: lo analicé con total descaro. Manos cruzadas sobre mi pecho, la barbilla y la mirada bien erguidas. Tal vez era porque minutos antes había estado con mi sastre, pero lo primero que noté fue su indumentaria: no reconocía ni el corte de su saco, ni el de la corbata. Tampoco lo reconocí como miembro de la familia del coronel Mariano. Los colores de su vestimenta resultaban extraordinarios en el peor de los sentidos: jamás los había visto en un caballero, por un momento me parecieron demasiado modernos, como procedentes de un futuro en el cual todo hubiera sucumbido.

Pero el hombre en cuestión no me permitió obtener mayores detalles: al ver que la confrontación era demasiado directa, se metió balcón adentro y me dejó con un enjambre de dudas sobre la cabeza.

Cuando al fin llegamos al Salón Bach, me llevó algunos minutos lograr mi concentración habitual. La tenue compañía de Carmela fue muy útil para recomponerme. Sin embargo, una vez que conseguí salir de mi ensimismamiento, descubrí que se encontraba distante:

—¿Está nerviosa? —le pregunté. Caviló la respuesta unos segundos y me contestó que no era nada, que en efecto los preparativos la sofocaban un poco pero que, una vez que conociera mi casa, seguro se sentiría mejor. Carmela, me quedó claro, sabía cómo ayudar, porque como dice ese lugar común, que es común porque está lleno de verdad: "Mucho ayuda el que no estorba".

Sie

Cuando nos sentamos en una de las mesas del Salón Bach no pude disimular mi decepción. Sé que fallé como mujer moderna: una dama preparada para el nuevo siglo debe siempre estar en control de sus emociones, evitar esa condición patológica propia de nosotras que es la histeria, pero la verdad es que había pensado de manera diferente mi boda. Llámenme conservadora, pero a pesar de las grandes ventajas que tiene la modernidad, estoy convencida de que las raíces también son importantes. El silencio que Servando insistía en mantener respecto a la ceremonia parecía tener su origen en una vergüenza por mostrarme. Y seamos honestos, parte del encanto de casarse con una personalidad pública es que mucha gente esté al tanto del enlace. Que se nos identifique a nosotras como parte de la luminaria, del proyecto. Como dice el exacto dicho: "Detrás de todo gran hombre, hay una gran mujer".

La decepción cobró forma cuando me dijo que sólo pensaba invitar a uno de sus ancianos maestros, y me supo más amarga porque en la visita previa a la modista, yo había elevado mi entusiasmo: la habilidosa mujer logró conseguirme un satén Charmeuse de la mejor calidad, traído del puerto de Veracruz. Claro que antes me informé bien: *El imparcial* anunciaba que un buque francés había anclado en el puerto de Veracruz algunos días antes, con varios textiles europeos. Di las indicaciones a la modista y ella obró el resto del milagro. Por ello, cuando minutos después mi querido Servando ni siquiera deseó entrar a la iglesia conmigo para afinar los últimos detalles con el párroco, me dio mucho que pensar.

Trató de compensarme eligiendo justamente el Salón Bach para comer. Recién abierto, se encontraba repleto de varios de sus conocidos. Nos vieron, sí, pero a nadie le comentó de nuestro evento futuro. Me presentaba como algo menos que una amiga circunstancial. Servando había tenido la atención de reservar uno de los apartados del fondo, de los más codiciados, pero esa elegancia también podía ser interpretada como la posible vergüenza que sentía por mí.

—¿Le pasa algo, Carmela? La noto distante.

—Nada, doctor, es que me abruma la cantidad de gente que conoce usted.

—Relaciones provechosas para mis menesteres, nada más.

—Y cuando se enteren de nuestra relación, ¿no será eso nocivo para sus importantes negocios?

—Mi querida Carmela, no son negocios sino investigaciones y no: no hay razón para que esta gente se entere de nuestra vida privada.

Al salir del Salón Bach, la tarde era realmente hermosa: el viento había despejado el cielo que prometía un atardecer fresco y radiante. Por un momento olvidé mi congoja. El carruaje nos llevó hasta la casa de Servando. Justo a la mitad del parque Alameda se levantaba la construcción de dos pisos. La verdad es que yo ya la conocía por fuera: varias veces había pasado por ahí imaginando en qué estaría absorto. Pero jamás pensé que adentro de esa casa pasaran las cosas tan deshonestas que pronto vi.

La servidumbre era la correcta, y la casa estaba arreglada con un gusto impecable en su elegancia: ahí una *chaise longue* parisina, allá una mecedora Thonet. La verdad no pude evitar emitir un breve gritito cuando sobre el comedor vi colgada una lámpara Libélula de Tiffany.

—Sí, sé que es un poco exótica —me dijo Servando con algún tipo de cariño—, pero la orfebrería del plomo y los vitrales me parecieron un trabajo digno de adquirirse.

—Pues a mí me encanta —respondí mientras Servando me sonreía satisfecho.

La casa era amplia y tenía varios cuartos. Tal vez demasiados. Tomamos café en la sala de estar y luego Servando me dio un pequeño tour por el resto de la residencia.

—Al fin y al cabo —me dijo—, ésta será próximamente también su casa.

Había dos estudios. Una habitación para él. Dos cuartos de invitados...

—Uno de los cuales será próximamente su habitación, tal vez la del fondo, Carmela, porque es la que tiene el armario más amplio.

Había además tres baños completos, y una última habitación. Fue ahí donde empezó el problema.

—¿De quién es esta pieza?

—La uso para trabajar en una averiguación criminal.

Mi rostro se convirtió en incógnita. Cuando Servando me vio, detuvo su paseo, después se quedó pensativo unos cuantos minutos para al fin decir:

—Bueno, Carmela, creo que en la medida en que usted y yo compartiremos una vida, no puedo apartarla por completo de mis investigaciones científicas ni criminalísticas, especialmente porque muchas veces resulta necesario traer el trabajo a casa.

Avanzó hacia la puerta cerrada de la habitación, me pidió que por favor tratara de ser prudente y silenciosa, "aunque me queda claro que la prudencia es su especialidad", y remató con una sonrisa discreta. Mi cuerpo fue atravesado por un ligero temblor que subía de intensidad, pero no sabía si se trataba del miedo ante lo desconocido o de la excitación provocada por ser partícipe del trabajo de Servando.

Cuando abrió —sólo unos centímetros— la puerta, alcancé a ver un cuarto completamente alfombrado, algunos juguetes para niños —muy pocos en realidad— sobre el piso, un armario con vestidos que parecían de niña, y al fondo, en un rincón, un colchón en el suelo que tenía una especie de cobertizo con techo de cartón.

Servando abrió la puerta un poco más y entramos muy despacio. Él por delante, yo atrás, ya francamente atemorizada.

—No hay nada por qué asustarse, Carmela. Considere este lugar como un laboratorio con todas las medidas de seguridad pertinentes.

Las palabras de mi futuro esposo me convencieron. Me separé de él para revisar mejor aquel cuarto. Estuve a punto de preguntarle para qué quería lo que a todas luces parecía un cuarto de niños cuando del escondrijo que formaba la cama salió disparado un animal que se dirigía justo hacia mí. No pude contener un grito que en pocos segundos tuvo a toda la servidumbre de aquella casa en la habitación. El ser se aferró a mi regazo impidiendo que yo pudiera escapar de ahí, entonces sólo atiné a cerrar los ojos y cubrirme el rostro. Creo que aún seguía gritando.

—¡Tranquilidad, Carmela, tranquilidad, por favor! —escuché decir a Servando—, que esa criatura no le va a hacer nada.

El ser no me mordió, tampoco me arañó: solamente se quedó abrazando mis piernas mientras escondía su cabeza entre mis rodillas.

—Hace eso con todas nosotras —escuché que alguien más comentaba en voz baja—, pero nunca había visto ese entusiasmo.

—Muy interesante —escuché de nuevo a Servando, pero ahora con un tono frío y calculador.

Como parecía que la única persona que estaba fuera de sus cabales era yo, me atreví a descubrir mi rostro y ver hacia abajo. El animalillo era en realidad una niña de brazos y piernas muy delgados. Su cabello —que desde mi altura fue lo primero que vi— era muy corto, pero la manera en la que me sujetaba —sin demasiada fuerza— me indicó que era mujer. Hincada y aún sin soltarme, su torso, también muy pequeño, se agitaba en un llanto muy discreto.

—Extraña a su madre —me dijo en el oído Servando con la misma frialdad. Luego tres mujeres que no eran parte de la servidumbre, sino que parecían más bien enfermeras, lograron separarla de mí. Lo hicieron sin violencia, pero sí con alguna firmeza:

—Vamos, niña: deja a la señora en paz.

—La estás asustando, niña, no hace falta hacer eso.

No fue necesario desprenderla por la fuerza de mis piernas. La niña, aún con la cabeza gacha, soltó mis piernas. Sus brazos delgados cayeron a sus costados. Se había resignado. Luego, las enfermeras la jalaron un poco de los hombros para que se pusiera en pie. Ella obedeció sin mayor problema. Siempre guiada por las manos de sus cuidadoras, giró en su eje y caminando de manera muy lenta avanzó rumbo a su cueva.

A mitad de camino, volteó su cabeza para verme. Le vi unos ojos enormes y enrojecidos que no paraban de llorar. Me miraba como cerciorándose de algo. Luego incluso levantó su dedo para señalarme y volteó a ver a una de las enfermeras con incógnita. Entonces, ella le dijo con voz tranquila pero firme:

—No, niña, no es ella.

La niña entonces volvió a bajar brazos, hombros y cabeza, y caminó todavía más lento hacia la cama oscura. Una vez ahí, se hincó y se metió sin hacer ruido.

Aún me encontraba absorta viendo ese espectáculo, intentando digerir lo ocurrido, cuando, sin dedicarme una sola mirada, Servando pasó a mi lado y se acercó a la misma covacha por la que la niña había desaparecido. No entró detrás de ella, pero se sentó con mucha calma en una silla que estaba a medio metro de la guarida infantil.

—Niña, no te preocupes —le dijo—, aquí estás bien protegida. Ya sabes que nadie te hará daño.

Mientras hablaba, y con movimientos muy lentos, le hizo una indicación a una de las enfermeras quien, a la señal, salió de la pieza. Servando siguió hablando en un tono que era nuevo para mí: una mezcla de sosiego con ciertos acentos de frustración que, a todas luces, trataba de someter. Nunca lo había visto así de calmo, casi comprensivo.

—No tienes por qué lanzarte contra una persona para conocerla. No seas brusca: así rompiste el jarrón el otro día. Pero tampoco se trata de que te escondas ahí todo el día. A ver: estoy seguro de que tienes hambre. ¿Tienes hambre?

En ese momento, regresó la enfermera y le dio un buñuelo a Servando. Él de inmediato extendió su brazo con el buñuelo en la mano hacia la cueva de la niña. El raquítico miembro emergió para tomarlo. Despacio lo sujetó y lo metió a la oscuridad.

—La calma llega sólo con los buñuelos —me dijo Servando, sin rastro de cariño—. Ningún otro dulce, ningún otro alimento logra esa tranquilidad.

Todos los presentes guardaron un rato de silencio y muchos sonrieron satisfechos. Y ése fue el momento más bajo de aquel día para mí. Me sentí completamente excluida. Todos sabían algo que yo no. Todos, hasta la servidumbre. Era como si las sirvientas y las enfermeras se burlaran de mí, y a Servando no le importara en lo más mínimo. Como si la sirvienta ajena fuera yo. Y yo era una mujer moderna, moderna y de alcurnia, y no podía permitir ser tratada de esa manera. Además, resultaba inmoral que aquella niña viviera en esa casa si no era ni hija ni camarera. ¿Cómo era posible que los dos dueños de ese hogar fueran un hombre y una niña sin relación sanguínea?

Servando se levantó y, al dar la media vuelta, vi que en su rostro había una enorme sonrisa. Cuando se acercó a mí, el entusiasmo de la boda que tenía en la mañana había desaparecido. Era como si no le importara más que lo que acababa de suceder. No hubo una disculpa por haberme puesto en peligro frente a esa pequeña salvaje, ni un rasgo de la calma o el cariño que le había regalado a esa niña. Sólo comenzó a balbucear con un entusiasmo torpe que había hecho bien en leer esos artículos sobre traumatismo y neurosis en los niños, que tal vez sí había algo que aprender de la psicología, que desde hacía dos días la niña había empezado a emitir una o dos palabras, y que lo mejor era que ya comía más, lo que significaba un avance mayúsculo porque los niños con ese tipo de trastorno no pueden expresar su padecimiento más que convirtiéndolo en un malestar físico. Era como si yo no existiera. Servando me hablaba como si le hablara a cualquiera o a nadie. Su frenético parloteo se completaba con un caminar veloz. El tour por la casa había terminado abruptamente y ahora yo me veía en la vergonzosa tarea de perseguirlo escaleras abajo. Justo al pie de la escalera volvió a reparar en mí, se dio media vuelta y me sorprendió con un beso. Jamás nos habíamos besado de esa manera. Mi cabeza zumbaba: el beso, la niña, la grosería, el Salón Bach, la iglesia, el modista, el buque francés. La modernidad y el siglo xx, pensé, como aquella niña, tienen alma de neurosis.

Hospital Psiquiátrico del Verrón

Estudio de caso, paciente A... J... (8245-3)

Diagnóstico general: oligofrenia con etapas de autismo, a pesar de no tratarse de una paciente de mente débil.

Última prueba realizada: terapia estacionaria con énfasis en las vivencias.

Nota: no ha habido etapas de desconexión (ausencia) en los últimos veinte días.

Doctor a cargo del tratamiento: Rogelio Campuzano.

Diario médico elaborado por la paciente como parte de su terapia psicológica.

15 DE MAYO DE 1916

El doctor Campuzano me insiste en que recuerde lo que no deseo recordar. Pero a pesar de que no me gusta, voy entendiendo cuál es el motivo. Me pide que ponga en orden mi memoria para saber por qué dejé de ir a la casa vacía de las grandes ventanas con mi mamá. La respuesta, lo recuerdo de alguna manera, tiene que ver con el regreso al sótano lleno de cuartos. Y no quiero recordar más ese lugar. Pero el doctor Campuzano insiste en que eso me va a armar, como si fuera un rompecabezas.

97

Así que recuerdo: un día llegó a nuestra habitación un señor malencarado. De alguna manera me era familiar porque cada vez que lo recuerdo siento asco. Recuerdo que entró, le dijo algo a mi mamá y los dos salieron. Las voces a través de la puerta no se distinguían completamente, tal vez lo que no escuché lo he ido inventando después, para darle sentido a lo que pasó. Tal vez he ido perfeccionando una mentira. Sin embargo, los sentimientos nos los invento. Cada vez que me acuerdo de ese día los vuelvo a sentir, y no pasan por mi cabeza: se estacionan en medio de mi estómago. Sea lo que sea, recuerdo haber escuchado algo así como "es que se enamoró de sus grandes y hermosos ojos, si lo piensas bien, es un elogio". De cierto modo, desde mis ocho años, me quedó más o menos claro que ahí estaba la ardiente traza de lo temible. Siempre que algo malo pasaba, el calor se sentía. Mi mamá regresó a la habitación. Me vio sentada en el borde de la cama. Tenía una mirada atroz. No sólo de enojo, tampoco sólo de tristeza: su mirada era la combinación de ambas. Y encima, mi mamá quería ocultar lo que sentía. No quería contagiarme, pero ya era demasiado tarde. Luego, sólo quedó la rabia como licuado de todas las emociones anteriores.

Mi mamá me observó un largo rato. Mi mamá fue al pequeño clóset que teníamos en el cuarto. Mi mamá abrió las puertas con un movimiento violento. Las puertas se azotaron. Recuerdo mi sobresalto mientras estaba sentada en la cama. Yo no me había portado mal, pero de cualquier manera recuerdo que traté de volverme invisible. Intenté convertirme en una silla, pero recuerdo que fracasé porque las sillas no lloran.

—¡¿Por qué lloras, eh?! —me dijo mi mamá muy enojada—. ¡¿Encima vas a llorar para hacerme sentir culpable?!

Yo sabía que su enojo era porque estaba triste, pero de cualquier manera me daba miedo. Recuerdo el miedo porque el doctor Campuzano me obliga a recordar. Recuerdo los monstruos que aparecen con los relámpagos, esperando ahí agazapados hasta que uno se descuida. Pero ahora me doy cuenta de que, entre más recuerdo hoy el miedo de ayer, ya no tengo que esconderme. No puedo. Una persona invisible no vuelve invisibles los recuerdos; si se acuerda de cuando era invisible, deja de serlo.

En aquel momento era distinto. Parecía que ahora mi mamá no iba a poder ayudarme con los monstruos. Sacó varias prendas. Luego, habló y habló. Me habló como a una adulta, lo recuerdo. Lo recuerdo porque no entendía muchas palabras. Ésa fue una de las últimas conversaciones que tuvimos. Como si supiera que no nos veíamos mucho más, parecía que se quería adelantar al tiempo. Le hablaba a su hija como adulta, aunque se tratara de una niña, porque sabía que jamás vería a su hija convertida en adulta, creo. El diálogo era largo, no se detenía, y en vez de pausas, tenía muchas palabras que yo no conocía.

No era mi culpa, decía, pero tampoco la de ella: nos había fallado el tiempo. Hacía mucho énfasis en eso: que el tiempo no había estado de nuestro lado. Que los ahorros los tendría que haber hecho varios años antes. Luego dijo que era una estúpida. Que, si hubiera reaccionado antes, esto no habría pasado. Mientras hablaba, tomaba vestidos. Me los medía, otros me los enfundaba. Con mucha brusquedad. Con rabia. Primero sacó los míos: me miraba con cada atuendo y sacudía la cabeza en rotunda negativa. "No te quieren tan niña", recuerdo que dijo en algún momento. Por primera vez no le gustaba cómo se me veían esos vestidos. Vestidos que ella misma me había hecho. Entonces comenzó a probarme lo suyos. Recuerdo que me ponía y quitaba varias prendas suyas con la misma fuerza que un rato antes. Me zarandeaba, jamás había sido así de brusca conmigo.

—¡Ya, deja de llorar! —me gritó en un momento. Otra vez su rabia, otra vez mi miedo.

Finalmente se decidió por uno, pero ese éxito no le produjo alegría. "Voy a tener que ajustarlo", decía y me volteaba a ver como si fuera mi culpa. Yo, después de muchos esfuerzos, había logrado dejar de llorar, pero a cambio mi cuerpo no podía dejar de temblar. Mi mamá no quería darme su vestido, pero yo no entendía por qué debía hacerlo si nunca se lo había pedido.

Durante la breve sesión de costura, mi mamá continuó su palabrería. Una y otra vez repetía que era su culpa. Los tonos variaban, pero la frase era la misma. "Es mi culpa". Mi mamá me daba la espalda. De vez en cuando tenía que dejar la aguja y el hilo. Se sacudía, temblaba como yo. "Es mi culpa". Luego intercalaba la frase con otras. No me volteaba a ver. Parecía que le estuviera hablando al vestido que tenía en sus piernas. "Es mi culpa. Dios no permite esas cosas. Es mi culpa. La niña es muy pequeña para esas cosas. Es mi culpa. ¿A quién se le habrá ocurrido? ¿Quién puede pensarlo siquiera? Es una niña. A quien se le ocurrió semejante barbaridad habría que meterlo preso. Pero es mi culpa. Debería haber ahorrado varios años antes. ¡Faltando tan poco nos pasa esto! Es mi chingada culpa". Luego, sin más, se levantó. Dio la vuelta con el vestido en sus manos. Su rostro seguía mostrando la mojada mezcla de tristeza y enojo. Pero la rabia volvió a ganar:

—Quítate la ropa.

—¡Hace frío! —algo así le contesté. No sabía bien qué pasaba, pero me quedaba claro que no era bueno.

—¡Quítatela! —me gritó. No recuerdo a mi mamá gritando ninguna otra vez de esa manera.

Yo empecé a llorar de nuevo. No lo pude evitar: tenía mucho miedo, y nadie me iba a cuidar. La que normalmente lo hacía ahora me daba miedo. También intenté sujetarme con fuerza a la cama, donde estaba sentada, pero dio un par de zancadas hacia mí, me tomó por los brazos y me levantó en el aire mientras yo me llevaba entre las manos las sábanas. Me puso el vestido que había ajustado. Le costó mucho trabajo. Nada tenía sentido. Mi mamá no estaba haciendo lo propio. Por qué enviarme a algo que ella no quería. Por qué provocarme el miedo que sentía. Hubiera sido mejor que me explicara qué pasaba. Pero no lo hizo. Tal vez tenía razón. Tal vez sí era su culpa.

El ritual no terminó con el vestido. Mi mamá me tomó y me sentó en sus piernas. Me sujetaba fuerte. Con uno de sus brazos me rodeaba la cintura para que no me moviera. Con la mano libre me estaba maquillando. La cintura me dolía por el abrazo. Los ojos los sentía raspados. La boca hinchada. Todo era por culpa de mi mamá. No podía parar de llorar. Eso era peor. Mi mamá me dijo que ya me detuviera o si no me tendría que maquillar de nuevo. La amenaza sonaba terrible. Intenté dejar de llorar. Me costaba mucho trabajo. Tal vez decidí que nada podía hacerse. Que lo malo que iba a ocurrir, simplemente iba a ocurrir.

Mi mamá me sacó del cuarto. De nuestro cuarto. Fue la única vez que no pasé corriendo aquel sótano. Hubiera preferido pasar volando. Me llevó de la mano con una lentitud que no fue agradable. Era de noche y yo jamás salía de noche de *nuestro* cuarto. Hasta ese momento pude darle forma a la enorme cantidad de ruidos que escuchaba desde mi seguridad. En realidad, hasta ahora que lo recuerdo. Resultaba que las otras habitaciones estaban llenas de gente: las vi. Casi nadie estaba de pie: todos tumbados, algunos sentados en grandes cojines tomando algo. Las risas se mezclaban con los aullidos. Llegamos hasta un cuarto que estaba vacío, pero eso no me gustó: por alguna razón hubiera preferido estar rodeada de gente que hacía sus cosas. Como si eso garantizara algo, aunque no sabía bien qué. Sin embargo, pronto entendería que en todo aquello no había opciones ni voluntades: sólo se valía obedecer.

Mi mamá y yo pasamos unos minutos a solas. Aquel momento lo recuerdo como el último con ella. Mi mamá estaba sentada en una silla y yo en otra. Ya no me movía. Ella tampoco. Me veía directamente. Sólo me veía: no sonreía, no lloraba. Me veía. Todo esto pasó hace mucho tiempo, pero ese instante siempre regresa a mí con mucha fuerza en las noches, y resulta desagradable. Al final, mi mamá no dijo nada. Hubiera preferido un regaño o los gritos que antes había escuchado. Pero nada. Las últimas palabras que le escuché no fueron dirigidas a mí: al cuarto en el que esperábamos entró el mismo señor que varios minutos antes había hablado con ella en el nuestro y que le había provocado la rabia y la tristeza. Apenas recuerdo algunas frases sueltas de aquella conversación. Mi atención estaba centrada en la persona en la que mi mamá se había convertido. Una que no conocía y que no me gustaba. También intentaba esconderme en lo más profundo de mí. Ya sé que eso no es posible, pero lo intenté con mucha fuerza. Ir adentro de mis pensamientos sin hacer caso de lo que me rodea. El doctor Campuzano dice que eso ya lo he hecho durante demasiado tiempo, y que no me ayuda, pero no me importa: estar adentro es seguro.

Desde ese lugar, recuerdo que las frases que escuché de la señora que se parecía a mi mamá y las del señor no mordían tan fuerte: *He cambiado de opinión. No se puede. Algo se puede hacer. Es muy niña. Sólo un pervertido. No vengas con eso. Mira quién lo dice. Como si fueras monja. Pero no es lo mismo. Yo te pago todo. Déjanos ir y te pago. Hasta que termines tu deuda no salen.*

Después recuerdo un silencio muy largo. Recuerdo que entonces mi mamá sí se levantó y se puso entre aquel señor y yo. Como tratando de alejarme de él. Luego nuevas frases: *Tengo una petición especial. Algo duro. Lo haces tú, no tu hija. Quedas libre. Estar amarrada. Acceder a todo lo que diga el señor. Un poco de dolor, sí. Pero mucho dinero. Tu deuda saldada. Tu hija nada tiene que hacer. Sólo una noche y te vas para siempre.* Y recuerdo una sonrisa muy grande que no era ni de la señora que se parecía a mi mamá, ni mía.

Luego no recuerdo más de ese lugar. Ni de mi mamá. No sé qué sucedió después. Tengo la impresión de que los monstruos sí atacaron esa noche. Finalmente se decidieron, y lo destruyeron todo. Yo me cubrí el rostro. Lo hice porque mi mamá me lo decía. Me gritaba que por favor no viera nada. Eso sí lo recuerdo: permanecer mucho tiempo con las manos en la cara. No vi a los monstruos, sólo los escuché. Esa noche, que era su noche de asalto, gruñeron como nunca. Ya no eran jadeos o gritos rítmicos, fueron gritos fuertes y desgarradores. *Ya por favor.* Yo me tapaba la cara para no verlos porque mi mamá me suplicaba que no mirara, que escuchara lo que escuchara no viera nada. Luego ella también gritaba muy fuerte, gritaba hasta quedarse ronca, gritó hasta que se convirtió en un monstruo. *No aguanto más.* Yo me sentía como dentro de una caverna. Los monstruos se fueron y se llevaron a mi mamá. La convirtieron en uno de ellos.

Pareciera que el doctor Campuzano sabe algo que yo no. Eso a veces me da seguridad, pero a veces me enoja. ¿Cómo puede saberlo? Dice que no me estoy acordando de todo. Luego me da pistas. ¿Cómo puede conocerlas? "Tu madre hizo lo propio", me sugiere. ¡Pero si de ella era la culpa! En ocasiones, cuando el doctor Campuzano se pone muy necio, yo hago lo mismo. Simulo que lo escucho, pero en realidad me vuelvo a meter dentro de mí. Me construyo de nuevo mi caverna, aunque ahora ya no me cubro el rostro. No hace falta. He practicado mucho. Puedo hacer como que veo sin ver. Hacer como que escucho sin oír. Estar sin estar. De esa manera también puedo regresar con mi mamá, aunque ella no esté. Y es la mamá que no me grita ni está enojada ni está asustada. Es mi mamá antes de convertirse en un monstruo.

La impostora

Tanto el doctor Limanterri como yo coincidíamos en que aquél era un libro muy peculiar. *Del asesinato considerado como una de las bellas artes.* ¿A quién se le ocurriría semejante disparate? Cuando se lo enseñé, lo analizó con sorpresa, pero también con la calma que da la experiencia. En un principio creíamos que se trataba de una broma cruel que iniciaba desde el título, pero luego nos dimos cuenta —por el tono en el que estaba escrito— de que esas páginas no contenían nada de humor.

—Dices que lo encontraste en el prostíbulo del asesinato... —inquirió el doctor Limanterri y luego, meneando un poco la cabeza, señaló—: Vaya descuido.

—A menos que se trate de algún tipo de mensaje.

—¿Lo has leído ya?

—Sí: se trata de una apología de la violencia.

—¿Existe tal cosa?

—El autor confunde a propósito el bien y el mal, incluso sugiere que, si una maldad se hace con refinamiento, es válida.

—¡Incoherencias! Eso crearía sociedades corruptas, viciadas en sus más fundamentales valores.

—Creo, maestro, que la idea que propone el tal Thomas de Quincey es que la belleza (así, sin ser específica) es el valor máximo, que no hay nada por encima de ella. Por ello justifica incluso al asesinato, si es hermoso.

—¡Absurdo! ¿Le pareció a usted bello lo que presenció en aquel prostíbulo?

—Todo lo contrario: la escena era grotesca hasta la náusea, yo mismo, a pesar de tener un estómago fuerte, contuve varias arcadas.

—Así es: no es posible, jamás, vincular la belleza con la crueldad, con la muerte. Pero más allá de eso —siguió sin cejar en el tono iracundo—, la belleza jamás debe ser el último fin. Es poco moral. Las ciencias naturales que descubren la verdad, ése sí es un propósito que ayuda a la sociedad. La ciencia práctica aplicada a la política, ése es un fin loable que dará orden y concierto al mundo en este siglo XX. Quien no lo crea que vea los estupendos resultados que los positivistas han logrado. Ciencia, política, tecnología, ésos serán los pilares del siglo XX, de nuestra civilización, no valores tan fatuos como la belleza.

Al doctor Limanterri se le había encendido el rostro. Yo coincidía por completo con lo que él argumentaba, pero sabía que era necesario pensar en otras opciones:

—¿Y si se trata de una broma? —aventuré—. La matanza de la familia Marr existió, y me di a la tarea de investigarla. Corroboré que el asesino había utilizado una pesada barra de metal para machacar las cabezas de los parientes hasta volverlas una mezcla de hueso, carne, sangre y cabello, mientras el resto de la familia se escondía aterrada y sólo escuchaba los golpes y los gritos de la siguiente víctima sin poder hacer nada. Repasé lo que el autor narra como si fuera una observación científica, con método, aventurando una hipótesis, sin exaltarse. Cuando iba a la mitad de mi indagación, se me vino a la cabeza que era como si siguiera las instrucciones de una metodología previa, como muchas veces hemos hecho al repetir una operación con nuevos instrumentos en el quirófano, o cuando se repite un experimento químico. Entonces pensé que tal vez aquello era una burla. Es decir, obligar a repetir aspectos de un crimen no para resolverlo, sino para exaltarlo, sólo puede tratarse de una broma.

—¿Contra quién?

—Contra nosotros, los científicos.

—Así entonces, si este monomaniático se está burlando de nosotros, ¿por qué percibo en su tono también algo de auténtico placer?

Mientras conversaba con mi maestro, mis pensamientos divagaban en algunas de las pláticas que había sostenido con don Sebastián desde el día en que nos conocimos. Claro que no le revelé toda la información del crimen: no podía eliminarlo como sospechoso. Sin embargo, con mucha paciencia —debo decirlo— me fue haciendo más nítida la frontera entre la patología y el arte, por más impetuoso y soez que éste pareciera. Fui descubriendo que, en muchos casos, esa línea se difuminaba. Pero no sólo era el arte inmiscuyéndose en materias científicas, tal vez también era la ciencia negando algunas pulsaciones artísticas, negándolas de manera categórica por calificarlas muy rápido como inmorales. Tal vez muchas enfermedades no lo eran necesariamente. Tal vez algunos comportamientos excéntricos y nocivos debían recibir la etiqueta de enfermedad para ser tratados desde una perspectiva más amplia. Quería saber qué pensaba mi maestro sobre todo esto, pero no sabía si me entendería al no haber estado presente en mis pláticas con don Sebastián, así que lancé una pregunta adyacente:

—Doctor, ambos sabemos que hay enfermedades harto peculiares.

—¡Y que lo diga, mi estimado Servando! Justo ayer recibí una larga carta de un joven médico recién graduado de la mano de Jean-Martin Charcot de la Salpêtrière, quien se encuentra estudiando un trastorno mental extraordinario.

Mientras me refería este nuevo caso, su angustia se fue, poco a poco, disipando. Casi parecía deseoso de dejar de hablar del libro. Lo que me narró a continuación me provocó la inquietud que despierta cuando alguien, sin querer, le atina al centro de una obsesión que se lleva a cuestas durante un buen tiempo.

—El joven colega, de apellido Capgras, encontró a un adolescente que le planteó un enigma por completo novedoso. Un niño que estaba sometido a un terror indescriptible y al que nadie acertaba a dar una respuesta lógica. Un buen día, cuando su madre regresaba a casa después de haber realizado algunas diligencias, el muchacho la vio, emitió un terrible grito y salió corriendo a esconderse. Desde aquel día no ha podido soportar estar en la misma habitación que su madre. En un principio, Capgras lo revisó en busca de alguna anomalía física, pero no la encontró. Investigó cautelosamente la posibilidad de que la madre le hubiera hecho algún daño en secreto y de manera recurrente. Tampoco era eso. La madre estaba desesperada: resultaba claro el amor que sentía por su hijo, así como la pesadumbre por la imposibilidad de acercarse a la carne de su carne. Finalmente abordó el proceso neurológico: comenzó a indagar qué había sucedido los meses anteriores al irracional temor del niño y descubrió (sobre todo porque su tutora había tenido la delicadeza de prestar atención) que el miedo no había nacido de un día para otro. No se trataba entonces de una lesión o enfermedad que le hubiera cambiado el juicio por completo y de inmediato. En un principio, el adolescente empezó a mostrarse suspicaz con la madre: no asustado, sólo receloso. El afecto que siempre le había profesado comenzó a disminuir. El contacto físico fue cada vez más breve hasta llegar a cero. Ya a partir de ese punto, sí que empezó a aparecer el miedo: primero le sacaba la vuelta a la madre (la tutora, me refirió Capgras, recordó que el adolescente se sentía más cómodo cuando entre él y su madre se interponía otra persona o algún mueble de la casa); pocos días después prefería escabullirse con discreción del cuarto donde estuviera la madre, hasta que al fin llegó aquella tarde aciaga en donde la presencia de la madre le resultó tan insoportable que tuvo que correr y gritar.

—¿Logró este médico Capgras algún diagnóstico acertado?

—Por ello fue que me consultó, querido Servando: buscaba con desesperación una salida. Al eliminar las posibilidades más ordinarias, y después de conversar varias veces con el enfermo, descubrió que al pobre muchacho se le había metido una idea insensata en la cabeza: que su madre no era sino una impostora. Otra mujer, por completo ajena que, imaginaba, había logrado crearse el disfraz de madre (su apariencia, sus gestos, su respiración) más perfecto que existiera y que engañaba a todos menos a su hijo.

—Pero —dudé antes de hacer mi pregunta porque no quería quedar como un neófito frente a mi maestro— esa historia no podía ser real, ¿no?

—¡Claro que no lo era!, pero el miedo del muchacho era tan convincente que hasta el propio Capgras se vio obligado a hacer varias investigaciones criminalísticas más para atreverse a desechar la versión que el joven le proponía: que su madre era una impostora. Usó jeringas para cerciorarse de que la afinidad sanguínea entre madre e hijo fuera la misma. Utilizó a hábiles detectives que sondearon con los vecinos para corroborar que, en efecto, los habían visto crecer juntos. Nada había de anormal: sin embargo, la idea de que su madre era una impostora que se parecía fielmente a la original no abandonaba al niño. Sólo hubo un recurso que, cuando me lo refirió, me pareció ridículo, pero es lo único que ha funcionado para *imitar* algo parecido a la normalidad.

—¿Y qué recurso es ése?

—Que la madre siempre utilice una máscara cuando esté en presencia de su hijo.

Mi rostro reveló sorpresa.

—¡No ponga usted esa cara, estimado Servando!

—Pero eso suena a un acto circense al que no le encuentro relación con la ciencia —dije esto último con todo propósito.

—Pues el resultado obtenido por el doctor Capgras logró que el hijo, al ver esa máscara, creyera que su madre había aceptado ser una impostora, o que la verdadera madre estaba escondida debajo de la máscara por alguna enfermedad o deformidad. De esa manera, no sentía que lo quisiera engañar y entonces se encontraba incluso dispuesto a dialogar con la *impostora* con un poco más de cariño. Lo que a nosotros puede parecernos un acto de bufonería, para ella ahora es el alivio de volver a sentir un poco del viejo amor que su hijo le profesaba.

—Discúlpeme, doctor, pero me parece que ésa no es una solución ni muy científica, ni muy definitiva —de nueva cuenta sondeaba más mis obsesiones que el relato de Limanterri. Su respuesta me sorprendió:

—No sea usted tan obtuso, querido Servando: recuerde que hasta la ciencia más estricta requiere de elementos imaginativos, ellos son

109

tan útiles como actos a veces moralmente reprobables, pero que en ocasiones son la única forma de avanzar para lograr el conocimiento.

Volví a escuchar con atención las palabras de mi mentor. Imaginación, tal vez eso me faltaba con la testigo del asesinato. Tal vez don Sebastián y mi maestro no eran tan distintos.

Pudriéndose en vida

Cuando le terminé de referir a don Sebastián —el *escritor decadente*, como se llamaba a sí mismo— las cavilaciones a las que mi maestro y yo llegamos después de analizar al tal Thomas de Quincey, estalló en una sonora carcajada:

—¡Pero bueno! —dijo después, aún entre risas—. Ésta es una de las interpretaciones más desopilantes que he escuchado en mi vida.

Para ese momento, don Sebastián y yo nos habíamos reunido varias veces. No sabía qué tanto me ayudaba para la investigación en curso, pero las discusiones que habíamos tenido me ampliaban la idea de las patologías humanas y eso era siempre algo positivo. Me contó sobre el arte de Julio Ruelas, el autor del cuadro que había despertado mi curiosidad. Yo ya sabía que su propuesta era tortuosa, además de ser el claro reflejo de la neurastenia, pero tras las referencias que don Sebastián me dio, me percaté de que el cuadro donde aparecía un cerdo corriendo despavorido en círculos mientras una dómina lo azuzaba con un látigo sólo era el preámbulo de melancolías más oscuras. Don Sebastián me enseñó luego la reproducción en tinta de un pequeño demonio parado en la cabeza del pintor con orejas de duende, pies como garras que se sujetaban fuertemente a la frente del propio Ruelas, monóculos y una probóscide de mosco con la que succionaba su cerebro. Vi a una mujer que, entre risas, cortaba con una daga la cabeza de un pobre sujeto que aún imploraba amor de rodillas mientras del cuello le salían borbotones de sangre oscura. Vi a un recién nacido muerto, al que un perro le devoraba el vientre mientras su madre, atada con cadenas a los tobillos, intentaba rescatarlo y no lo podía alcanzar. Durante varios días mi memoria se negó a olvidar el rostro de dolor y abatimiento de aquella mujer: con sus manos a sólo unos centímetros del hijo y aun así sin poder rescatarlo. Vi, al fin, una cabeza cercenada que estaba colgada de un garfio que la penetraba por la oreja y, para colmo de dolencias, era golpeada por varios puños.

El *arte* decadente, me aseguró don Sebastián, era una suerte de rebeldía contra la modernidad, que siempre mostraba dos caras: una civilizada y la otra oscura y repugnante, pero igual de verdadera. Esto último yo lo sabía de sobra: que la sociedad presenta dos realidades, por ejemplo, una es la del padre de familia que va a trabajar y que lleva cada día el pan a su casa, y la otra es la del mismo señor que a cada tanto, en vez de al trabajo, va a un lupanar como aquél en donde se había perpetrado el atroz asesinato de la prostituta.

—Mi estimado Servando, según los criterios que aplicaron al pobre De Quincey, todos, absolutamente todos, estaríamos enfermos.

Le permitía llamarme así para no eliminar por completo el disfraz de un curioso interesado en aquellas artes. Pero tampoco me iba a dejar embaucar:

—No lo creo: la gran mayoría de la gente tiene conductas por completo normales, asépticas, y eso se puede comprobar a partir de condiciones físicas bien determinadas: la forma del cráneo, el largo de los huesos...

—¡Por Dios, qué manera de ver las cosas! Esos estudios sólo le darán a usted una seguridad efímera (además de un dolor de cabeza): la psique humana es compleja. ¡Complejísima! Los huesos son sólo calcio y tejidos. El hecho de que la mayoría de la gente se guarde con mucha discreción sus aficiones más oscuras no significa que no las tenga: es sólo que son estupendos hipócritas.

—¿A qué clase de aficiones se refiere usted, don Sebastián? —repliqué acercándome a la irritación.

—A la de una mujer que engaña a su marido con el conserje, por ejemplo, y que puede esconderlo muy bien porque lleva encima el vestido de dama juiciosa.

—Imposible: por algo se le llama *juiciosa*.

—Muy posible, querido Servando: esto ocurre en la casa vecina. La mujer en cuestión me cree una suerte de... médico de la psique, y a cada tanto me hace confesiones que mi parte indiscreta acepta con mucho gusto. Y la infidelidad no es lo más... interesante.

—¿Qué es entonces? —me apresuré a preguntar. Don Sebastián esbozó media sonrisa por debajo de su bigote muy bien recortado.

—Hace unos días me confesó que de todos los hombres de los que podría haber dispuesto para el adulterio, había elegido a alguien socialmente inferior porque la hacía sentir sucia y usada, y que era justamente eso lo que quería.

Quedé en silencio unos segundos. Quería encontrar en mi cabeza la patología tipificada para esa enfermedad, pero no la hallé. Encima, sabía a la perfección de qué mujer se trataba: coincidíamos a cada tanto en reuniones públicas. Don Sebastián aprovechó el silencio para continuar con una sonrisa mucho más amplia:

—Usted mismo, querido Servando, en este preciso momento: la llama de la intriga lo consume. Cuando le he contado de esta dama, manifestó una curiosidad malsana que, en estricto sentido, poco tiene que ver con la ciencia, lo que me indica que sin duda usted la conoce. Y eso es más morbo que búsqueda de erudición. Está más cercano a una desviación que a una virtud.

Me sentí incómodo: era una falta de respeto desnudar de esa forma a un recién conocido.

—Don Sebastián, ¡vaya manera de insultar a un invitado en su casa!

—No se ponga así, estimado Servando, que si usted es capaz de modificar un poco su visión sobre la ciencia, se dará cuenta de que en el fondo la curiosidad (aun la malsana) tiene mucho que ver con la metodología del conocimiento. Usted y yo lo sabemos, por ello, a pesar de ser tan diferentes, nos parecemos.

Pensé de nuevo en lo que mi maestro me había dicho. Don Sebastián hizo una pausa para servirse esa bebida verduzca que llaman ajenjo. Puso sobre el borde de su copa una suerte de cuchara plana y encima de ella un terrón de azúcar. Luego vertió el líquido verde que poco a poco fue desmoronando el cubo hasta caer dentro de la copa.

—Para que no le sepa a traición —me dijo—, ahora le haré yo una confidencia propia, pero que quede claro que tiene como único propósito afianzar mi argumento de que todas las personas, hasta las que tenemos enfrente, ocultan misterios que los otros ni se imaginan.

—¿De qué otro vecino me va a hablar ahora?

—De ninguno: le voy a hablar de mí.

—Actividad que, de una u otra manera, no ha parado de hacer, por cierto.

Apreciaba la información que don Sebastián me había proporcionado en nuestras reuniones. A esas alturas, estaba seguro de que el hombre que tenía enfrente no era el culpable: su temple era más delicado que agresivo; sin embargo, no descartaba la posibilidad de que el bárbaro se encontrara entre sus amistades. Ya iba a despedirme para evitar un ambiente cargado de intimidad, pero de nuevo se me adelantó:

—Mi confesión es que… soy invertido.

—¿Decía usted? —pregunté pasmado.

—No me haga repetirlo, querido Servando, lo oyó bien. Y sólo le hago esta confesión tajante para dejarle en claro mi punto. Si lo sabe utilizar bien, le facilitará la comprensión de que…

Lo interrumpí sin esperar a que terminara:

—Creo, don Sebastián, que ha bebido demasiado ajenjo, y por ello acaba de cometer una terrible imprudencia. Soy científico, pero también tengo obligaciones legales. En este mismo instante me está exigiendo remitirlo a las autoridades.

—¿Y lo va a hacer? —me preguntó con un gesto que no era desafiante sino sereno—. Porque yo creía que esta conversación tenía como propósito ayudarle a resolver un crimen, y no utilizar la intimidad para realizar una acusación pública. Como sea, creo que he demostrado mi punto: si usted hubiera sospechado siquiera de mi naturaleza homosexual, ya me habría remitido a las autoridades, y jamás habría puesto un pie en esta casa.

—Sin embargo, la situación es grave, don Sebastián, sobre todo después de lo ocurrido hace pocos días.

Me estaba refiriendo, por supuesto, al famoso baile de los cuarenta y un maricones —título dado por la prensa—, en el cual, tras una redada no muy diferente a la que se realizó en el prostíbulo del crimen, pero llevada a cabo en una casa de la calle de La Paz, aparecieron cuarenta y un vestidos, la mitad como hombres, la otra como mujeres. El tema atizó el morbo de la gente, y los diarios no supieron ser discretos, tendencia cada vez más común desde que los cronistas nacidos en buena cuna y poseedores de plumas privilegiadas estaban siendo sustituidos por los *reporters*.

Don Sebastián contraatacó:

—Sí sabe usted, estimado Servando, que la gran mayoría de los que ahí estaban pertenecían a la *buena sociedad*, ¿no?

—Lo sé, lo sé —respondí francamente exasperado—, pero un alumno mío revisó las características físicas de los involucrados y encontró los irrefutables rasgos físicos de las desviaciones onanistas, fetichistas y, por supuesto, homosexuales.

—¡Por Dios, Servando! Debe usted dejar esos asideros. Le dan consuelo, pero no lo ayudan a analizar con la amplitud que se requiere.

Frente a su furioso intento de adoctrinamiento opté por la calma:

—¿Sabe usted, don Sebastián, dónde se encuentran el día de hoy esos cuarenta y un invertidos?

Con una calma a la que no le faltaba gravedad, respondió:

—Sólo sé que se los llevaron lejos, entre ellos a varios amigos.

—¡Se los llevaron al mismísimo infierno, don Sebastián! Les quisieron dar un castigo ejemplar por su *fiestecita*, y la verdad es que motivos no faltaban: ¡los encontraron disfrazados con pelucas y pechos falsos, maquillados con carmín y chapas en las mejillas!

—¿En dónde están entonces? —preguntó, mostrando clara preocupación.

—Los iban a refundir en el ejército para que sirvieran como carne de cañón en las batallas contra los mayas en Yucatán, pero les pareció muy riesgoso.

—¿La razón?

—¿Me pregunta la razón, don Sebastián? ¿De verdad? ¡Pues el contagio! ¿Se imagina usted lo que habría pasado si hubieran mezclado soldados e invertidos?

—Bueno —respondió don Sebastián—, por una vez en la vida el prejuicio ha de haber salvado algunas vidas.

—Nada de eso, nada de eso. Los invertidos están en un sitio peor que la guerra: están en los valles de trabajo del mismo Yucatán.

—No entiendo cómo eso puede ser peor.

—Ahora seré yo quien cometa una infidencia, es más, una deslealtad al Estado. Hace poco más de medio año, un amigo mío, el señor Kenneth Turner, cronista norteamericano, se fue a Yucatán para hacer una investigación sobre las haciendas henequeneras. Desde entonces me ha mandado correspondencia para contarme sus primeras impresiones. La situación es lamentable: ¡es la esclavitud misma! Los indios yaquis trabajan de sol a sol, con una sola comida al día y varias noches sin tener oportunidad de dormir. Viven hacinados en bodegas malolientes e insalubres, y trabajan literalmente hasta desfallecer. Sus amigos están el día de hoy entre ellos, los que aún sobreviven.

Don Sebastián se quedó callado.

—Sinceramente, cuando me pidieron mi opinión, yo me opuse a que los enviaran allá. Incluso estoy en desacuerdo con que los indios estén en el mismo lugar: las enfermedades deben ser tratadas en clínicas o nosocomios pero, al parecer, el gobierno desea explotar hasta al último hombre para sacarle provecho, por más enfermo que éste se encuentre, en vez de estudiarlo.

—Pues si es verdad lo que dice, estimado Servando, el país peligra —contestó con la mirada perdida en algún punto de la pared de su sala.

—¿Por qué motivo?

—Porque a uno de los *afeminados* se le permitió escapar. Eran cuarenta y dos y no cuarenta y uno los que estaban ahí, y usted sabe la razón por la que ese último no se encuentra en Yucatán.

—Sí, bueno, pero...

—Pero ¿qué? ¿La enfermedad no se contagia entre los indios? ¿La enfermedad de los invertidos es peligrosa entre el común, pero en el yerno de Díaz es tratable? ¿Sabe dónde está ahora el prófugo, estimado Servando? Viviendo feliz en su hacienda de Yautepec, tal vez celebrando con los locales el mismo tipo de fiestas que a usted tanto repugnan.

El *impasse* fue largo y poco agradable. Si hubiera sido un juego de ajedrez, habríamos quedado tablas y habría dos malos perdedores de cada lado. Don Sebastián bebía con lentitud su ajenjo. Sin prisa, sin alegría. Yo miraba la sala a la que ya me había acostumbrado. Me levanté para dar una vuelta y enfriar la cabeza, pero don Sebastián creyó que me retiraba sin despedirme, porque de inmediato me dijo, de veloz manera, pero sin alzar la voz:

—El libro que encontró en el sitio del asesinato lo llevó un neófito.

Me detuve cuando escuché un comentario que, al fin, tenía algo que ver con lo que realmente me interesaba.

—¿Cómo?

—Si fue el asesino quien llevó el libro de Thomas de Quincey, significa que no tiene idea de lo que habla el autor. Podrá matar de la peor manera, pero de literatura no sabe nada.

—Yo lo imaginaba como una especie de manual —dije con rapidez. Quería aprovechar esa breve apertura de don Sebastián hacia el caso.

—¿Un manual de qué? —replicó contrariado, pero todavía abatido por la noticia que le había dado sobre sus amigos.

—De cómo asesinar, claro. *Del asesinato considerado como una de las bellas artes* narra varios casos de muerte por golpes craneales en sitios específicos, desapariciones de cuerpos por el fuego...

Don Sebastián recogió un poco del ánimo que se le había caído al suelo para decirme:

117

—No entiende usted, querido Servando, que la obra de De Quincey es literatura. Li-te-ra-tu-ra —repitió mientras con el dedo índice daba golpecitos en la mesa—. No es un manual de nada.

—Entonces ¿para qué demonios se deleita en el detalle de esos casos horrendos? En el caso de toda una familia muerta por un asesino que tenía sólo motivos hedonistas y no quería ni robar ni vengar nada, por ejemplo.

—Justamente por eso: porque lo que De Quincey hace es una crítica, no una propuesta. Quiere acentuar lo absurdo de la vida, de la muerte. Quiere criticar la idea de seguridad que nos hemos hecho en este lodo que llamamos modernidad —don Sebastián comenzó a exaltarse, pero sin mostrar violencia—. Desea recordarnos, como si nos colocara en el bolsillo una brasa ardiente, que por más trajes con corbatas que nos pongamos, por más carruajes que perfeccionemos, seguimos siendo animales, y unos muy sanguinarios. Tan sanguinarios como para mandar al mismísimo infierno a seres que creemos inferiores como indios o invertidos.

Me quedé pensando muy breves segundos. Luego, sin permitir que nos desviáramos del crimen que investigaba, regresé:

—¿Me está diciendo entonces que el asesinato que nos ocupa se trata más bien de un simple acto rebelde? ¿De una declaración de principios en contra del progreso, de la civilización?

—Pues ya lo tendrá que investigar usted, estimado Servando.

—Porque entonces eso nos acercaría a los terribles e insensatos actos de los anarquistas, de los nihilistas rusos. Al estilo de bombas que matan niños, al estilo de fuegos que buscan probar argumentos políticos poco realistas.

—Dudo mucho que un anarquista sea capaz de entender a Thomas de Quincey —respondió lacónico don Sebastián.

No podía dejar de aprovechar esa oportunidad, así que seguí apretando:

—Tal vez se trate de un maníaco en toda forma que está interpretando mal este libro u otros más parecidos.

—¿A qué tipo de maníaco se refiere?

Le referí entonces, evocando la reciente reunión con mi maestro, el extraño caso de Capgras y el muchacho que no reconocía a su propia madre. Don Sebastián se interesó por lo que le contaba y eso también sirvió para que regresara a su primer estado de ánimo, menos lúgubre y apesadumbrado. Después de describirle los síntomas y la curiosa solución a la que Capgras llegó, don Sebastián me dijo:

—Pues si me permite unos minutos más, la historia que usted me refiere no es tan exótica como pareciera. Y no se sorprenda de que conozca algunas similares: muchas veces la información médica de ese estilo, tan inquietante, tan curiosa, se escabulle de los círculos médicos y llega a lugares más mundanos.

—¿Cómo?

—Vea el caso del gran libro *Psychopathia Sexualis*, de Krafft-Ebing. Por su rostro me doy cuenta de que se asombra de que lo conozca, pero no debería sorprenderlo tanto.

La verdad era que sí me sorprendía.

—Un libro pensado para biólogos y médicos —continuó don Sebastián—, pero que no pasó desapercibido para otro tipo de lectores, básicamente porque los temas del estudio incluyen malabares sexuales como el sadismo, el masoquismo, gente que siente sensualidad por tornillos, otros que se excitan con zapatos, unos más que sueñan con poder mutilar a la pareja con la que hacen el coito.

—Conozco bien esa obra —le respondí veloz—, no es necesario que me describa sus páginas. La acabo de revisar por enésima ocasión para que me diera pistas sobre el atroz asesinato de la mujer.

—¿Lo ve? —respondió don Sebastián con una sonrisa en el rostro—, incluso usted ya le ha encontrado nuevas utilidades al mismo libro que se pensó sólo para la ciencia biológica.

Me percaté de que no le faltaba razón.

—Desde su publicación, ese libro ha vendido más ejemplares de los que se pudiera haber imaginado: en Alemania, sobre todo en Estados Unidos, y aquí en México también. Y la verdad dudo mucho que haya tantos biólogos o médicos o incluso científicos en el mundo.

—En algo acierta: si la ciencia tuviera más seguidores, este mundo ya sería civilizado.

—Eso no lo sé, pero lo que quiero decirle es que varios de mis amigos escritores y artistas plásticos han usado muchas de las enfermedades que Krafft-Ebing señala para crear a sus personajes. El propio Ruelas, al que admirábamos hace unos días, se volvió loco con la historia de la Venus de las pieles, quien dominaba y torturaba a placer a Masoch, y con los análisis de las diferentes mujeres reales que la copiaron.

—¡¿Con qué propósito?!

—¿Quién lo sabe? ¿Retratar la condición humana con toda su ferocidad, al igual que De Quincey?

Me quedé pensando lo que creo que fueron largos segundos porque don Sebastián prosiguió como tratando de sacarme de mi ensimismamiento:

—Ese tipo de información llega a más lugares de los que creemos, estimado Servando. No le sorprenda, por ejemplo, que a mis diecisiete años escuché en París la conferencia de Jules Cotard sobre el delirio de negación, que aún hoy, veinte años después, sigue levantando ámpula.

Dicen que el respeto se gana a partir de la admiración, y debo decir que en ese momento admiré a don Sebastián: me estaba citando un delirio que yo desconocía. Él pronto lo entendió:

—El delirio es igual de curioso que aquel que le fue referido por su maestro. Se lo cuento para que engrose su colección de lo que usted llama "enfermedades clínicas", pero que yo sostengo que sólo son normalidades alteradas, las cuales están más extendidas de lo que creemos.

Se reacomodó en el sillón mientras se servía una nueva dosis de ajenjo.

—Jules Cotard se enfrentó con un paciente que tenía una idea obsesiva muy peculiar. En un principio parecía que sólo se trataba de un trastorno de los sentidos. Del olfato, para ser más preciso. El paciente le aseguraba a su médico que su cuerpo olía muy mal, que su aroma era parecido al de la carne que pasa varios días bajo el sol. Tras las pruebas necesarias, Cotard fue incapaz de encontrar alguna enfermedad física en el paciente que le alterara el olfato. Luego se dio cuenta de que el paciente parecía ocultar algo más: progresivamente fue guardando cada vez más silencio e incluso se movía muy poco. Después de eso, comenzó a experimentar lapsos catatónicos en los que no contestaba a preguntas y no se involucraba de ninguna manera con su entorno.

"Cotard se dio cuenta de que, si no hacía algo pronto, el paciente perdería por completo la conexión con la realidad, sufriendo incluso el riesgo de muerte por inanición. Entonces, cada vez que el hombre abandonaba aquel estado, le lanzaba todo tipo de preguntas, las cuales, por cierto, ya sólo tenían como metodología la desesperación: '¿Te crees una roca?, ¿eres un elemento inerte?, ¿te has transformado en un pez?, ¿eres un fantasma?'...

"Fue con la última pregunta que logró una reacción del paciente. Entonces le enseñó varias fotografías parisinas *post mortem*. En ese momento, consiguió activar de nueva cuenta al paciente: alzó la mano para señalar en cada fotografía a las personas muertas. La que más exaltó al paciente, nos refirió Cotard, fue una en la que los padres aparecían con su hijo de poco menos de un año muerto, bien ataviado con un mantón y gorro de encaje, con la piel del rostro ya reseca y estirada por el cráneo, recostado de lado en un enorme cojín.

"Con gentiles pero contundentes ataques de preguntas y un par de comparaciones con otros pacientes que sufrían trastornos similares, finalmente logró entender lo que le sucedía: el paciente estaba convencido de que estaba muerto.

—¿Me toma usted el pelo?

—Jamás lo haría sin antes avisarle.

—Pero lo que usted me cuenta no puede ser sino producto de la imaginación.

—La delicia y el asombro que usted siente, estimado Servando, y que yo sentí en su momento, se debe a que los síntomas y la existencia del paciente son *reales*. Presentar una historia como ésta a sabiendas de que jamás existió le restaría atractivo.

—Pero ¿cómo es posible creerse muerto cuando se está levantando la mano, cuando se pueden ver las fotos?

—E incluso oliendo.

—¿Oliendo?

—Recuerde que el problema del paciente al llegar con Cotard era el persistente olor a putrefacción en su nariz.

—¿De qué se trataba?

—De la putrefacción de su propia carne, por supuesto.

Guardé un silencio que fue aprovechado.

—Ésos son los delirios de la cabeza que nos hacen comprender que apenas estamos enterándonos de su complejidad, y que lo que hace trescientos años era brujería, hace cien una enfermedad, hoy son simples trastornos que se pueden identificar de alguna manera. Y tal vez, sólo tal vez, es en la capacidad imaginativa de personas como usted, estimado Servando, donde está la solución.

Era curioso, tanto mi maestro como don Sebastián me insistían en la capacidad imaginativa. Si dos personas tan opuestas me sugerían lo mismo, con alguna probabilidad ya era hora de aplicarla.

—Don Sebastián, quién lo hubiera pensado, la plática con usted ha sido muy provechosa, en verdad se lo agradezco.

—¿Puedo, entonces, pedirle a usted un favor a cambio? —me dijo y no me sorprendió: eran tiempos en los que nadie otorgaba nada sin buscar algún beneficio.

—Dígame qué es lo que necesita.

—Que por favor deje de decirme "*don* Sebastián".

Tabú

Fafine

La boda impresionó, a pesar de que había pocas personas para impresionar. Pero, en fin: a mi familia le impresionó la boda. Mi tía conocía a Servando, lo había leído en un par de ocasiones en los diarios que circulaban por la ciudad. El día de la boda se acercó a mí varias veces, me apretó los hombros y me dijo al oído: "Es un gran partido". Luego, tal vez con algunas copas ya encima, también me susurró: "Estás metiendo a la familia a la alcurnia". Después: "Carmela, ¡la casa es inmensa, y está frente a la Alameda!". Más adelante sólo se limitó a preguntarme demasiadas veces, mientras veía a Servando "¿Estás segura de que tu marido no necesita nada?".

La presencia del maestro de Servando como invitado único también ayudó para impresionar a mis parientes. Sus trabajos de divulgación científica eran ampliamente reconocidos, era imposible que el nombre Limanterri pasara desapercibido. Lo único curioso fue el sombrero que el especialista eligió: se trataba de un Cloth inglés que tenía una visera muy prominente y que no era elegante. Cuando de discreta manera le pregunté a Servando si sabía por qué había elegido ese sombrero para la ocasión, me contestó que su maestro tenía algunas manías, y una de ellas era que jamás usaba sombrero distinto a aquél, lo mismo que nunca olvidaba su bastón de mango de plata con la forma de un dragón con las fauces cerradas en eterna rabia. En ese momento, aprendí una valiosa lección: los hombres prominentes son propensos a las excentricidades.

Como fuera, yo ya sabía que había logrado algo. Lo sabía desde hacía algún tiempo, pero no me quedaba del todo claro qué. Había conocido a Servando, se había fijado en mí, me había hecho un hermoso cortejo, me había declarado su respeto intelectual. Sin embargo, no podía borrar de mi mente a ese esperpento que habitaba en un cuarto de su casa —de mi casa—, y que había llegado corriendo para aferrarse de mis piernas, mientras parecía que lloraba o bramaba, o gemía, o ladraba. Que era incapaz de decir una sola palabra en cristiano. Ésa, me quedó claro, era una excentricidad mucho más grave que la de usar un horrible sombrero.

Cuando pregunté la razón de la existencia del esperpento en casa de Servando, nadie me explicó nada:

—Experimentos.

—Investigación.

—Trabajo.

No te incumbe, me quedó claro.

A pesar de ello, me quedé y no obligué a mi esposo a deshacerse de esa truculenta excentricidad. No podía. Mi familia me había educado de la mejor forma: una mujer debe hacerse cargo de su hogar. Debe estar instruida para dialogar de manera ágil con su marido para que no se aburra, pero tampoco abrumar. Es lo que exigen los tiempos modernos. El diálogo de la mujer no debe jamás importunar al esposo, quien tiene labores más altas. La idea —toda mujer moderna lo sabe— es acompañar. Acompañar de elegante modo.

Todo eso lo hice bien. Y la relación con Servando arrancó de la mejor manera. Pero no podía quitarme ese tabú. Cuando cocinaba, el esperpento estaba en el cuarto de arriba. Cuando dormía, estaba en el cuarto de enfrente. Cuando hablaba con la servidumbre, estaba en el cuarto de abajo. ¿Qué era eso? ¿Por qué estaba ahí?

Tangata

Apenas dos días después de la boda apareció la primera fricción con Carmela. No tenía nada que ver con su presencia —que seguía siendo amable y discreta—, sino con el único testigo del atroz asesinato que aún investigaba.

Había conseguido los registros de su nacimiento, su nombre era Ángela, tenía ocho años y su madre era la víctima. La frenética reacción que había mostrado con Carmela cuando se conocieron era en realidad un resultado muy positivo: producto de muchos días de intervenciones que habían logrado grandes avances. Una comunicación, antes imposible, ahora se convertía en una desbordada necesidad por el contacto humano. Un éxito. Sin embargo, mi flamante esposa no lo veía de esa manera.

—Servando, debo decirle que me siento altamente preocupada por ese... esa niña que está encerrada en el cuarto —me dijo.

—Nada debe preocuparle —le respondí—, todo está bajo control: ni ella ni usted corren peligro. Todo está vigilado con puntualidad.

—Pero no es eso, es el hecho de que esté en esta misma casa sin ser su hija, o la nuestra, o una criada más. Eso es un tabú.

—Mi querida Carmela, se equivoca usted esta vez.

—¿De qué manera? —replicó un poco enervada.

—Un *tabú* no es eso. La palabra viene de la Polinesia, en específico del archipiélago de Tonga, en donde *ta* es "tocar" y *pu* "no". Es decir, "no tocar". En realidad, deberíamos decir *tapu*, pero el término se ha ido corrompiendo desde su adopción en el mundo civilizado. Así las cosas, por un tabú se entiende algo tan prohibido que ni siquiera se podría hablar de él. Y mírenos ahora cómo podemos abordar el tema sin mayor problema.

Fafine

Fue la primera vez que entendí que la sabiduría podía convertirse en insulto. ¿Qué tenía que ver la definición de tabú con el problema *real* que Servando y yo teníamos? Le dio la vuelta de forma grosera, de una manera que un caballero jamás haría.

Sin embargo, no era que mi nueva vida de casada se encaminara hacia el rotundo fracaso. Nada de eso. Servando y yo tomábamos paseos vespertinos tres veces por semana, que servían para calmar los nervios —y para que sus admiradoras supieran que ya estaba casado—, a veces por el Boulevard de Plateros, pero sobre todo por el bosque de Chapultepec. Servando me contaba emocionado que, gracias a Pepe Yves Limantour —buen amigo suyo—, el bosque presentaba grandiosas mejoras: los caminos pavimentados que surcaban el campo, dos lagos artificiales que eran un portento de ingeniería, pero lo que mayor admiración había causado era un hermoso pabellón de cristales con un café estilo francés que estaba justo en el medio.

Sin embargo, el final de aquellos paseos era siempre el mismo: volver a la casa en donde irremediablemente estaría el esperpento. En los últimos días, Servando incluso apuraba nuestro regreso las últimas cuadras para, al momento de poner un pie en casa, salir hecho una saeta al piso de arriba y encerrarse con el esperpento. Durante largas horas se olvidaba de mí, muchas veces hasta caída la noche. Yo no me había casado para eso. No me había casado para ser tratada con semejante descortesía. A la mujer moderna también la deben atender.

Fue una de esas tardes cuando recibimos una muy agradable visita. Servando seguía demasiado *entretenido* en su cuarto favorito cuando el ama de llaves entró a mi estudio para informarme que había llegado el doctor Limanterri. Como las instrucciones de Servando habían sido claras y prohibían cualquier tipo de interrupción mientras estuviera con el esperpento, entonces no le avisé que su mentor había llegado. Más bien, aprovecharía ese tiempo para tener una grata conversación sólo para mí, además de realmente conocerlo, porque el día de mi boda no había tenido cabeza para ese tipo de charlas.

—Prepara té para mí y un whisky para el doctor, por favor —instruí a la criada.

Salí del estudio y, antes de recibir al invitado, fui a cambiarme el atuendo por uno más formal y a aplicarme algunos afeites.

—Doctor Limanterri, ¿cómo se encuentra usted?

—Mi estimada señora Lizardi, ¡qué placer verla! —me dijo al tiempo que se levantaba del sillón y me besaba la mano a pesar de que jamás me hubiera atrevido a ofrecérsela.

—Qué grato tenerlo a usted en casa.

—Siempre será un placer, pero dígame, ¿acaso no está mi querido Servando?

—Sí que lo está, pero en este momento se encuentra en... su estudio terminando una de sus investigaciones.

—No se diga más, querida mía: me retiro porque sé lo molesto que es importunar cuando se tiene la mente ocupada, le pido solamente si...

—¡Nada de eso! —le dije con cariñosa autoridad, al tiempo que le presionaba levemente el hombro para que regresara a su asiento—. Seguro que usted tendrá algunos minutos para mí.

Como en un ballet bien coordinado, en ese momento llegó el té y el whisky.

La plática con el doctor Limanterri no fue larga, pero sí muy agradable. Ese día me di cuenta de que la ventaja con aquel caballero era que, por tener mayor edad, aún respetaba las etiquetas de una caballerosidad que se ha ido apagando. Entre otras amabilidades, él jamás hubiera obligado a la soledad a una mujer por atender a un esperpento. Cuando se fue, me quedé con una extraña sensación. Por vez primera la modernidad se me antojaba menos apetitosa. Tener más libertad a costa de la soledad no me pareció el mejor de los tratos. Y al cerrar la puerta tras despedir al doctor Limanterri fue soledad lo que me embargó. ¿Cómo podía extrañar a un anciano con el que no había conversado más de veinte minutos? Simple: hacía tiempo que no recibía un trato tan amable.

El aislamiento siempre susurra imprudencias al oído. Y aislamiento es lo que estos días había vivido. Las tardes en las que los compromisos de Servando le impedían hacer nuestro paseo tenía tiempo de sobra para arreglar los detalles de la casa: mandar zurcir cortinas, colocar nuevos tapetes y decoraciones que solemos pedir a la muy eficiente compañía de los almacenes urbanos. O incluso salir por mi cuenta al café del hotel Cantabro, en la calle 5 de Mayo, que es la única opción realmente segura para mi persona, ya que se trata de un establecimiento que sólo alberga a viajeros que llevan recomendación escrita. Por supuesto, las habitaciones, así como el restaurante, son atendidos sólo por señoritas.

Pero muchas otras tardes, ni siquiera con la multitud de tareas y paseos solitarios me bastaba. El tiempo se alargaba y el tedio me embrutecía. Entonces visitaba mi propia casa. Es decir: iba a los lugares que realmente no conocía. No era descaro, era mi derecho porque se trataba de mi casa. Por eso un día espié el cuarto del esperpento. ¡Cómo no iba a hacerlo si días antes Servando había estado ahí desde la mañana hasta el anochecer sin salir! Ni un momento me atendió: me obligó a comer sola mientras a él le llevaban los alimentos escaleras arriba.

La primera visita la hice mientras bañaban al esperpento en el cuarto de tina que estaba en la planta baja. Eran baños largos porque no se trataba sólo de higiene, sino de inmersiones con sales minerales que, aseguraba Servando cuando hablaba del proceso, eran beneficiosas para alinear el magnetismo animal. Para mi fortuna, en esas abluciones intervenía toda la servidumbre que cuidaba al esperpento, por lo tanto, tenía el tiempo suficiente, y sí, contaba con la soledad suficiente.

Abrí con cuidado la puerta del cuarto y reconocí —aunque un poco modificados— los objetos que habían pasado por mis ojos la primera vez que entré a esa pieza antes de que el esperpento me atacara: una covacha que —ahora podía ver— estaba hecha de algún tipo de cartón oscuro pero que no estaba sucio: todo lo contrario, a pesar de la negrura, la limpieza resaltaba. La covacha estaba puesta debajo de una cama que era muy alta, una especie de litera a la que habían quitado la cama inferior para hacerle espacio a aquel escondrijo lóbrego.

Toda la habitación estaba alfombrada, no con algún modelo árabe o italiano como en el resto de la casa, sino con una llana alfombra color crema que iba de pared a pared en la cual se podían ver, a cada tanto, manchas de líquidos con diferentes colores que, evidentemente, la servidumbre había sido incapaz de eliminar.

Entré con el mayor sigilo posible y cerré la puerta detrás de mí. Avancé hasta llegar al armario que la vez anterior sólo había visto por fuera. Al abrir las puertas, encontré ropa apropiada para una niña de la edad del esperpento, pero en realidad la mayoría de las prendas eran variaciones de pijamas, lo que no me sorprendió, pues el esperpento jamás salía de la casa y muy rara vez de su cuarto. Estaba ya a punto de cerrar el armario cuando noté que, en la base, por dentro, había una suerte de compartimiento oculto. De manera instintiva volteé para cerciorarme de que la puerta del cuarto permaneciera cerrada. Luego levanté la tapa del compartimento jalando una pequeña perilla. Lo que había abajo no me gustó nada: era ropa también de la medida del esperpento pero que, contraria a la primera, estaba hecha jirones. A pesar de que las prendas estaban lavadas, mostraban mucha suciedad, mugre añeja que era imposible eliminar.

Miré de nuevo la alfombra. En ese cuarto había demasiadas manchas misteriosas que, a pesar de los esfuerzos, permanecían como evidencia de algo obsceno. Y entonces lo entendí: no eran esas manchas las más preocupantes, las más difíciles de eliminar siempre son las que mancillan el honor.

Y lo anterior me quedó claro porque la ropa raída no fue lo más tenebroso que encontré en ese cuarto lleno de secretos.

En la pared opuesta al armario, había un mueble que, recuerdo con toda claridad, no estaba la primera vez que entré a esa habitación. Era una vitrina francesa con relieves en forma de espiral en la madera. Cubría casi por completo la pared en donde estaba apoyada, y detrás de cada cristal había una cortina que no dejaba ver lo que contenían los compartimentos. Sin embargo, sólo una de las puertas tenía llave, así que revisé el interior de las otras sin mayor problema. Juguetes, muchos juguetes: encontré una diminuta reproducción de un mueblecito que estaba rodeado por pequeñas muñecas de porcelana con sus vestuarios muy bien recortados y cosidos. En el anaquel inferior, había otras muñecas de porcelana mucho más grandes y hermosísimas, con ojos de vidrio tan nítidos que parecían mirarme. Levanté una a una esas maravillas para admirarlas y revisé las firmas de las casas constructoras: Horet, Halopeau, Petit Dumontier. Me dio rabia. Esas marcas habían formado parte de mi infancia. Como toda niña de buena cuna, sabía que se trataba de los mejores fabricantes de muñecas francesas, y mi padre —que al momento en el que nací ya había gastado buena parte de su fortuna— me prometía una y otra vez que algún día tendría una de esas muñecas, aunque fuera usada. El regalo paterno jamás llegó, llegó primero la muerte del padre. Y ahora veía que el esperpento tenía tres de ellas y que eran completamente nuevas. Hice cálculos y llegué a la conclusión de que Servando jamás me había dado un regalo de esa calidad, con ese precio. Como dije, me sentí enojada, pero sobre todo muy triste, y sí, muy sola.

Realmente creo que fue esa combinación la que me obligó a hacer algo tan osado como forzar la vitrina que estaba cerrada. La verdad es que no me costó mucho empeño: abrir la portezuela era un reto sólo para un niño de la edad del esperpento, así que, asistida con una simple regla de metal, logré que la madera cediera. Entonces, lo que vi adentro me disipó la rabia, la tristeza y la soledad, sólo me quedó lugar para el escándalo.

En el espacio prohibido había también juguetes, pero de una naturaleza macabra. Levanté algo parecido a una muñeca, pero que sólo era el torso. Los brazos y las piernas estaban trozados a la altura de los codos y rodillas. Y no se trataba de un accidente de juego, porque en los cortes alguien había colocado manchas de pintura roja. Cuando la iba a regresar a su lugar, la cabeza se cayó, separándose del cuerpo. Apenas pude contener un grito de horror. Del cuello salieron diminutos papeles periódico, pintados de carmín. Traté de recomponer a la muñeca con manos temblorosas. Me costó mucho trabajo poner la cabeza en su sitio. El embone era preciso. Pensé que ese artilugio servía para dar una especie de sorpresa del peor de los gustos: que alguien la tomara —como lo había hecho yo— e intempestivamente se le cayera la cabeza dejando ver los papeles a manera de ligamentos humanos.

En ese mismo anaquel había también un mueble que, en un principio, confundí con un pequeño *burro* de planchar. No lo era: se trataba de una especie de instrumento de tortura con cuatro patas de palo y sobre ellas un tronco más grueso. Había manchas rojas por igual en la superficie, y cuando lo alcé, vi que también tenía pequeñas reproducciones de brazos y piernas. Las partes faltantes de un tétrico rompecabezas.

No pude más.

Conteniendo arcadas, cerré ese mueble maldito y salí corriendo de la habitación.

Juguetes

Los progresos con Ángela han sido cada vez más sorprendentes, y se van convirtiendo en mi única alegría respecto al caso porque el resto de las investigaciones están prácticamente detenidas. Mi honestidad me obliga a decir que las observaciones hechas por el que se decía llamar *doctor* Rogelio Campuzano me sirvieron de pistas. Sí: me vi en la necesidad de visitarlo un par de veces más, para *intercambiar* opiniones, y de ahí salió la información. No sé si merece el título de *doctor* porque sus estudios no se acercan al rigor de la medicina, pero sea lo que sea, me otorgó ideas que luego perfeccioné para lograr el acercamiento con Ángela. De la misma manera, ayudó bastante que tanto mi maestro como Sebastián —quien me prohibió decirle *don*— me habían dado un consejo que apuntaba hacia el mismo sitio: usar la imaginación científica.

Puse en el cuarto un mostrador con juguetes para que se acostumbrara a ellos. Los juguetes eran de dos tipos: los que debían estar a la vista y los que permanecerían escondidos hasta que llegara el tiempo propicio para *jugar* con ellos. El método estaba basado también en algunas opiniones del pedagogo suizo Johann Heinrich Pestalozzi, sobre todo aquéllas en las que aseguraba que no se debía agobiar al niño con un torrente de palabras si antes no había modelado su inteligencia de tal forma que entendiera las oraciones. Consejo que, debo decirlo, no creo que sea de utilidad en niños normales; sin embargo, me sirvió de estupenda manera para el caso de una niña que no tenía acceso a las palabras después del trauma vivido. El resto de la información del pedagogo la tomé con dos granos de sal y tres de pimienta.

Sabía que obligar a Ángela a explicarme lo sucedido, o incluso intentar emocionarla con los nuevos juguetes, no serviría de nada, entonces puse las muñecas en una vitrina para que fueran muy visibles y esperé su reacción desde mi puesto de control.

El cuarto donde la pequeña Ángela permanecía prácticamente todo el día estaba justo al lado de mi estudio. Así, mandé construir ese puesto de observación. A pesar de que la pared era gruesa, logré que hicieran cuatro orificios a distintas alturas y de diferentes diámetros. En cada uno de ellos, coloqué lentes de diversos alcances para analizar bien los movimientos de la niña. Eso me permitía observarla y tomar notas en mi escritorio para elaborar mejores métodos. Me había dado cuenta de que, una vez sola, sin ninguna otra persona cerca de ella, iba ganando libertad. Y con esa libertad, se volvía espontánea. Con esa espontaneidad, recreaba desde el juego lo ocurrido. Por más terrible que fuera. Con las lentes podía revisar a detalle sus gestos y ademanes, y eso me resultaba de mucha utilidad porque interpretaba si Ángela sentía rabia o tristeza, si apretaba la mandíbula o los puños, incluso si ya era capaz de sentir felicidad con alguna de las muñecas.

El proceso de acercamiento con el mueble y con los juguetes fue instructivo, incluso, hermoso.

Los primeros tres días en los que la vitrina estuvo ahí, Ángela la observaba con recelo, como una invasión al espacio al que ya se había acostumbrado y que era suyo. Esos detalles que en otras personas serían insignificantes, en ella resultaban cruciales para poder obtener la más mínima información. Al cuarto día —tiempo en el que siempre estuve observando sistemáticamente desde mi puesto de control—, Ángela se atrevió a acercarse al mueble, pero sólo para reconocerlo como si, en vez de niña, fuera un animal. Después de uno de sus baños de sales —eran tres al día—, cuando las criadas la dejaron sola en el cuarto, Ángela no regresó a su cueva improvisada —que cada vez utilizaba menos—, sino que se quedó de pie en medio de la habitación. Se separó un poco el pelo aún húmedo que le caía en la cara y se enfrentó al mueble. Hasta ese día, sólo se limitaba a ignorarlo o mirarlo de reojo, pero esta vez lo vio de manera directa, apretó los labios y arqueó las cejas como fingiendo un enojo que realmente no sentía, y entonces se atrevió: dio unos pasos con mucho sigilo, y avanzó. Lo vio de forma general, sin reparar en los detalles. En algún momento, se colocó en cuatro puntos, apoyada en sus manos y rodillas, y estoy casi seguro de que olisqueó la madera.

El quinto día descubrió los juguetes en el interior. Como si por primera vez se hubiera dado cuenta de que los vidrios no eran espejos, pude observar, utilizando el lente de mayor potencia, que sus hombros se estremecían con el hallazgo. Luego pegó la nariz al cristal e incluso se asomó colocando las manos alrededor de su rostro. Así estuvo largos minutos.

Esta operación la repitió durante los días siete y ocho.

El día nueve intentó, al fin, abrir la vitrina de las muñecas. Lo mismo el diez. Fue hasta el día once cuando el milagro científico ocurrió.

Después de repasar sus incipientes métodos para intentar abrir el gabinete —ya incluso utilizaba algunos objetos, aunque de manera torpe—, comenzó a emitir chillidos. No tan estridentes ni desesperados como aquellos que lanzaba cuando apenas la habíamos recogido, sino más calmos, como intentando transmitir la emoción de una forma más articulada. Y entonces, lo escuché: mientras señalaba con un dedo la vitrina, empezó a decir "amáa" una y otra vez. Casi salté de alegría. Lo había logrado: Ángela se acercaba al lenguaje.

Es pertinente señalar que ya había realizado ejercicios previos. Logré un paulatino acercamiento para que Ángela pudiera estar cerca de mí, a pesar de ser hombre. Primero se acostumbró al grupo de criadas y enfermeras: en un principio puse sólo a una; luego, cuando se hubo acostumbrado, puse a la segunda; luego a la tercera. Luego también me sumé yo, camuflado entre tantas personas. Más tarde hice la operación en sentido inverso: fui retirando una a una a las mujeres hasta quedar yo solo con Ángela. De esta forma, Ángela tomó mi presencia con naturalidad. Durante todo este proceso, la actividad primordial era la repetición de canciones para niños. Es decir, recitábamos la letra sin la melodía para que Ángela no se distrajera con nada más que la formación de las palabras. Sin duda, eso sirvió para que el día once, cuando intentó abrir el mueble con las muñecas, pudiera haber exclamado —aunque de manera torpe— su primera palabra desde que la conocí.

Entonces, al escucharla, salí corriendo de mi puesto de control, me topé en el pasillo con mi mujer, pero tuve que pedirle una veloz disculpa porque necesitaba entrar corriendo al cuarto de Ángela. La niña debía comprender el estupendo avance que había logrado. Debía darle las muñecas de inmediato como premio por haber logrado superar miedos y heridas para decir aquella palabra. Antes de abrir la puerta, respiré profundamente. Entré con paso decidido pero calmado. Saludé casi sin querer —aunque usando una voz tenue— a Ángela, quien seguía señalando con un dedo el aparador. Su gemido, *amáa*, había disminuido de potencia y parecía temer que la muñeca fuera a desaparecer para no volver. Al mismo tiempo, me inspeccionaba con la mirada como para entender si la iba a ayudar o no. Entonces, un poco más veloz, pero asegurándome de que viera todos mis movimientos, tomé una pequeña llave de mi bolsillo y abrí la vitrina mientras le decía con voz pausada:

—Ángela, hoy hiciste un progreso asombroso —pero ella me veía sin entender mucho—, dijiste una palabra: *amáa*.

Le repetí la palabra dos veces más.

—Pero tal vez la palabra más correcta es *ayuda*. Cuando necesites algo, Ángela, debes decir *ayuda* —esto último lo dije sin ningún asomo de reproche.

Aun así, me di cuenta de que la estaba perdiendo: ya casi no me veía el rostro, más bien intentaba esquivar mi cabeza con la mirada porque se interponía entre ella y las muñecas. Para no arruinar la premiación, me quité del medio y le di paso libre a la vitrina, que ya tenía la puerta abierta de par en par.

Ángela se acercó muy despacio. Extendió su mano y tomó con mucho cuidado a la muñeca más grande. No era el gesto de alguien que juega a que un objeto es real: era el gesto de una niña que se sorprende porque la *amáa* real no es más que un objeto.

Vio la muñeca. La intentó animar un poco. Le movió con ligera desesperación las extremidades para ver si cobraban vida espontáneamente. Cuando se dio cuenta de que no se movían, entonces la abrazó. No la desechó como algo inerte: adoptó al juguete como algo vivo. Tal vez para lograr tener a una interlocutora a pesar de que no era real. Tal vez para compartir la soledad. A pesar de que la muñeca no iba nunca a contestar nada.

Me retiré hasta una de las esquinas de la habitación para no estorbar. Cuando Ángela se dio cuenta de que la muñeca jamás cobraría vida, le empezó a hablar. No con palabras, pero le hablaba. Parecía que la quería calmar porque la acostó sobre sus brazos y comenzó a arrullarla. No le cantaba, pero le decía palabras con un tono que apenas superaba el murmullo y que resultaba muy dulce. Mi impresión no paraba porque jamás la había oído *hablar* tanto. De ella sólo conocía violentos gemidos y dolorosas quejas. No el acto de inventar palabras que convidaban más que enfrentar, aunque ninguna de ellas existiera. Sin embargo, lo que más me impresionó fue su rostro: estaba sonriendo, y mientras sonreía, sus ojos veían a la muñeca con cierta tristeza, pero también con algo parecido a la compasión. Ángela había pasado de ser una niña a ser una madre con su muñeca. Tal vez la muñeca seguía siendo ella, y ella también era su mamá. Tal vez había encontrado algo parecido al consuelo.

Los siguientes días, Ángela tuvo acceso irrestricto a los juguetes. Y a veces desde mi puesto de control, y otras desde el cuarto mismo, fui vigilando sus avances. Fueron varias las teorías que escribí en mis cuadernos de notas, y de la misma manera me di cuenta de que había ideas sobre los niños que no eran del todo correctas, que se podían perfeccionar. Recuerdo que Sebastián me dio un par de consejos más sobre la posible naturaleza *oscura* de la infancia, y me pidió que tuviera precaución. Sin embargo, estoy convencido de que, en ese caso, se aliaron la ausencia de hijos y su falta de rigor científico. Basado en el cuento de un compañero suyo —que también se enorgullecía de autoproclamarse decadente—, me dijo que los niños podían ser más terribles de lo que parecían. Leí el cuento que me recomendó y que fue publicado en la *Revista Moderna*: "Fuensanta". La trama: una viuda con una hija de la edad de Ángela conoce a un apuesto caballero. La viuda y el caballero se enamoran. Pero la pequeña niña también. Entonces se establece una feroz competencia entre madre e hija por el amor del caballero. En una de las escenas más procaces que he leído en mi vida, la niña de nueve años intenta seducir al hombre mayor hasta que el pudor de éste lo hace huir de la casa. Al final del relato, el hombre se queda con la madre —como es natural— y la hija se suicida saliendo a caminar al campo desnuda en pleno invierno. Al día siguiente, la policía la encuentra tirada en el piso mientras un lobo le está comiendo el estómago, de la misma manera que aquel cuadro de Ruelas que vi en casa de Sebastián cuando lo conocí.

Antes jamás lo hubiera pensado, pero después de observar mucho a Ángela, me quedó claro que muchas pulsaciones que consideramos *adultas* en efecto existen desde la infancia. Sin embargo, también estoy convencido de que somos los adultos los que nos encargamos de etiquetar esos impulsos y colocarlos en la canasta de lo moral o lo inmoral, a veces de manera muy retorcida. Ellos no saben de eso. Sólo sienten sin saber si es *bueno* o *malo*. El cuento del amigo de Sebastián estaba escrito para los adultos, no para explicárselo a los niños. Y cuando me di cuenta de lo que estaba pensando, también creí que estaba empezando a comprender esa frontera entre arte y ciencia. Y el provecho de ambas. No tenía que ver con causas físicas, era cierto. Se trataba de terrenos muy poco seguros, sin duda. Pero, finalmente pensé: las metodologías siempre habían nacido como experimentos.

Me prometí no consultarle nada de esto a mi maestro.

Hospital Psiquiátrico del Verrón

Estudio de caso, paciente A... J... (8245-3)

Diagnóstico general: oligofrenia con etapas de autismo, a pesar de no tratarse de una paciente de mente débil.

Última prueba realizada: identificación de objetos transicionales.

Nota: ha tenido sólo dos desconexiones (ausencia) en los últimos quince días.

Doctor a cargo del tratamiento: Rogelio Campuzano.

Diario médico elaborado por la paciente como parte de su terapia psicológica.

4 DE JUNIO DE 1916

Mis memorias van tomando cierta claridad. No es que ahora recuerde con soltura, pero los espacios oscuros son cada vez más pequeños. Ver a los monstruos, tal vez sea necesario después de todo. Tal vez los dientes como navajas, en la luz, son sólo dientes muy largos. Las garras de una mano se pueden convertir en huesos deformes que impresionan, pero dan menos miedo.

Después de que mi mamá también se convirtió en un monstruo y luego desapareció, recuerdo juguetes. Muchos juguetes. Juguetes

139

buenos y juguetes malos. Le he dicho al doctor Campuzano que no recuerdo en dónde estaban esos juguetes y que, como con mi mamá, no recuerdo una casa: sólo un cuarto. Pero esta pieza no era ya oscura, y detrás de sus paredes no había quejidos de monstruos. De hecho, lo recuerdo como un lugar agradable salvo por un detalle: que la ausencia de mi mamá a veces llenaba toda esa habitación. Toda. Entonces, para no olvidarla, recuerdo que me gustaba encerrarme. Ir hacia adentro de mí porque era el único lugar en el que podía visitarla. Si las personas de afuera no me molestaban demasiado, podía regresar con ella. Y a pesar de que el cuarto tenía mucha luz, no tenía a mi mamá.

Pero creo que un día eso cambió con los juguetes. Con los juguetes buenos y los malos que recuerdo a manera de retazos que no están hilados, como cuando mi mamá cosía una colcha para mi cama pero nunca la terminaba. Recuerdo, por ejemplo, una muñeca de ojos muy azules. Recuerdo que me gustaba mucho porque se parecía a mí, pero ella se veía más feliz que yo. Recuerdo también a dos muñecas pequeñas y que a una la sujeté demasiado fuerte y se me rompió. No recuerdo haber llorado, pero sí sentirme triste, y entonces regresé a la primera muñeca y la vi contenta, así que me dolió menos que la otra muñeca se hubiera roto. Recuerdo un mueblecito pequeño. Recuerdo canicas que, cuando las ponía contra el sol que entraba por la ventana, brillaban y reflejaban muchos colores. Recuerdo un oso muy suave con el que decidí dormir, y que cuando despertaba me enfrentaba a un misterio: que una de las orejas estaba mojada. Creo que a la edad que entonces tenía, le pregunté un par de veces al oso si estaba haciendo alguna travesura, pero no me contestaba. Y cada mañana otra vez tenía la oreja mojada. Y entonces recuerdo a una señora que un día me explicó algo sobre el oso y su oreja, pero no recuerdo lo que me decía exactamente, creo que utilizó más señas que palabras. Pero como sea, me dio a entender que el oso despertaba con la oreja mojada porque yo se la mordía mientras estaba dormida. Y recuerdo que me sorprendió y luego me reí, y entonces la mujer salió corriendo muy contenta a buscar a alguien.

Pero luego llegaron los juguetes malos.

Y no me gustaron nada.

En parte creo que fue mi culpa porque los juguetes estaban en un sitio prohibido. Cada vez me sentía mejor en el cuarto. Fui entendiendo que era *mi* cuarto. Entonces, creo recordar que no comprendía por qué una parte del armario donde estaban los juguetes —mis juguetes— estaba cerrada. Recuerdo que durante varios días intenté abrir las puertas del mueble y no lo lograba, hasta que me cansé y ya no lo intenté más. Pero un día, al guardar mis juguetes, uno se me resbaló y con el golpe en el armario se abrió la puerta que antes siempre había estado cerrada.

Según recuerdo, mi mamá me había dicho que debía ser prudente y correcta, que eso era ser buena. Por eso nunca abría la puerta de nuestro cuarto que estaba en el sótano de los monstruos. Sin embargo, aquel día no fui prudente porque cuando la puertita se abrió con el golpe, sin pensarlo mucho me asomé para ver si adentro había más juguetes. Me porté mal.

Sí había más juguetes. Pero no eran para jugar. Eran juguetes que me hicieron llorar mucho. No me gustaron. Había una mesita de madera para muñecas pero que, en vez de mantel, tenía pintura roja. Había muñecas rotas que tenían sangre. Se les caía la cabeza. Al principio no entendí los juguetes. No sabía cómo jugar con ellos, pero de inmediato se me metieron imágenes en la cabeza. Como si la mesita con sangre fuera más grande. Como si alguien se acostara en la mesita y empezara a llorar y a hacer ruidos muy fuertes. Como si en medio de los gritos me pidiera que me cubriera los oídos y que no viera. Como si cintas de color negro rompieran los pies y manos de las muñecas rotas. Como si la cabeza hubiera sido cortada con un cuchillo inmenso.

Creo que entonces volteé a ver a las otras muñecas, las que no estaban rotas, y me lancé a abrazar a una de ellas para que no le pasara lo mismo. Pero de esta parte la verdad no me acuerdo muy bien porque luego me enojé mucho con la muñeca que estaba rota y sin cabeza y sin piernas, y la regañé mucho porque creo que me di cuenta de que era su culpa que estuviera así. Que de alguna manera ella lo había provocado. Y luego recuerdo que dejé a las dos muñecas y me puse a llorar porque no entendía por qué los nuevos juguetes eran tan raros y malos y me hacían ver esas imágenes en mi cabeza. Ese juego ni lo entendía ni me gustaba.

Por más que abracé o regañé a las muñecas, las imágenes seguían apareciendo una tras otra y hacían mucho ruido. Entonces me acordé de una persona que había estado en mi cuarto varias veces y con el que me sentía segura. Más segura que con todas las demás personas. Creo que recuerdo que fue él quien me enseñó los primeros juguetes: los buenos. Y que tanto los primeros juguetes como esa persona comenzaron a estar conmigo mucho tiempo. Y que eran momentos de juego y tranquilidad. Creo. Pero luego llegaron los juguetes malos y creo que pensé que, si la persona de los juguetes buenos llegaba, iba a cambiar el juego malo por el bueno, y que me iba a sentir de nuevo tranquila. Así que lo llamé. Pero me da la impresión de que no sabía muchas palabras, porque se me atoraban en la garganta y sólo salía una que me recordaba a mi mamá antes de que se convirtiera en un monstruo y que sólo la decía bajito cuando no había nadie. Pero luego me acordé de que un día la grité para que me abrieran el mueble de las muñecas buenas y entonces llegó esa persona que me daba tranquilidad. Y creo recordar que esa palabra era la correcta para la nueva persona porque era lo más cercano que tenía a mi mamá antes de que se convirtiera en un monstruo. Y entonces supe que tenía que llamarlo de nuevo con la única palabra que sabía y que era la correcta:

—¡*Amáa*!, ¡*amáa*!

Pero después de que grité, llegaron otras personas con ropa y sombreros blancos que no eran la persona que yo necesitaba. Entonces volví a gritar la palabra a ver si esta vez sí tenía efecto. Y creo que así fue porque, al finalizar mi tercer grito, llegó la persona y sacó a las demás y nos quedamos solos. Entonces me decía algo así como "Lo siento: fue demasiado". Y yo fui a abrazarlo y durante un rato lloré en su pecho hasta que me separó de él con cuidado, pero también con firmeza, y me dijo: "Ángela, la palabra que se usa es *ayuda*". De eso sí me acuerdo perfectamente, pero ya en ese momento pensé que no me importaba la palabra, lo único que quería era que me volviera a dejar recargar mi cabeza en su pecho. Creo.

La intervención

She

Ninguna mujer decente, por más progresista que sea, puede aguantar semejante insulto: ser olvidada a los pocos días de su boda —de una boda paupérrima y descolorida, por cierto—, y encima pretender que deba consentir la perversión del marido que la ignora. Por eso tuve que investigar más. La discreción me fue útil para hacer mis pesquisas sin ser notada.

Después de haber visto los macabros objetos que había en el cuarto del esperpento, me tracé una nueva y necesaria misión: entrar al estudio de Servando, que estaba al lado. Desde el primer día que conocí aquella casa se me había prohibido entrar. Ingenua, pensaba que era porque en ese cuarto Servando creaba y desarrollaba las teorías y alquimias de sus escritos. Que ese sitio era un santuario de la ciencia moderna en donde mi esposo lograba los más hermosos avances. No sabía que en realidad no se me permitía entrar a esa pieza porque, más bien, adentro la mente de mi esposo creaba las más retorcidas perversiones.

Entonces, un viernes decidí dar el día libre a toda la servidumbre de la casa. Les avisé esa misma mañana una vez que Servando se había ido a una cita que tenía en la comisaría y que, sabía, duraría buena parte de esa jornada. Una vez sola en la casa, salí a mi balcón y le hice señas al cerrajero que estaba apostado con toda discreción en la esquina, porque el día anterior así se lo había requerido. Sé que, en condiciones normales, la hazaña de que una mujer casada invite a un desconocido a su casa estando sola no es más que una desvergüenza, pero éstos son tiempos modernos y los tiempos modernos a veces les exigen a las mujeres dejar el recato para solucionar los problemas. Además, debo decirlo, ése no fue ni el único ni el más grave acto de osadía que a partir de ese momento efectué con otros hombres que no eran Servando.

Al cerrajero no le costó mucho abrir el picaporte del estudio, y el pago que le di fue generoso porque incluía su trabajo y su recato. Una vez despedido, subí y abrí con precaución la puerta. El sitio estaba lleno de lo obvio. Alcancé a ver un octante, un sextante, una vara castellana, varios sectores de Gunter y hasta un teodolito magnético. En ese momento, me sentí culpable: mi indiscreción comenzaba a ser vergonzosa porque adentro sólo había lo que debía haber. Yo conocía todos aquellos aparatos y sus funcionamientos justamente porque los había investigado después de leer varias disertaciones de Servando. Sin embargo, no era lo único que había.

Apoyados sobre una pared había una mesa y un estante. Y el estante contenía algo que Servando jamás había mencionado en sus textos. Según él, eran materiales de trabajo que le habían traído hacía poco de la gendarmería para trabajar sin interrupciones en su casa, dedicado a ese único caso. Sin embargo, aquello no podía ser más que un aliciente para su perversión: siete cabezas metidas en frascos de formol. Quedé horrorizada. Más todavía porque cada uno de los cráneos estaba horriblemente deformado: protuberancias y hendiduras en las cabezas rapadas, cicatrices, narices torcidas y defectos congénitos en los rostros. Y luego, lo peor: justo en el frasco más cercano a la mesa, la cabeza de una niña que se parecía muchísimo a la del esperpento. Caí a punto del desmayo en el sillón que estaba frente a la mesa, mientras la poca razón que me quedaba casi se compadecía de la niña. ¿Quería matarla? ¿Forzarla sexualmente? ¿Matarla para luego violarla? ¿Decapitarla, por el amor de Dios?

En ese momento, con la cabeza mareada, vi lo que estaba frente a mis narices, incrustado en la pared. Como si el muro fuera un queso gruyere, había cuatro orificios con un lente empotrado en cada uno. Entonces me levanté de la silla, apoyé mis manos en la mesa, cerré un ojo y me acerqué al hueco que estaba más próximo. Era un lente de acercamiento medio, y enfocaba justo a la cueva donde el esperpento solía dormir. Imaginé el tiempo que Servando se había deleitado observando ese cuerpo inerte por el descanso del esperpento. Luego miré por otro mientras sentía gotas de sudor bajar por mi espalda encorvada sobre la mesa: a través de éste se veía el espacio de recreo que se encontraba al lado del armario de los juguetes macabros. Cuando fui a un tercero —el más bajo de todos—, casi grito: era el que enfocaba el sitio exacto donde estaba en ese instante el esperpento. Era el improvisado baño que le habían hecho en su cuarto. Una bacinica un poco grande para ella, que la obligaba a sentarse en el borde, con los pies apenas tocando el suelo. Pude ver sus pequeñas bragas en los tobillos, sus piernas flacas y, mientras obraba, pude ver su rostro bien concentrado en una de las muñecas francesas que tenía medio sentada en su regazo desnudo. Fue demasiado. Un hombre hecho y derecho espiando a una criatura quien, seguramente sabiéndose observada —porque la perversión anidaba en ese animal—, ofrecía a propósito esa clase de impúdico espectáculo. La infidelidad. La pedofilia. La muñeca que nunca tuve. Fue insoportable. Por eso tomé una decisión: a partir de aquel día concreté al menos una cita a la semana en el Jockey Club. No tuve otra opción: una mujer moderna no puede ahogarse en su rabia. Era necesario tomar resoluciones.

He

Ángela se acerca cada día más a mí. Aún no me queda claro si eso entorpece la investigación aunque, si tuviera que contestar a bote-pronto, diría que no. Así como abraza a sus muñecas, suele colocarse en mi regazo, mientras se chupa un dedo y dobla sus piernas hasta quedar en posición fetal. Como si yo fuera una cuna, muchas veces se duerme, aunque sea unos minutos. Luego despierta y continúa con las actividades que le voy proponiendo.

A pesar de que me incomodan un poco, creo que esos acercamientos le dan paz y la confianza suficiente para poder concentrarse en sus técnicas de comunicación. Y la comunicación resulta imprescindible para lograr saber quién cometió el asesinato del burdel. No se me debe olvidar que ése es el fin último. Su vocabulario ha crecido, lento pero sin detenerse. Creo que es gracias a la tranquilidad. Las palabras correctas siguen siendo menos de una docena, pero he logrado comprender el significado de tres o cuatro que en un principio sólo eran un galimatías. Así, *amáa* se refiere a toda persona que le da cierta seguridad y cariño, no importa si es mujer u hombre, lo que supone un gran avance, pues hace unos meses no toleraba la presencia masculina. *Éna* la comenzó a utilizar para nombrar a las muñecas, pero también la usa para referirse a cualquier objeto pequeño que le provoca instintos maternales, así sean los muebles pequeños de juguete o un pedazo de comida que, tras haber sido parcialmente ingerido, tenga forma humana en la cabeza de Ángela. Una *palabra* más que también utiliza es *arba* y la dice —siempre con desesperación— cuando algo o alguien le causa miedo. Un día tuve que hacer una sustitución en la plantilla de cuidadoras y elegí mal. La nueva tutora tenía un aspecto demasiado hosco: era grande, poco sutil en sus movimientos, pero sobre todo impaciente. Cuando se presentó a trabajar al tercer día, entró al cuarto de Ángela —sin avisar o tocar la puerta—, ella la vio y repitió la palabra varias veces casi gritando: "*¡Arba, arba, arba!*". Tuve que salir corriendo de mi estudio después de haber revisado todo desde mis visores, para evitar que un nuevo trauma tirara abajo todo el progreso logrado, pero también porque en algún punto tuve miedo de que, en su torpe desesperación, la mujer le hiciera algo a Ángela.

Lo que antes era un festival de palabras incoherentes, ahora ya iba tomando forma y eso me alegraba. Para celebrarlo, decidí pasar una tarde con mi mujer: en los últimos días la había tenido muy abandonada por la enorme cantidad de trabajo que significaban mis avances. Entonces, sin avisarle a dónde iríamos o qué haríamos, le pedí que se vistiera con sus adquisiciones recientes. Me hizo caso sin mostrar mucho entusiasmo, o eso es lo que yo pensé en ese momento.

Reservé una mesa en el restaurante del Casino Español, lo que me fue sencillo porque conocía al arquitecto, don Emilio González del Campo, desde hacía tiempo. Don Emilio estaba remozando el edificio de la nueva sede que estaría en la calle de Espíritu Santo, así que el hermoso salón en donde actualmente se encontraba el restaurante al que iríamos mi mujer y yo desaparecería pronto, después de treinta y ocho años de buen servicio.

Nada más llegar, fuimos atendidos de la mejor manera. Un valet nos esperaba al pie de la magnífica escalinata de piedra que nos llevaría al comedor. Mientras subíamos le contaba a Carmela del estilo de los arcos que rodeaban el patio central, y de la fuente en el mismo patio que lanzaba borbotones de agua.

—Pues yo lo siento muy frío —fue la respuesta de mi mujer, y entonces me di cuenta de que la fría era ella y así permaneció durante toda la velada, a pesar de que le contaba emocionado (era imposible para mí no estarlo) los avances que había hecho con Ángela. Hacia el final de la velada, ya había más silencios que charla, pero sabía que se debía en buena medida a que estaba cansado, y elaborar una plática de explicaciones y una que otra lección me significaba demasiado esfuerzo. Así que, un poco antes de lo planeado, le sugerí a Carmela:

—¿Nos vamos, querida? Estoy un poco cansado.

—Sí, yo también estoy cansada.

She

El Casino Español es horroroso: frío y viejo, demasiado parecido al Palacio de la Inquisición: una mole que pertenece a un mundo añejo y putrefacto que deberían tirar abajo. Y de esto me di cuenta cuando conocí el Jockey Club. Un lugar que se encuentra inundado de los últimos perfumes europeos como *sub rosâ*, de las tendencias más modernas, de corbatas y esmóquines de seda. Sitio al que van los empresarios y sus hijos, y donde el doctor Limanterri es tratado con el mayor de los respetos. Porque sí, al Jockey Club fui con el maestro de mi marido, y sí, fui a espaldas de él.

La deferencia que en el club le profesan al doctor Limanterri tiene muchos motivos: es uno de los principales compradores de artículos médicos de la ciudad, y se interesa vivamente por adquirir las últimas tecnologías sanitarias. Además, su inglés es impecable. No es que yo pueda hablarlo o entenderlo como él —¡me encantaría!—, pero cada vez que se dirige a varios de los socios del club, lo hace en ese idioma porque es lo que se considera correcto entre el grupo más selecto de la asociación. El francés ahí tiene sabor a cadáver. El doctor Limanterri se comporta de la más apropiada manera: conmigo, con el personal, con los socios, y su reputación es tan correcta que nadie habla a sus espaldas a pesar de ir al Jockey Club con la esposa de uno de sus alumnos. Después de las cortesías necesarias, siempre entramos al salón reservado por él previamente, y entonces dejamos atrás las risas de la esposa de algún empresario cuando gana el baccarat y las bolas de billar con su ruido de marfil al chocar.

—Doctor Limanterri, le pido nuevamente una sincera disculpa por quitarle su valioso tiempo.

—Por favor, doña Carmela, basta de esas disculpas insensatas. Vinimos a conversar porque la preocupación que sentimos por Servando es mutua y alarmante.

—En eso tiene usted toda la razón —respondí, aunque un poco desalentada de que el doctor Limanterri fuera tan pragmático—, es que no sabe lo que he sufrido: todo el día encerrado con esa niña. Le juro que en un principio no me cabía duda de que sus fines científicos fueran loables, pero es que he encontrado elementos que resultan muy curiosos, por no decir escandalosos.

—¿Cómo cuáles, estimada Carmela?

—Como esto.

Y entonces saqué de mi bolsa el robo que había hecho esa mañana mientras Servando aún dormía.

—Un libro —dijo el doctor Limanterri sin mayor admiración, casi decepcionado, una vez que lo puse sobre la mesa.

—Es que no es cualquier libro, estimado doctor, vea usted el título, que sólo es el principio de una enorme cantidad de horrores que contienen sus páginas.

Del asesinato considerado como una de las bellas artes. Thomas de Quincey.

El doctor Limanterri volvió a echar un vistazo despreocupado a la tapa del libro sin dignarse a levantarlo.

—Ese libro lo conozco, doña Carmela —me dijo con aire aburrido, concentrándose más en su bourbon—. Es de un escritor inglés considerado un excéntrico y que lo único que deseaba hacer era alarmar a las personas más simples.

Sin poder evitarlo, y con decepción, me eché hacia atrás, hasta que mi espalda se hundió en el respaldo de la silla. El doctor Limanterri sin duda se dio cuenta porque de inmediato cambió su actitud:

—¡Vamos, querida Carmela!, no ponga usted esa cara: ese libro ni siquiera es de su marido, lo encontró en el sitio del asesinato. Esa perversión que usted señala no es suya: es prestada.

En ese momento, supe que debía ser más aventurada. Dar más información para retener la atención de ese hombre tan exitoso, tan ocupado.

—Es que, doctor Limanterri, el libro sólo es una probadita de lo que sucede en esa casa en la que hoy incluso me aterra vivir.

Logré atraer un poco la atención del doctor Limanterri. Una vez que me volteó a ver, agaché un poco la cabeza, pero alcé los ojos directamente hacia él intentando no sólo no evitar la provocación, sino ahondarla.

—¿Qué otros eventos suceden, estimada Carmela?

—Pues tiene que ver con la niña. Con Ángela. La situación es insoportable: al principio creía que lo peor eran sus berridos.

—¿Berridos? —preguntó con auténtico interés—, pero si Servando me contaba que la niña era incapaz de emitir sonido alguno.

—Al principio así era, y créame que la estancia en esa casa de locos era entonces más llevadera, pero conforme ha pasado el tiempo todo ha empeorado: Servando pasa más y más tiempo con ella, y los sonidos son más frecuentes: primero eran simples berridos, muy animales, pero en las últimas semanas son una especie de palabras dichas por un ser barbárico, carente de toda civilización.

—¿Ya dice palabras? —preguntó más asombrado, incluso poniendo los codos en la mesa para que su rostro quedara más cerca del mío.

—Algo así: más bien, remedos de palabras.

Luego, mientras con aire pensativo se mesaba con suavidad la barba, dijo más para sí mismo que para mí:

—Quién hubiera pensado que el doctor Lizardi lograría tales progresos.

Viendo cómo volvía a perder su atención, y cómo le restaba importancia a mi urgencia, avancé:

—Pero eso no es lo único: estoy segura, estimado doctor, de que Servando es pedófilo.

De nueva cuenta obtuve su completa atención: me volteó a ver con el ceño fruncido y abrió las manos mientras me decía:

—Ésa es una acusación grave, estimada Carmela. Explíquese, por favor.

Lo siguiente ya no fue actuación:

—La compra con juguetes muy caros, doctor Limanterri. Utiliza las muñecas para acercarse a ella, para sentarla en su regazo. Pasa el día adentro de su cuarto en pleno contacto con ella, y no es su hija, no es su hermana. No tienen relación de sangre. Pero eso no le basta, encima ha mandado colocar visores desde su estudio para espiarla, para verla jugar, para (¡qué Dios me perdone!) verla defecar. No se sacia de ella. Le puedo jurar que, por las noches, en vez de compartir el lecho con su esposa, se la pasa gimiendo desde su estudio. Seguro se toquetea incluso viéndola dormir. Y la niña, perdón que se lo diga con palabras tan vulgares, es hija de una furcia, de una dama alegre profesional, por lo tanto, lo incita, doctor Limanterri, ¡lo incita para que esa espiral de desvergüenza continúe! Y claro, el pago son más juguetes, y algunos ya tremendamente macabros. Servando está enfermo, doctor, está obseso, es víctima de la peor de las neurosis. Yo así no puedo continuar: mi matrimonio no existe, es una farsa. Por eso le interesa muy poco con quién salgo y a dónde. Si él es capaz de cometer semejantes atrocidades, es porque su moral es débil y en nada le dolería que yo me acostara con alguien más.

El doctor Limanterri se me quedó viendo con rostro analítico. Hizo una pausa larga y luego me dijo:

—Pues, estimada Carmela, tiene usted razón. Lo que me cuenta es reprobable y nada tiene que ver con la búsqueda de la verdad, con ejercer la ciencia. Debemos intervenir. Hemos de idear un plan para revertir los impulsos destructivos de mi querido alumno. Sepa usted que comparto su desesperación y tristeza. Hemos de vernos solos, los dos, algunas veces más, pero es menester que seamos sólo usted y yo en sitios apartados y tranquilos para trazar nuestro plan. Y que no le cuente usted a nadie sobre esto.

Por primera vez en mucho tiempo me sentí de nuevo segura.

La intervención la estuvimos planeando durante las cinco o seis veces más que el doctor Limanterri y yo nos vimos. Y si soy completamente honesta —virtud que es necesaria para lograr la civilización—, no fue ésa la única actividad a la que nos dedicamos en aquellas visitas. Claro que tampoco contaré detalles pornográficos —la decencia también es una virtud ineludible para llegar a la misma civilización—, pero baste decir que en las últimas dos sesiones él ya me llamaba a mí *sólo* Carmela, y yo lo llamaba a él Leopoldo.

Lápices de colores

Me resulta fascinante el progreso que una niña puede tener a pesar de su poca madurez, a pesar de presenciar las peores escenas. Ángela contaba ya un repertorio de más o menos veinte palabras que si bien no se hilaban con propiedad, podía pronunciar sin errores fonéticos.

Con el paso del tiempo, comenzó a dejar de lado las muñecas para comunicarse a partir de dibujos. Como la mayoría de las personas, Ángela no conocía los lápices de colores. Son tan pocos los que llegan a nuestro país que le pedí a mi mozo de confianza que comprara algunos en la agencia de la calle La Purísima, de la marca norteamericana Staedtler. Esa compañía era magnífica. Cierto es que Faber Castell tenía la patente principal, y por ello era la más reconocida, pero los norteamericanos habían logrado crear en serie el mismo producto sin que su calidad disminuyera. Una maravilla. Así, cuando Ángela recibió el atado de siete lápices coloridos, abrió mucho los ojos y expresó su alegría con las tres palabras que siempre decía cuando estaba muy contenta. Fue tanto su entusiasmo con los nuevos objetos que al final relegó a las muñecas a la noche: sólo eran su compañía en la oscuridad. Incluso, las pocas veces en las que yo incursionaba a altas horas en su cuarto —lo hacía muy poco, ya que considero al descanso como condición básica para cualquier avance intelectual—, ella me reconocía con una sonrisa y tomaba alguna de sus muñecas para dármela, pensando que pasaría la noche con ella. Como si yo también necesitara de compañía y consuelo.

Al igual que sus palabras, sus primeros dibujos fueron muy torpes. Apenas unos rayones y garabatos que hacía con mucho ímpetu y a veces con ira. A ratos, resultaba poco agradable ver ese espectáculo porque Ángela tenía la edad suficiente como para hacer dibujos mucho más elaborados, incluso para escribir varias palabras. Así, cualquiera que la viera en su labor —furiosa y torpe— podría pensar que sufría algún tipo de retraso mental o de imbecilidad inherente. Yo pensaba esto cuando la observaba desde mi puesto de control a través de los lentes de aumento, y me entristecía verla en ese estado. Eran ya muchas las horas que había pasado al lado de Ángela. A veces recordaba lo dicho por el doctor Jean-Martin Charcot en el hospital de la Salpêtrière, sobre lo nociva que podría ser esta especie de cariño para el buen desarrollo del paciente.

No debía olvidarlo, Ángela era una paciente: había visto un espectáculo tan pavoroso que muy poca gente llega a presenciar algo similar en su vida. Vio agonizar a la madre mientras la reventaban hasta dejarla en fragmentos. Vio cómo le arrancaban con lentitud cada uno de sus miembros, primero los dedos de pies y manos, después los codos y rodillas, luego los hombros. Ángela había visto que le serraban el torso, y mientras todo eso sucedía, la madre le pedía que no la viera. Pero ella la vio, de manera inevitable la vio porque de otro modo no se explica el estado en el que se encontraba cuando la conocí y que nada tenía que ver con la imbecilidad. Más bien, estaba relacionado con las pesadillas y aquellos que las fabrican. Ángela vio cómo el nivel de crueldad hacia su madre fue creciendo: primero cuando le colocaron los remaches en la mejilla, luego cuando la usaron como pony, como perro. La vio recibir latigazos que la descarnaban y le hacían sangrar la espalda; para su madre era imposible no gritar. Entonces Ángela, si acaso lograba no ver, escuchaba. Porque los gritos proferidos por esas torturas traspasaban cualquier mano que quisiera cubrir las orejas. Y Ángela no podía hacer nada más que esconderse y escuchar. No podía ayudar porque su madre con toda certeza le había pedido que por nada saliera de ese hueco que le servía tanto de escondrijo como de observatorio. Donde tenía que ver y no gritar. Donde tenía que llorar y no gemir. El milagro era que Ángela no hubiera quedado completamente trastornada. Era un milagro, sí, pero un milagro muy amargo. El peor de los portentos.

Me di cuenta entonces de que por eso no era del todo sano que pasara demasiado tiempo en el análisis de Ángela. Su dolor se convertía en el mío. La transferencia me estaba marchitando y no me dejaba pensar con claridad. Entonces hablaba mucho con Sebastián porque de alguna manera sentía que era el único que podía entenderme y darme algún consejo. Sabía que tenía un aparato telefónico porque, a pesar de sus manías y desviaciones, formaba parte de una de las familias más notables de la ciudad, así que cuando revisé el directorio, lo identifiqué y marqué su número: 4837. Rara vez quedaba con él en una cita, después de su confesión tenía claro que era mucho más prudente hablar con él a la distancia, a pesar de que la comunicación no fuera del todo clara cuando la voz pasaba por los cables de cobre. Entonces Sebastián me sugirió seguir la línea *estética*, así lo dijo:

—Estimado Servando, sé que ese camino no lo convence del todo; sin embargo, recuerde que a falta de palabras claras y de interacción madura, la plástica puede obrar maravillas.

Le hice caso. Las muñecas habían logrado su cometido, entonces empecé con los lápices de colores. Así, intenté entusiasmar cada vez más a Ángela para que avanzara en sus dibujos y, conforme fue controlando más los lápices, comenzó a suceder algo interesante: repetía dos o tres personajes. No fue sencillo entender esto en un principio porque no se trataban más que de burdos rayones como lo he dicho, pero revisando con detenimiento las hojas desde el principio hasta las últimas versiones, me pude dar cuenta de que esos tres personajes habían estado en la mente de Ángela y su representación se fue estilizando cada vez más. Primero eran rayones como explosiones, luego espirales con mayor personalidad. Al final aparecieron los rasgos humanos.

El primer personaje era, sin duda, su madre. Al inicio creía que se trataba de dos personajes femeninos diferentes. Vi que había rasgos muy parecidos en ambas versiones: los ojos grandes, el pelo muy largo. Pero luego noté que había diferencias: la primera versión era la de una mujer muy sonriente. La mujer muchas veces aparecía con una niña —tardé poco en entender que era la propia Ángela— en situaciones cotidianas en las que se respiraba tranquilidad. En uno de los dibujos más claros por su trazo, ambas se encontraban sentadas en lo que parecía ser el piso de una casa con ventanas inmensas. Había en ese dibujo dos rostros muy sonrientes.

La segunda versión de la madre era menos reconfortante. Había desaparecido la sonrisa de la boca de la mujer, y su rostro proyectaba otra cosa. No es que se volviera triste: se volvía maligno. Macabro. No exagero: es ésa la palabra correcta. Aparecían espinas de la boca, las cuales simulaban afilados dientes apretados unos contra otros. Los ojos —igual de grandes que en su versión anterior— tenían las cejas inclinadas hacia abajo en el centro, logrando el rictus de un enojo muy profundo. El fondo de esos ojos, a diferencia de sus versiones anteriores, era completamente negro. La escena más repetida para esta segunda interpretación era la madre haciendo jirones lo que parecían ser telas, mientras miraba hacia el frente, justo hacia la cara de quien la estaba dibujando.

Durante varios días, Ángela no avanzó de ese personaje con personalidad desdoblada. No dibujaba nada más. Intuí entonces que de su vida en el burdel no recordaba nada más que a su madre, ya fuera enojada o más apacible. Esa posibilidad me decepcionó y mucho: significaba que difícilmente me daría pistas sobre el asesino. Pero debo decir que, desde algún tiempo, este tipo de reveses ya no me provocaban tanta irritación: con Ángela estaba descubriendo una nueva veta de investigación que, si bien era menos práctica —tal vez no lograría capturar al asesino—, sí permitiría establecer las bases de pesquisas más profundas, útiles en diferentes campos científicos: el conocimiento de la psique humana, de sus diferentes comportamientos, de las iniciaciones de sus manías, filias y fobias más allá de los orígenes físicos.

Pero estaba por completo equivocado. Era incapaz de quitarme la coraza que por tanto tiempo me había protegido. Abandonar las certezas siempre es doloroso, pero no sabía de la torpeza a la que te someten, y me di cuenta de esto muy tarde. Mi seguridad fue una estupenda máscara para no ver nada parecido a la realidad.

El segundo personaje que Ángela comenzó a dibujar era un hombre. Había practicado tanto con las versiones de su madre que, con la mano más suelta, lograba líneas más exactas y certeras. No sólo eso: ya empezaba a rescatar de su memoria letras y números. Yo estaba convencido de que la niña era analfabeta debido a las condiciones de vida de donde la había rescatado, pero no era así. Tanto los símbolos como los detalles no le eran ajenos: sólo los estaba recuperando poco a poco después de su dolorosa experiencia.

De aquel hombre, lo primero que comprendí es que no se trataba de alguien joven: Ángela, en todos los casos, lo dibujaba con una barba blanca que, por desgracia, era imposible adivinar el corte que tenía. De la misma manera, el atuendo siempre era oscuro y muy parecido a un traje o levita, y en su cabeza llevaba siempre un sombrero. A lo anterior se le sumaba un enigma con el que tuve que lidiar varias noches de insomnio: en la gran mayoría de las versiones, Ángela, con su torpe escritura, le ponía en la boca unas letras que simulaban una especie de repetitivo canto, el cual se leía algo así como: *"Vus-rum-tur... do"*. Supe que se trataba de un canto porque a los pocos días de repetir esas letras en el papel, ella misma las empezó a murmurar, ceñidas a una tonada, mientras dibujaba al hombre. Emitía las primeras sílabas con el mismo tono, y alargaba un poco la última.

Al principio se trataba sólo de un susurro, pero a veces las cantaba con mayor fuerza, más con furia que con alegría. En ocasiones, dejaba de cantar o murmurar cuando dibujaba al mismo hombre, pero las letras escritas desaparecían detrás de lo que asemejaba una estrella con muchos picos o rayos. Varias veces intenté obtener información sobre la tonada, pero el vocabulario de Ángela resultaba aún muy breve para darse a entender. Así, el continuo canto *"Vus-rum-tur... do"* permanecía como una angustia empapado de rabia y misterio. Y luego silencio.

Sin embargo, algunos días después, ese misterio fue resuelto. La niña salía cada vez más de su cuarto, y lo hacía cada vez más confiada, a veces incluso alegre. Una de las tardes que se atrevió a llegar hasta el comedor, vio sobre la mesa una cámara fotográfica Tropical Heag, de la firma Heinrich Ernemann A. G., que había mandado pedir desde Alemania porque tenía una particularidad sorprendente: el flash estaba incorporado al cuerpo de la cámara. Ángela se la quedó viendo un largo rato y con mucha desconfianza. No se atrevía a acercarse. La verdad es que yo no entendía su miedo: muchas veces ya había estado rodeada de otros aparatos eléctricos sin que mostrara temor. Entonces, pensando que se asustaba ante lo desconocido, tomé la máquina con mucha calma y le dije:

—Ángela, no te asustes, es para sacar fotos: FOTOS —le repetí fuerte y claro para que incorporara a su vocabulario una palabra más. Luego, para reafirmar que la cámara era inofensiva, le dije que le iba a sacar una foto.

—Mira, en unos días vas a poder ver tu imagen sobre un papel tal y como eres, más exacta que cualquier retrato hecho por el mejor de los pintores.

Sin embargo, en cuanto el destello del flash iluminó la habitación, Ángela salió corriendo despavorida hasta esconderse en su cuarto con una actitud que hacía mucho tiempo no tenía. El grito primitivo con el que llegó a mi casa, y que había olvidado, regresó para rebotar en cada rincón.

Creí haberlo comprendido, pero me tuve que asegurar. Siempre debía asegurarme una y otra vez. Siempre la eterna comprobación que, en realidad, era una profunda inseguridad. Algunos días después del incidente, le acerqué a Ángela los dibujos del hombre que aparecía detrás de una estrella. Ella no quería ni verlos, sólo repetía una y otra vez: "*Oto, oto*", mientras se cubría el rostro con los brazos y al mismo tiempo intentaba abrazarse a sí misma. Aquel hombre dibujado, no había duda, era el asesino. Sólo la crueldad de ese individuo podía crear tal terror en una niña. Creía que iba a ser muy difícil dar con él: las características dibujadas por Ángela eran anodinas. Pero también en eso estaba equivocado: sólo hacía falta ver más y mejor. En un principio, suponía que el sombrero con el que siempre lo pintaba era uno simple: bajo, al estilo Fine Wool Dress o Fine Saxony, elaborados por la Boyden Mallon & Co., pero al observar con mayor detenimiento, me di cuenta de que, en todas las versiones, el sombrero aparecía con una amplia visera al frente que no resultaba elegante. Era un sombrero poco común. Así, pronto reconocí que era un Cloth inglés y una fuerte náusea me obligó a recostar mi espalda en el asiento de mi escritorio. Supe de inmediato quién era el perpetrador de aquella brutal masacre. Supe también que mis investigaciones habían sido todas erradas. No era posible haber estado así de ciego. Mi cabeza comenzó a girar. Y sentí un mareo y un malestar como jamás antes había sentido. Y al mismo tiempo que comprendía, no entendía nada. Y recordé cómo el día de mi boda, mi esposa me preguntó un poco enfadada la razón por la que el doctor Limanterri, mi único invitado, llevaba ese sombrero tan poco elegante, con esa visera tan excéntrica, y recuerdo que le dije que mi maestro tenía ciertas manías, y una de ellas era que nunca se quitaba de la cabeza su Cloth inglés. Y también recordé la barba blanca de mi maestro, y que siempre vestía de negro, y la profunda exasperación que le produjo que le propusiera una interpretación más *artística* de Thomas de Quincey, del libro olvidado en la mazmorra del asesinato.

Pero lo que no me perdonaré nunca es que jamás puse la atención debida al canto de Ángela, dejándolo pasar como un balbuceo sin mayor importancia. Aquel canto: *"Vus-rum-tur... do"* era una contracción de la frase más trillada de mi maestro: *Novus rerum nascitur ordo*, la cual solía recitar como muletilla cada vez que algo lo intrigaba o lo sorprendía. *Novus rerum nascitur ordo*: "Un nuevo orden de las cosas acaba de nacer". La frase no era original de mi maestro. Tenía que ver con el magnífico Hans Christian Orsted, quien descubrió la primera forma de electricidad —el magnetismo— a partir de una brújula. Cuando refirió públicamente que tenía un objeto que se movía por una *voluntad invisible* —voluntad que, ahora sabemos, era la electricidad—, tuvo que probarlo frente a un grupo de sabios en Ginebra. Orsted puso entonces a flotar un corcho con una aguja atravesada y magnetizada sobre agua. Cuando el corcho y la aguja comenzaron a girar, uno de los maestros más ancianos dijo justamente eso en latín: "Un nuevo orden de las cosas acaba de nacer". *Novus rerum nascitur ordo* era la frase dilecta de mi maestro, quien la repetía una y otra vez. Una frase que, sin duda, Limanterri habría repetido mientras despedazaba a la madre de Ángela, y por ello la niña la murmuraba a su vez mientras dibujaba sus recuerdos más terribles.

Una frase hermosa desvirtuada: vuelta lodo.

No me cabía ya la menor duda. Las pruebas se habían revelado violentas y líquidas como una cascada también de lodo. Por largos minutos intenté tomar la decisión definitiva. Pero fue demasiado tiempo: primero tiempo de inseguridad disfrazado de eterna revisión, y ahora tiempo gastado por temor sin disfraces. Y eso se convirtió en mi perdición. Cuando finalmente decidí ir hasta mi aparato telefónico para llamar por la línea directa que tenía a la gendarmería, se escucharon fuertes golpes en la puerta de la casa. Golpes que querían derrumbar mis paredes. Casi de inmediato llegó hasta el cuarto de Ángela mi mozo de confianza. Segundos antes, ahí habíamos estado los dos, ensimismados en lo nuestro: ella dibujando en el piso con el ceño fruncido y completamente abstraída en un nuevo dibujo, y yo todavía revisando los diseños previos para salir por completo de dudas… como si hubiera hecho falta. Luego vino mi intención. Luego entró el mozo. Luego el mozo no pudo terminar de decir lo que con emergencia quería:

—Señor, están entrando a la fuerza los gendarmes, su maestro…

Supe de inmediato de qué se trataba, y me quedó clara mi lentitud.

—Pero ¿cómo es posible?, ¿quién los ha dejado entrar?

—Su esposa, señor, ella los va guiando y creo que…

Esa parte sí era nueva para mí. ¿Mi mujer? ¿Qué tenía ella que ver con Limanterri?

Pero ya no pude decir o pensar mucho más. La puerta que, a pesar de la urgencia, mi mozo había abierto sólo a medias, de pronto fue abierta por completo, y con tremenda violencia, por uno de los gendarmes. Detrás de él venía Carmela y atrás de ella mi maestro. Aún no sé por qué, pero mi primera reacción fue intentar proteger a Ángela. Abrazarla.

Tal vez porque era el único testigo que tenía.

Tal vez porque era la única que podía defenderme de lo que mi maestro había conspirado.

Tal vez porque tenía la ternura que Carmela no tenía.

Tal vez porque los avances que había hecho Ángela eran prodigiosos.

Tal vez porque había aprendido mucho con ella.

Tal vez porque había aprendido mucho de ella.

Tal vez porque cuando me decía *amáa* yo escuchaba también *apáa*.

Tal vez porque empecé a quererla y no me di cuenta.

Tal vez fui a abrazarla porque sabía que nos iban a separar y que la iba a extrañar.

La violenta comitiva, después de azotar la puerta, entró a gritos en el cuarto. La calma que había trabajado con tanta paciencia durante esos meses fue violada de la peor manera en un instante. Mientras abrazaba a Ángela, escuchaba todas las voces:

—Se lo dije, maestro: ¡es un pervertido, le está dando amor de mujer a una niña que además tiene retraso mental!

—¡Señor: haga el favor de dejar a esa niña en paz!

—¡Dios santo! ¡Ese hombre está enfermo!

—¡Sepárenlos en este instante!

—¡Servando, por el amor de Dios, tú has sido víctima de la monomanía!

La última voz se me quedó grabada. Era una voz que me había acompañado por mucho tiempo y que creía conocer, pero no era así ni en lo más mínimo. Una voz que antes me brindaba cierta seguridad y en ese momento detestaba. La voz de la hipocresía, la voz de lo contrario a buscar la verdad. Pero lo que esa voz me provocó no fue nada en comparación a lo que le provocó a Ángela: en cuanto la escuchó, su piel se puso del más terrible de los blancos, me volteó a ver, me dijo: *"Amáa"* de manera veloz aunque también muy bajita para luego abrazarme con manos y piernas. Después sentí en mi pierna un líquido caliente que se enfriaba con rapidez. Los esfínteres de Ángela no pudieron contra el pavor que sentía al escuchar esa voz. La voz de lo terrible, la voz de sus pesadillas y la voz de su olvido. Los gendarmes lidiaron mucho para poder separarnos. En su intento por no soltarme, Ángela me rasguñó la espalda y rompió mi camisa. Yo trataba de tranquilizarla diciéndole que todo iba a estar bien, que pronto nos veríamos, que se fuera tranquila, que todo eso iba a pasar. Tenía sus brazos a mis costados, pero yo ya no la abrazaba. Sabía que era inútil resistirse y quería demostrarles a los gendarmes, a Carmela, a Limanterri que no lo hacía, que no estaba enfermo. Fue un error. Cuando me arrancaron a Ángela mientras seguía diciendo una y otra vez *amáa*, cuando se la llevaron por el pasillo, escaleras abajo, mientras yo seguía escuchando el grito, supe que ésa sería la última vez que la vería.

Hospital Psiquiátrico
del Verrón

Estudio de caso, paciente A... J... (8245-3)

Diagnóstico general: oligofrenia con etapas de autismo, a pesar de no tratarse de una paciente de mente débil.

Última prueba realizada: terapia psíquica simple y terapia neurológica.

Nota: ya no muestra desconexiones (ausencias), solamente introspecciones profundas, pero dentro de los rangos normales. Las mejorías son patentes, sobre todo en su capacidad social.

Doctor a cargo del tratamiento: Rogelio Campuzano.

Diario médico elaborado por la paciente como parte de su terapia psicológica.

6 DE JULIO DE 1916

No me gusta que la gente a la que quiero me abandone. El doctor Campuzano me dice que eso no es ninguna novedad: que no le gusta a nadie. Pero luego me pide que piense en la gente que se fue, y pienso que eso tampoco le debe de gustar a nadie. Si me preguntan, no le veo mucha lógica. Duele. Se siente como si la gente que se fue de mi lado lo hubiera hecho porque no era lo suficientemente buena para ellos. El doctor Campuzano me dice que no fue por eso, que, a veces, el cariño no tiene la culpa. Igual sigue doliendo.

Me acuerdo muy poco del último señor, pero me gusta regresar a los escasos momentos que conservo. Es como cuando acaricias un objeto y sin querer te das cuenta de que, de tanto haberlo tocado, ya lo dejaste brillante. Pero igual que con mi mamá, algunas cosas se me escapan: me acuerdo más de la habitación en la que estaba con el señor que de la persona. La habitación no era oscura como la de mi mamá: al contrario, había mucha luz. Y había muñecas y lápices de colores. Me acuerdo de dibujos y de que me gustaba dormir en un rincón que era como un cuarto más pequeño dentro del otro. Pero entonces un día un huracán de gente se llevó al hombre que ya llevaba tiempo acompañándome. Me sacaron de mi cuarto lleno de luz. Yo recuerdo que le grité al señor lo más que pude, para que no se fuera. Pero creo que no grité lo suficientemente alto. Entonces, por alguna razón, comencé a gritar *"Pi papá"*. No sé cómo lo inventé o de dónde lo saqué, pero lo grité durante mucho tiempo porque quería que el señor regresara. Pero tampoco fue una palabra lo suficientemente fuerte. La grité mientras él bajaba las escaleras, mientras me sacaban de aquella casa, mientras me subían a un auto y escuchaba el galope para alejarme de aquella residencia. Por eso tal vez siento que debí aprender a decir *pi papá* mucho antes. Tal vez así hubiera logrado que el señor no se fuera, como también se había ido mi mamá.

Después de aquella salida, recuerdo demasiados lugares por los que pasé: cuartos como consultorios, bancas de cemento como camas, hoyos en el piso como baños. Recuerdo una especie de celda con mujeres vestidas de blanco, pero que no eran amables como las que estaban en la casa de *pi papá* porque debían de atender a muchos niños que lloraban y que se escondían debajo de sus camas, asustados. Eran cuartos demasiado grandes con mucha gente y con muchas camas, con muchos colchones para esconderse debajo. Recuerdo a los niños ahí agazapados llorando, cubriéndose los oídos, porque yo también lo hacía a esas alturas.

Recuerdo un baño con chorros de agua de mangueras y que luego nos sentaban en varias sillas para cortarnos el pelo hasta dejarnos casi calvas. Recuerdo que en la noche apagaban las luces pero, por unas ventanas pequeñas que estaban hasta arriba de las paredes, entraba la luz de la calle y me venía a la memoria el cuarto de mi madre y los monstruos que se escuchaban afuera de la habitación, sólo que ahora los monstruos se habían colado dentro de los grandes cuartos y dormían entre nosotras. Recuerdo que intentaba cerrar los ojos porque creía que todo eso ya había pasado, pero muchas veces no podía, y entonces, cuando los abría, veía caminar por las paredes a cucarachas y algunas arañas. A veces, en mi memoria se me confunden los ruidos como gemidos y los llantos de los otros niños, y tengo que concentrarme para relacionar los sonidos con el sitio correcto.

Recuerdo a las señoras de blanco que nos cuidaban y nos daban de comer en un merendero muy grande, con mesas muy largas. Ellas querían que saliéramos dos veces al día a jugar al patio, pero casi nadie quería porque los patios eran inmensos y tenían muchos escondrijos y las señoras no podían vigilarlos todos, entonces las niñas más grandes se acercaban a las más pequeñas y las pellizcaban hasta sacarles sangre y les daban cachetadas hasta sacarles lágrimas, y les decían que en la noche, cuando estuvieran dormidas, iban a ir por ellas para quitarles los calzones y meterles las cucarachas, arañas y gusanos que salían a esas horas en el hoyo por el que hacían pipí. En ese momento, estuve segura de que, por sus gigantescos tamaños, ésas no eran niñas, sino monstruos que atacaban a las que sí lo eran y tenían un tamaño normal. Ahora pienso que tal vez sí tenían algo de monstruos, pero que al final eran niñas como las otras, sólo que estaban más enojadas, y sí, eran más grandes.

Como yo tenía un tamaño normal, una noche también quisieron molestarme. Recuerdo que en la cena de ese día nos sirvieron un pedazo de pastel de limón y yo lo guardé en el bolsillo de mi delantal. Siempre que nos daban ese pastel lo guardaba porque me gustaba mucho y porque en la noche muchas veces me daba hambre y nadie podía pedir comida a esa hora. Entonces creo que una de las niñas que se disfrazaba de monstruo se dio cuenta de que guardaba mi pastel en una servilleta y luego en mi bolsa, y se lo dijo con gruñidos a los demás monstruos, y después llegó la noche.

A diferencia de la casa de *pi papá*, en donde me bañaban cada día, en este nuevo lugar, sólo me bañaban cada dos o tres días. Por eso, en la noche, las señoras vestidas de blanco que nos cuidaban nos decían sin más que nos quitáramos el uniforme y nos pusiéramos la pijama que teníamos que guardar debajo de la almohada. Fue en ese momento cuando yo aproveché, y al sacar mi ropa de noche, metí el pedazo de pastel junto con mi ropa de día. Lo dejé, eso sí, en una esquina de mi almohada para no aplastarlo con mi cabeza. Y estoy segura de que esto también lo vieron las niñas-monstruo.

Una vez que las mujeres que nos cuidaban revisaron que todas las niñas —incluyendo las que se disfrazaban de monstruos— estábamos acostadas en nuestras camas, cerraron las puertas por fuera como lo hacían todas las noches. Yo me hice la dormida y esperé durante mucho tiempo. Tenía experiencia en quedarme quieta durante largo rato. Luego, cuando estuve segura de que ya todas estaban dormidas, comencé a mover muy despacito mi mano hacia abajo de mi almohada. Lo hacía sin prisa, para que nadie se diera cuenta.

Ya había tomado el pastel envuelto en la servilleta, y ya estaba levantando mi cabeza de la almohada para sacarlo sin dejar caer moronas, cuando sentí que me tomaban con fuerza del otro brazo. Volteé y ahí estaban: las niñas disfrazadas viéndome con sus ojos de rayo y sus bocas de sonrisa.

—¡Ya sabemos que eres una ladrona! —dijo en un susurro la que me sujetaba del brazo.

—¡Sí, además a nadie le gustan tus ojos grandes que tanto presumes, parecen los de un sapo hinchado! —dijo otra.

Yo nunca había presumido nada.

—¡Ya dinos dónde escondes el pedazo de pastel, cerda! —dijo una más con el mismo tono de voz que las anteriores.

—¡Si no nos das ese pastel vamos a agarrar esta cucaracha —dijo el primer monstruo, mientras el tercero abría su mano y me enseñaba un escarabajo muerto patas arriba— y te la vamos a meter por donde haces pipí!

Yo sabía que muchas de las niñas podían escucharlas, pero que de cualquier manera nada iban a hacer porque todas les teníamos miedo a los monstruos. Por eso nunca queríamos salir al patio.

Yo también tenía miedo, pero no sé qué me pasó en ese momento. Todo empezó porque me dio mucho coraje que ni siquiera supieran que lo que tenían en la mano era un escarabajo y no una cucaracha, o que pensaran que yo era tan tonta que no sabía distinguir entre uno y otro insecto. Luego también me pasaron dos cosas más: me enojé mucho y a partir de ahí recordé con mayor claridad todo lo que me había sucedido antes. Y no sólo me refiero a la vida en esa estancia llena de camas, sino a que toda mi vida anterior la recordaba como entre nubes, y después de eso pude hacerlo con mayor nitidez.

—¡Lo que tienes ahí es un escarabajo, no una cucaracha! —le dije con voz baja pero mirándola fijamente y apretando fuerte mi mandíbula—. No es posible que seas tan tonta.

—¡Pues no importa lo que sea, si no nos das tu pedazo de pastel, te la vamos a meter...!

Recuerdo que ya no la dejé acabar. Al resto de los monstruos les sorprendió que me atreviera a contestarle. La que tenía el bicho incluso había cerrado la mano para que ya no lo viera. Tenían vergüenza, se les notaba. Pero el monstruo líder siguió aún con más fuerza. Yo creo que se dio cuenta de que sus acompañantes ya no la secundaban, entonces tuvo que hacerlo ella sola. Me jaló más fuerte del brazo, y luego, con su otra mano, me sujetó la pierna a la altura de la rodilla.

—¡Te voy a abrir las piernas, vas a ver!

Y entonces le dije:

—¡Mira, monstruo asqueroso, si sigues tocando mi brazo y mi cuerpo yo también voy a agarrar tu brazo y tu pierna, pero te los voy a arrancar! ¡¿Sabes cómo se ve un brazo arrancado?! ¡Estoy segura de que no tienes idea! ¡Se ven las venas como ligas que revientan, y la sangre y la carne rojas! ¡Vas a terminar como una muñeca rota en el piso sin poder moverte, monstruo! ¡Te va a doler y no vas a poder hacer nada: vas a tener que quedarte en el piso y te va a doler tanto que ni siquiera vas a poder gritar! ¡Y luego voy a arrancarte la otra pierna y el otro brazo, y vas a parecer un costal pero lleno de sangre!

Más o menos, ésas fueron las palabras, y recuerdo que las imágenes que le decía al monstruo las veía claritas en mi cabeza, y que no me dio miedo decirlas porque en ese momento estaba ya muy enojada y harta. Al final, creo que a ellas sí les dio miedo porque dos se fueron muy despacito, como sin querer hacer ruido, y una más hasta empezó a llorar. El monstruo líder me soltó la pierna y el brazo sin decir nada y se fue a su cama, fingiendo que era la niña más tranquila de todas.

Durante algunos días, los monstruos estuvieron tranquilos. Tanto que las niñas ya salían al patio sin miedo. Yo creía que todo iba a terminar ahí, pero no fue así. Después de ese tiempo en calma, me enteré de que los monstruos, fingiendo ser más niñas y más tranquilas que nadie, fueron con las señoras de blanco que nos cuidaban y les relataron palabra por palabra lo que yo les había dicho aquella noche. Jamás hablaron de lo que les hacían a las otras niñas, ni de lo que me dijeron a mí, pero sí les expresaron que tenían miedo de que en la noche llegara a cortarles los brazos y las piernas. Me acusaron de eso, y de que guardaba pedazos de comida en servilletas bajo mi almohada para tener fuerza en las noches y hacer todo tipo de maldades.

Carmela

No era suficiente. Lo siento, pero no era suficiente. Que la niña terminara en una asistencia de lujo era inaceptable. Cuando revisé las finanzas de Servando, me di cuenta de que sus fondos no eran tan generosos como lo había imaginado, y encima, una fracción de lo que me correspondía estaba depositado en un banco, blindado por un fideicomiso para el engendro. Había tenido con ella los miramientos que no tuvo conmigo. Me quedó claro: que estuviera encerrada no era suficiente castigo. Lo siento. Además, estaba el bien común. Una niña con esa depravación, que era capaz de contonearse a un señor para seducirlo, tenía la enfermedad de la maldad. En un principio, yo misma había elegido una casa de misericordia donde el engendro tendría lo que merecía, no más, no menos. La modernidad exige control de las pasiones. Y lograr la templanza después de descubrir que me había casado con un enfermo no resultó nada fácil. Sin embargo, no me dejé llevar: había que corregir todo rastro de vileza con calma, pero también con determinación. La casa elegida era perfecta para el engendro. No había venganza en mi decisión, y Limanterri lo sabía, por eso me apoyó.

Pero, entonces, ¿qué sorpresa me encuentro en mi segunda visita de control? ¡Que van a mover al engendro de lugar! ¡Que descubrieron que era una influencia perniciosa para el resto de las niñas! ¡Vaya!

¡¿Tanto estudiar para ver lo obvio?! ¡Me dijeron que había amenazado a otras niñas! ¡Que había sembrado el terror en la casa de misericordia! ¡Por Dios: díganme algo nuevo! ¡¿Para qué paga una, entonces!?

Luego, cuando la burocracia se hizo cargo, me dijeron que no podía tocar el dinero de ella, ni decidir su paradero. El Consejo Superior de Salubridad determinó que un médico de apellido Campuzano sería el nuevo tutor. Por sus capacidades, dijeron, y porque Servando así lo había determinado. Y lo primero que ese novato hizo fue cambiarla de institución. Eso, pensé, no lo iba a permitir jamás. El engendro tendría lo que se merecía, nada más y nada menos. La gente tenía que saber de su maldad, pero no de la manera en la que ese doctor pensaba.

Después de hacer algunas investigaciones, encontré otro lugar en donde un espécimen de esas características también sería bien acogido. Con Servando recluido —y al cuidado de su maestro—, los gastos habían disminuido. En gran medida gracias a mi buena gestión, pero también porque ya no era necesaria tanta servidumbre ni tanta comida en aquella casa. Por eso pude darme el lujo de rentar un coche de banderas amarillas para ir al sur de la ciudad. Hacía tiempo que no pasaba por esa parte. Estaba muy cambiado: donde antes había llanos, ahora se edificaban grandes casas al estilo francés para pasar los fines de semana. El coche llegó hasta las oficinas de bienes raíces de aquel magnífico sitio, aunque no era de terrenos o construcciones de lo que yo quería hablar con el señor Walter Orrín.

Walter Orrín era amigo de mi querido Limanterri, y era cirquero. Cuando lo supe, me asombré: ¿un acreditado científico que hace amistad con un saltimbanqui? Sólo era posible porque el señor Orrín también era un hombre con visión. Un hombre moderno con talento para los negocios: el circo lo había llevado a viajar por varios países, y en cada uno de ellos lo habían aclamado. Después se dedicó a los bienes raíces. La colonia que estaba construyendo en medio del campo la bautizó como La Roma, por el circo romano. Tan orgulloso estaba de sus presentaciones que cada calle llevaba el nombre de las ciudades mexicanas donde más habían aplaudido a su circo.

Por eso tenía que verlo. Porque sólo alguien como él podía darme información sobre otro tipo de circos. Los circos que combinaban ciencia, experimentos, y que, por fortuna, lo hacían de una manera accesible para el gran público. El engendro tenía que estar ahí. Ése era su sitio.

Seguro oyeron hablar de Ella Harper. La mujer camello. Con su joroba y todo. Trabajaba para un circo. Un sitio así era en donde tenía que estar el esperpento.

¿Y oyeron hablar de Joseph Merrick? El hombre elefante. Su cara fue una incógnita para la ciencia. La nariz era trompa. Los párpados eran bolsas. Y lo más magnífico: Merrick había nacido normal, pero de los tres años a los doce, su rostro se volvió ese reto para los sabios. Un reto del que podía participar gente de la academia, pero también los que se encontraban fuera de ella porque lo presentaban en un circo donde las personas lo veían y opinaban. Y un sitio así era donde tenía que estar el esperpento.

¿Qué me dicen de Mignon? Sólo Mignon. La mujer pingüino. Otro caso que hizo avanzar a la ciencia aún más, justamente porque la exhibieron en un circo. Los dedos de sus manos estaban pegados. El medio con el índice. Y cuando un anatomista la estudió más de cerca, supo de qué se trataba. Una condición llamada *phocomelia*, la cual tenía que ver con una herencia familiar, no con hechizos y supercherías como hasta ese momento se creía. Fue un caso raro que, bien investigado, nos ayudó a todos. Ayudó a la civilización. Por eso era un sitio donde tenía que estar el esperpento.

Y luego, ¿qué sucede? Llega un hombre retrógrado, reaccionario, involucionista, para llevar al esperpento a un sitio que a nadie le va a hacer bien. Donde nadie la podrá ver ni analizar su caso, salvo el breve corrillo de médicos a la orden del tal Campuzano. Egoísmo médico puro. Un sitio así no podía ser el correcto.

Logré avanzar un poco: tenía en mi poder una lista no muy amplia pero sí muy detallada del tipo de circos que requería y que el señor Orrín había tenido la amabilidad de proporcionarme.

Servando

Mi mamá me dijo: "Te llamas Servando porque vas a ser muy útil para la gente. Servando, como un noble sirviente", me dijo. Un trapo en la cara y me sumergen en el agua. No puedo respirar, los pulmones me queman. Mi mamá me dijo: "Siempre fuiste muy inteligente". Siento una barra de metal entre las corvas de mis brazos y mi espalda, estoy colgando boca abajo. Mi mamá me dijo: "Eres hombre, y por eso tienes que aguantar". Todavía colgado, me pegan en las plantas de los pies con otra barra, pero plana. Es curioso: escucho primero el ruido del golpe y luego siento el dolor. Mi mamá me dijo: "Con trabajo, vas a poder hacer cualquier cosa que te propongas, porque la mente asombrosa ya la tienes". Atan cada extremidad de mi cuerpo a una cuerda y me jalan. Y me jalan. Y me jalan. Voy a ser útil. Y me jalan. Voy a ser inteligente. Y me jalan. Tengo que aguantar, pero me jalan.

Limanterri

No hay peor enfermedad que la que se ve y no se quiere curar. Pongan atención: Servando se excitaba con una niña. La veía con la malicia del deseo. Puso varios lentes de acercamiento desde su estudio para verla, para saborear sus detalles: sus piernas, su vulva de niña,

173

sus pechos tumescentes apenas. Puso esos lentes para tocarse mientras observaba a una niña que no es mujer. Su esposa me lo dijo.

Por fortuna, la ciencia siempre nos asiste. Sátiro, es la palabra correcta. Lo hemos estudiado, la enfermedad se encuentra tipificada. Servando es un hombre a quien le resulta imposible contener sus impulsos sexuales. Pedofilia, es la otra enfermedad que padece. Un ser que se excita con menores, con niñas, a veces con niños. Un obseso que ignora a la víctima con tal de satisfacer su deseo. Servando ha contraído el peor de los deseos.

Por ello, mis estimados, apliqué los baños eléctricos —que ayudan a clarificar la mente—. Por ello, apliqué el sumergimiento en agua —que ayuda a templar el deseo—. Por ello, después de hablar con especialistas de Francia, apliqué el sistema de elongación: después de jalar hasta cierto punto sus extremidades, hubo una mejoría innegable. Los nervios entumecidos por el deseo se relajaron. Los golpes sistemáticos en las plantas de los pies forman parte de un experimento personal que también resultó exitoso: producen una vibración que logra aclarar ciertas zonas del cráneo que ha sido previamente sumergido en agua. Es una suerte de reblandecimiento de la cabeza, pero muy positivo porque ataca con precisión las partes físicamente enfermas.

Servando

Mierda de hombre. Asesino. Hipócrita. Jalan. ¿Dónde está Ángela? Hijo de la chingada. Sumergen. Ángela. Garrote. Ángela. Jalan. Ángela. Ahogan. Ángela: me ahogo.

Servando y Limanterri

—¿Entiendes por qué puedo estar aquí contigo?
   —Porque eres un hijo de…
   Garrote.

—¿Entiendes por qué me autorizaron para hacerme cargo de tu caso?

—Porque no hay persona más…

Jalan.

"Magistrado, le dije, estoy tremendamente apenado por no haberme dado cuenta de lo que sucedía, por no descubrir a tiempo la enfermedad que mi alumno tiene. Mi deber es pedirles una disculpa. Fue mi descuido. Sin embargo, creo que es posible enmendar el error. La niña ya se encuentra bien atendida en una institución que fue elegida por la esposa de Servando, una víctima más, quien sin rencores busca lo mejor para la pobre infante. Y yo le prometo hacerme cargo de este caso tan complejo, tan desagradable. Sí, señor, tiene nombre, pero en realidad no es una sola enfermedad, son dos: satirismo y pedofilia. Y, por fortuna, ambas tienen remedio".

"El argumento final me lo otorgó el libro de Thomas de Quincey. Le dije al magistrado que lo había leído con repulsión y que seguí las pistas hasta descubrir que te habías unido a ese pernicioso grupo llamado *decadente* donde todos están igual de enfermos y obsesos que tú. ¿Sabes que me preguntó el magistrado? Que por qué motivo habías cometido tan atroz asesinato. Simple, le contesté, porque te fascinaste con las propuestas escritas por el autor inglés. Que no fuiste capaz de entender que De Quincey sólo era parte de un estilo de arte retorcido, pero sólo arte, al fin y al cabo. Una metáfora. Esto último lo tomé de ti, querido Servando".

—"Un nuevo orden de las cosas acaba de nacer", decías. Pero nunca dijiste que era para peor, la ciencia no se debe usar para…

Garrote.

—¿Sabes por qué puedo estar aquí contigo? Porque yo entiendo el futuro, sé exactamente lo que viene. Yo conozco al magistrado y a los jueces. Ellos están orgullosos de conocerme a mí. Estoy aquí porque hay experimentos que yo sí me atrevo a hacer y tú no. Y el arte, querido alumno, nada tiene que ver. Por eso tú no haces este tipo de pruebas, porque no tienes el temple. No tienes el valor para encontrar la verdad. Eres un hombre débil, y la ciencia no puede detenerse ante remilgos anémicos.

—Dejaste el libro de De Quincey...

Ahogo.

—Sí, y lo discutiste conmigo. Pero no entiendes mi experimento: el nuevo orden de las cosas no necesita que las ideas de mentes obsesas se propaguen. Sólo confunden. Te confundieron a ti. La ausencia de claridad y de método no es otra cosa que el ensalzamiento de la enfermedad. De la falta de orden. Tenía que comprobar por mí mismo si había placer en la estilización de un asesinato. En cometerlo con saña. Y sí, lo hay, pero no en el sentido que el autor piensa: la delicia radica en que con método se puede lograr la verdad, aunque haya bajas. Y eso incluso puede dar placer si entiendes algo que tú no: que la selección natural nos divide entre los que mandan y los que obedecen. La putita que puse en el potro era sólo eso: una puta.

—Era la mamá de Ángela.

Intentona de garrote.

—¡Un momento! ¿Qué dijiste? Es una puta. ¡Uuuunaaaaaa putaaaaaa! Prescindible. Lo único importante que hizo en su vida fue morir para ser útil. Para ayudarme a entender las estupideces que un obseso escribió.

Ahora sí: garrote.

—Y De Quincey...

Ahogo.

—Sólo era un psicópata que no se atrevió, como tú, a hacer lo que hace falta. Es un maricón. Un sodomita. La madre de Ángela es una puta. Y tú eres un cobarde, o sea, un maricón y una puta. ¿Ves la enorme cantidad de información que surgió de ese experimento?

Jalan.

—No me perdono haberme percatado tan tarde de eso. Tenía esperanzas: eras mi alumno favorito. Ahí fallé yo. Porque no me di cuenta de que en realidad eres una puta, un cobarde. Eres un maricón. No eres un hombre de ciencia. Tú estás del otro lado.

—Sólo eres un asesino que intenta justificar su sadismo, su falta de humanismo, su...

Garrote.

—Yo soy el siglo xx, cobarde. Soy quien va a rescatar a este mundo de pusilánimes como tú.

Jalar.

Ahogar.

Garrote.

Maricón.

Puta.

Cobarde.

Limanterri y Servando

El sitio era oscuro y las paredes no eran blancas: estaban grasientas y llenas de manchas provocadas por la humedad. Eso fue lo primero en lo que reparó. No era un hospital, pero tampoco era una prisión. Y enfrente estaba su mentor. No era un doctor: era un asesino. Un asesino había sido su mentor.

Y la gente creía que él era el asesino. Y estaban equivocados.

Pero no se los podía decir. Había dejado de ser lo que antes era.

A pesar de que ya no había misterio, entendía sólo la mitad. Estaba completamente aturdido. Todo el cuerpo le dolía. Y el sitio era oscuro y las paredes no eran blancas. No estaba en su casa. Nadie le guardaba respeto. Nadie lo escuchaba. Y Ángela no estaba.

La voz navegaba entre el agua que dolía y las llagas supuraban sinsentido a través de heridas que no eran físicas pero que comprimían y lo cuestionaban de una manera grosera, vulgar. Por primera vez, su maestro le hablaba como si fuera un verdadero alumno. Como el alumno menos aventajado. No eran dos adultos dirimiendo una hipótesis, sino un maestro de edad provecta que despreciaba a alguien menor, en todos sentidos. La humillación se le confundía con el dolor físico y no sabía cuál le dolía más. Entonces le comenzó a suceder algo que nunca había pasado: empezó a escuchar al verdadero Limanterri, sabía que le estaba hablando, pero no entendía lo que le decía. Las palabras perdieron su proporción y su peso. Se volvieron inasibles.

—A ver si entiendes, Servando: ya nos deshicimos de Dios, pero no puedes esperar que *grant taca na mira numiente*. Eso fue terrible y erróneo, y encima, ahora nos deshacemos de la moral y de la *veritates-tae como un flora versae*. Con ese acto quería comprobar el placer que los perversos sienten al *desmembraris tua peersis, usas razonas parsi libro de De Quincey staeelus luv a no rii satooo*.

Pero él era versado en el primer lenguaje de Ángela, y esas palabras sólo lo acercaban más a ella. Ésa se convirtió en su táctica de sobrevivencia, aunque no le duró demasiado tiempo.

El agua jamás había dolido tanto. Un palo jamás le había parecido así de amenazante. Pensó que, cuando te ahogan, se hacen estupideces para intentar salvarse. Que, a pesar de tener la cabeza en el agua, por ejemplo, cuando ya no aguantas contener la respiración, intentas respirar, a pesar de que ahí no hay aire, sólo líquido. Cuando te ahogan, haces estupideces, quedó convencido. Y encima la cabeza piensa y piensa y piensa. No se detiene. Y los pensamientos, como las palabras, empiezan a perder su forma, entonces también duelen: "La ciencia no tiene nada que ver con esto. No tiene nada que ver con clavar remaches en las mejillas, o arrancar extremidades. Estoy seguro de que tuvo una erección. Estoy seguro de que vio varias veces las fotos y acarició su apéndice hasta mojarse por completo, y que luego se sintió culpable y por eso las arrojó encima de esa cama. Estoy seguro de que quería más y por eso regresó *donanti sinmatierra unla sarta de dolantes que ni acajan*".

Garrote. Maricón.

Puta. Ahogo.

El sitio era oscuro. Y fue cada vez más oscuro. Más y más oscuro. La fuerza empezó a fallar. Las ataduras se hicieron muy pesadas. No podía levantar los brazos.

Pero en el repertorio del dolor, había otros actos.

—Servando, tu temor ante lo nuevo te detiene por completo. No me sorprendería que en algún momento decidieras regresar a las velas en vez de la luz eléctrica. Que no creyeras en los imanes curativos que ponen en orden el magnetismo del cuerpo humano. Pero eso hoy lo vas a tener que aprender por las malas.

"¡Aquí viene la modernidad!

Electricidad. En los sitios más insólitos. Dos electrodos de metal que alguien sujetaba con unos guantes de gruesa tela. Los electrodos estaban conectados a una máquina de madera que tenía una manivela. Aprendí el método con rapidez: entre más tiempo y más rápido girara la manivela, mayor sería la descarga eléctrica. Mayor sería mi dolor. Gritaría más.

Maricón. Puta.

Electricidad, otra vez.

Modernidad, otra vez.

Y de fondo ese parloteo que, hasta ahora lo entendía, no tenía nada que ver con la búsqueda de la verdad. Limanterri rodeado de tres o cuatro hombres con batas blancas y casi todos con barba. A veces estaba en el cuarto oscuro; a veces, en un anfiteatro con gradas muy altas que se cernían amenazantes.

—¿Ve usted, colega, cómo el agua es un excelente conductor de las corrientes eléctricas? Si sumergimos al sujeto (por favor, asistente, proceda) y sumergimos también los electrodos en el agua, la corriente llega hasta el cuerpo sin necesidad de tocarlo directamente. Claro está, entre más potencia eléctrica exista (por favor, asistente, suba usted el voltaje), mayor será la recepción eléctrica. Y si *persinate golpeamos sas peses, con la vibratara del sitemuno nerviate, al eletreteded panatara mos alentraro.*

El último acto de cordura que le quedó a Servando fue identificar cuándo era de día y cuándo de noche. Intentó contar los días, pero al final también perdió eso. Como las palabras, como los pensamientos, la luz y la oscuridad comenzaron a dejar de tener sentido, a convertirse en elementos intangibles que al final ya no entendía. La luz ya no era sinónimo de día. La noche no significaba descanso. Todo se convertía en una pasta sin fronteras donde no había ni interior ni exterior, ni dolor ni ausencia de éste, ni día ni noche, ni entendimiento ni sinrazón.

—Este experimento ha sido todo un éxito —escuchó—. Podemos llevar ya al sujeto a su nuevo hogar. Señor asistente, hágame usted el favor de decirle a la gente del señor Orrín que ya pueden pasar por el sujeto.

Luego volvió a voltear para mirar a Servando.

—A donde vas, seguirás siendo examinado, aunque de otra manera. Ya no eres un peligro para nadie: te he curado. Y para mayor regocijo, me he proveído de suficiente información científica de mucha valía. Pero lo mejor es que tu destino final no fue idea mía. Fue de Carmela, mi querido Servando.

—¡Pero si no han revisado mi cráneo! —replicó Servando, casi avergonzado, como pidiendo perdón.

—¿Para qué?

—No tengo bultos en las secciones 7 ni 32-A del lóbulo occipital, tampoco tengo deformidades en…

—¡Calla ya, loco de mierda! Tu enfermedad es del espíritu. Te contagiaste de una estúpida piedad y cobardía, y lo peor: te contagiaste de una infección que los más necios llaman arte. La mayor de las chapuzas. La prostitución de nuestros libros doctos hechos con toda seriedad para que una joven parvada de saltimbanquis los tome y se burle de ellos. Para que creen atrocidades indecibles que se confundan con métodos científicos con el fin de justificar orgías y sodomías. ¡De eso te enfermaste, inútil del cerebro!

Entonces, Limanterri le sujetó con una sola mano las dos mejillas y se las aplastó como a un bebé de meses. Luego, tomó su propio sombrero y se lo puso en la cabeza. Él no tuvo fuerzas para quitárselo. Sólo babeaba.

Mientras Limanterri se iba del cuarto oscuro, Servando logró esculpir el último pensamiento coherente. Pensó que sería terrible si Ángela lo viera de esa manera: sin poder protegerla, agotado y con el sombrero del asesino de su madre en la cabeza. Luego eso también se disolvió en la pasta que no tenía fronteras.

Cobarde. Ahogo. Puta. Garrote. Maricón. Sombrero.

El hombre sabio

Salí de mi hogar en San Ángel con el peor de los humores: justo esa mañana había vendido mi mejor cuadro de Julio Ruelas. *La domadora* no estaba ya en casa porque la casa necesitaba reparaciones. Entonces, mi amigo José Joaquín se dio a la tarea de levantarme el ánimo, y me dijo que *tenía* que ver *ese* espectáculo. Que de ahí saldrían varios relatos, comentó. Que era la más descarnada cara de la modernidad, me aseguró. Le hice caso, pero la verdad es que iba de mala gana.

El circo estaba cerca de Coyoacán. Cuando llegamos, me di cuenta de que se trataba de un espectáculo casi ilegal. Bajamos del tranvía y caminamos dejando atrás la plaza con sus calles principales. Llegamos hasta unos llanos escondidos por varias hileras de árboles, entonces pregunté:

—Joaquín, ¿qué es esto?

—Un sitio que te dará para escribir varios relatos —comentó de nuevo con media sonrisa en los labios.

Aquello deseaba con todas sus ganas ser un circo, pero en realidad era una sucia carpa en donde no cabían más de veinticinco personas, con tablones como bancas y un olor que mezclaba el polvo y la pobreza.

Nos sentamos casi hasta adelante. Para mi desgracia, el sitio estaba lleno y eso potenciaba los fétidos olores. Después de un tiempo que

181

me pareció perpetuo, las cortinas finalmente se abrieron y dejaron ver un escenario minúsculo de madera podrida con otra tela igual de mugrienta de fondo. Un hombre vestido con una levita tan pasada de moda que huía de la elegancia para refugiarse en el ridículo anunció el primer número. "¡Con ustedes una mujer traída por Gulliver desde Liliput! ¡Única en su género, tan pequeña que logra una gigantesca admiración!". Sobre el escenario apareció entonces una mujer diminuta. Horriblemente diminuta. No era ni pequeña ni enana. Era una copia de una mujer casi normal, pero de cuarenta y cinco centímetros de altura cuando mucho. Estaba vestida con una falda muy corta que dejaba ver unas piernas pequeñas y contrahechas, por lo mismo, renqueaba al caminar. Cuando con esfuerzos al fin llegó al centro del escenario, volteó hacia nosotros y nos sonrió mecánicamente, mientras agitaba un brazo tan pequeño que sólo podía provocar aversión. Era el saludo más espantoso que podía recordar.

Las cortinas se cerraron. Segundos después se volvieron a abrir. Apareció en el escenario un niño, de once o doce años, completamente desnudo salvo por un trapo que le cubría la pelvis. El niño estaba sentado en el piso, inclinado hacia uno de sus costados. Su torso estaba erguido porque se detenía con las manos apoyadas en el suelo. Tenía que utilizar ese soporte porque sus piernas estaban pegadas una a la otra por todo lo largo, y justo a la altura de los tobillos se volvían a separar. "¡El circo Cremades les presenta, orgulloso, al pequeño tritón!", vociferó el presentador. Y, en efecto, el muchacho parecía tener una cola de pez, con un par de pies abiertos por aletas. Ahí, tirado en el suelo, agitaba su cuerpo de la cintura para abajo con forzada voluntad, mientras intentaba sonreír para la multitud. Y luego nos regaló su acto final: logró aplaudir con las palmas de sus pies. Mi estómago comenzó a revolverse.

—No puedo más —le confesé a José Joaquín tragándome las palabras para evitar el vómito. Me incorporé con esfuerzo y empecé a retirarme por un costado de los tablones que querían ser butacas.

—¡No seas exagerado! —recuerdo que me dijo.

Estaba a punto de salir de la carpa cuando las cortinas se abrieron por tercera vez y ahí, en el escenario, apareció Servando.

Estaba adentro de una jaula de barrotes dorados, aunque muy gastados, como si se tratara de un gran pájaro. Estaba atado con una camisa de fuerza y su cabeza miraba con fijeza un punto en el escenario.

—¡Con ustedes —volvió a gritar el presentador— nuestra última adquisición: el hombre sabio!

Era Servando, no cabía duda.

El presentador caminó a un lado de él y con su bastón de madera alcancé a ver que le daba un fuerte golpe a Servando en las costillas. El bastón tenía mango de plata y simulaba a un dragón con las fauces cerradas en eterna rabia.

Servando se dolió y luego, como si le hubieran accionado un botón de encendido, comenzó a recitar a toda velocidad, sin detenerse, incluso parecía no respirar:

—Pi o Fi en griego es la relación entre la longitud de una circunferencia y su diámetro en geometría euclidiana es un número mágico porque sin importar el tamaño el resultado siempre será el mismo a saber: 3.14159265359 nueve nueve nueve son los planetas del sistema solar conocidos a saber: Mercurio Venus Tierra Marte Júpiter Saturno Urano Neptuno y Plutón Plutón Plutón Platón Platón fue un filósofo griego alumno de Sócrates y maestro de Aristóteles sus temas eran variados a saber: ética filosofía política epistemología gnoseología la gnoseología por cierto viene del griego *conocimiento* y *razonamiento* y estudia los límites que tiene y debe tener el conocimiento a saber: que golpear no puede ser parte de la búsqueda del conocimiento o sumergir a alguien en el agua o ponerlo en contacto directo con muchos voltios voltios voltio el voltio es la unidad que sirve para medir la tensión eléctrica que como dije también puede provocar una terrible tensión en un cuerpo y se llama así voltio por Alessandro Volta quien hace poco más de cien años inventó la primera pila eléctrica que fue la primera forma en la que el humano pudo aprisionar la electricidad aprisionar aprisionar prisión prisión las prisiones son inventos muy recientes nacieron en el siglo XVII a raíz de las revoluciones industriales la gente de campo se fue a las ciudades en busca de oportunidades y no había trabajo para todos entonces había mucha prostitución y mendicidad que se tuvo que controlar con estas instituciones de reclusión la prostitución es muy mala pero siempre hay cosas peores siempre hay gente peor peor peor or or oro oro el oro es un elemento químico del grupo once de la tabla periódica su símbolo es "Au" que viene del latín *aurum* sólo es soluble con el cianuro el mercurio y el agua regia de oro de la que se hacen muchas joyas incluyendo las alianzas de matrimonio que sirven para jurar fidelidad y para que el hombre no traicione a la mujer ni la mujer al hombre unas de las alianzas más codiciadas son las que produce la compañía norteamericana Tiffany desde el año de 1837 su valor radica entre otras características en que la circunferencia del anillo es perfectamente redonda de tal manera que ahí se podría medir sin error el numero Pi o Fi en griego que como todos ustedes saben es 3.14159265359...

Olvidé todos los horrores que había presenciado antes. Olvidé las náuseas y olvidé el vómito. Me quedé congelado sin mover un solo músculo durante todo el tiempo que Servando recitó aquella perorata. Los niños se reían de él con carcajadas groseras. Las mujeres reían por lo bajo moviendo los hombros. La única virtud que veían en aquel hombre enjaulado era que resultaba absurdo hasta la hilaridad. José Joaquín, todavía con una sonrisa, vio cómo lo dejaba atrás en cuanto terminó ese último número. Di la vuelta por fuera a la mugrienta carpa tratando de buscar las bambalinas. Si el sitio donde estaba el público era repulsivo, la parte trasera era peor aún. Restos de comida en el suelo, huesos de pollo, frijoles y potajes que se mezclaban con la tierra, olores pútridos que daban jaqueca. La oscuridad era tan densa que a ratos parecía tener la capacidad de tomarte por los párpados para cerrarte los ojos. De esa penumbra salió un hombre que me intentó retener:

—¿Necesita algo, señor...?

—Sebastián... Sebastián Sarías de Tagle —le contesté lo más rápido que pude, aún buscando en la oscuridad a Servando.

—¿Y necesita?

—Soy un empresario de espectáculos —dije— y quedé muy impresionado con el acto del "hombre sabio".

—No es el único —me dijo sin dejar de sonreír.

Para ese momento, ya había revisado mi atuendo y yo el suyo. Las clases sociales quedaban claras. Fue lo que me dio valentía:

—¿Usted cree que no lo sé? —repliqué con cara de cartón, luego le sostuve la mirada con fuerza y simulando hastío.

—Para ese propósito, debe hablar usted con…

—Con alguien que no sea un fenómeno… ¡Gracias!

Lo empujé para pasar hacia los camerinos que, por fortuna, estaban un poco más iluminados. Todo ahí era una farsa: no había paredes, sólo cortinas. En realidad, un intruso con muy poca habilidad podría haberse escabullido, levantando un poco la tela que caía en el suelo. Por ello, los camerinos de los artistas no eran camerinos: eran jaulas con paja en el piso, con barrotes y candados, y los artistas no eran artistas: era gente aprisionada contra su voluntad. La mujer diminuta no charlaba con el muchacho tritón. Los dueños, tramoyistas e iluminadores no eran eso: eran todos carceleros. Los fenómenos estaban ahí confinados cuando hacía unos minutos sonreían sobre el escenario. Nadie era amigo de nadie.

Primera, segunda, tercera. En la cuarta jaula estaba Servando. Parado en medio, ya sin camisa de fuerza, pero con la cabeza hacia el suelo como había estado en el escenario, y evidentemente aprisionado por pensamientos obsesivos. Hablaba en voz baja, como elaborando una especie de rezo, pero con la misma velocidad que había logrado en su discurso público. No dejaba de verse las manos. Sus dedos se agitaban y luego se acariciaban unos a otros con un nerviosismo que era contagioso. Parecía que estaba construyendo la peor de las letanías. Alcancé a escuchar lo siguiente:

—Abro los ojos y los cierro. Abro los ojos y veo. Cierro los ojos y no veo. Abro los ojos y veo un cuarto con paredes grises. Están sucias. Cierro los ojos y veo a Ángela. Dibujando con sus dedos chiquitos. Abro los ojos y veo que ya viene el hombre del garrote. Lo veo al revés. Cierro dos veces los ojos y otra vez veo a Ángela feliz porque tomó una muñeca. La descubrió y se dio cuenta de que no le hacían daño. Abro los ojos y veo a un guardia que me avienta un plato. Luego cierro los ojos y veo mi casa: ordenada, bien dispuesta. Abro los ojos y veo a dos guardias que me lanzan agua con cubetas. ¿Por qué se ríen? No entiendo por qué se ríen. Buscar la verdad no es divertido. Cierro los ojos y me acuerdo de que yo escribía. Abro los ojos y me meten un tubo por la boca porque dicen que no quiero comer. Cierro los ojos y trago. Abro los ojos y lo veo a Él. A él, que se la llevó. A ella tan chiquita. A ella llorando, gritando. Cierro los ojos y lo veo a él. Y no puedo dejar de verlo. Quiero dejar de verlo. Abro los ojos. Cierro los ojos y lo veo a él. A ella no la veo más. ¿Tú la ves?

Cuando hizo la última pregunta dejó de verse las manos y me observó a mí. Una mirada que cambiaba de dirección rápidamente, del piso directo a mi rostro. Un fantasma real en una realidad que no existe. Ante mi ineptitud, me volvió a preguntar con mayor insistencia:

—¡¿Que si la ves?! —dijo casi enojado.

—¿A quién? —contesté desesperado.

—A ella, a Ángela.

—No, no la veo.

Yo sola

Nadie sabe para quién trabaja. La frase es un cliché, lo tengo claro, pero la fruta del cliché siempre tiene hueso de certeza.

Al final me quedé con todas las propiedades de Servando. Jamás había sido ésa mi intención, pero fue lo que sucedió. La casa, su enorme biblioteca, el exquisito decorado —que, en buena medida, era responsabilidad mía— además de una serie de espantosas cabezas de cera que me trajeron de la gendarmería y que decidí regalar al ropavejero. Las muñecas francesas también se quedaron conmigo. Tiré aquellas que tenían acentos macabros, pero el resto las coloqué en unos preciosos anaqueles *doré* que me mandé traer de Francia. Nadie sabe para quién trabaja: lo que mi padre en su candidez —de la que todos se aprovechaban— no me pudo dar, me lo dio la perversión de mi marido. Las muñecas de porcelana francesa al final pertenecieron a quien debían pertenecer.

Nadie sabe para quién trabaja, lo repito: mi investigación sobre los circos no sirvió para recluir ahí al esperpento, sino para que en uno de ellos terminara recluido Servando. Algunas noches despertaba pensando que tal vez era demasiado, pero cada vez que conversaba con Limanterri, él me aseguraba que era lo mejor. Me decía que no era un castigo, que se trataba de una terapia innovadora en donde, en la medida que contara su enfermedad a un público no docto, iba

187

a conseguir curarse. Que cada vez que relatara sus pulsaciones enfermas, entendería su padecimiento. Que el circo era el mejor sitio para lograr esa cura, porque al ridiculizarse, le restaría gravedad a su padecimiento. Y, además, de esa manera, la gente de a pie podría acercarse a la ciencia, aunque fuera un poco, aunque no tuvieran el profundo entendimiento de los hombres preparados. Era, me dijo, como si se tratara de una campaña de alfabetización. Aún mejor, me aseguró, alfabetización con una advertencia: deben cuidarse de caer en monomanías como ésa. Limanterri me pidió que nunca me olvidara de la traición, que la perdonara pero que no la olvidara: "Jamás dejes atrás, Carmela, la forma en la que Servando veía deleitado a Ángela. Con lujuria, con los ojos de un enfermo". Nunca debía olvidar cómo veía al esperpento.

Después del atroz descubrimiento, las cosas también cambiaron con Limanterri. O más bien regresaron a como estaban antes: él dejó de decirme Carmela para volver a decirme señora Carmela y yo me vi en la necesidad de regresar al doctor Limanterri en vez de Leopoldo. Siendo honesta, debo decir que esperaba mayor consuelo de su parte, pero nadie sabe para quién trabaja. Además, esperar *ese* tipo de consuelo por parte del maestro de Servando tal vez sería un arrojo demasiado moderno que rayaría en la vulgaridad. Es decir, tampoco es que me imaginara viviendo con él, protegida por él, conocida como la nueva esposa, pero el final se me antojó demasiado gélido: las visitas anteriores, con su intimidad y su encantadora discreción, cesaron de un día para otro. Probablemente, con el asunto de Servando ya resuelto, Limanterri y yo no teníamos tantos temas en común, y eso pesaba. Y separaba.

Y porque nadie sabe para quién trabaja, al momento de haber cumplido un año de casada, en vez de estar pensando en procrear hijos, acompañar a mi esposo a sus conferencias o en hacer nuevas remodelaciones a la casa, las tardes me transcurrían lánguidas y tediosas. Mucha lectura, sin duda, y algunos paseos, aunque no muchos, porque mi compleja situación no debía ventilarse demasiado. Aquellos que ya sabían lo ocurrido con Servando —sólo hasta el punto de "se volvió loco y está cautivo en una institución sanitaria de la mejor calidad"— eran personas que trataba de evitar a toda costa. No necesitaba su conmiseración y ellos eran incapaces de ver mi fortaleza ante la fatalidad.

Fue en esos tiempos libres que decidí jugar mi última carta: ir a hablar cara a cara con el tal doctor Campuzano para que entrara en razón, supiera quién era realmente el esperpento y cuál era el sitio que le correspondía.

A las siete de la mañana ya había terminado mi desayuno. Desde hacía tiempo había cambiado el comedor original por uno más pequeño. No tenía sentido comer mientras veía mi plato solitario como si patinara en una inmensa pista de baile. Para las nueve ya había pedido mi coche.

El esperpento ni siquiera estaba en San Hipólito, sino en un lugar privado, casi secreto, que el doctor Campuzano había logrado construir en la ciudad de Cuernavaca. Esto era posible, me había dicho un informante al que le había pagado buen dinero, porque el doctor gozaba de una alta reputación entre especialistas del gobierno que estaban ideando un nuevo hospital psiquiátrico supuestamente muy moderno al que llamarían La Castaña o algo así.

Después de cinco fatigosas horas en tren, llegué a la estación de Cuernavaca. El calor era insoportable, pero no me quejé demasiado: aquel día recordé que, cuando era niña, mi padre tuvo la ocurrencia de llevarnos de vacaciones a un infierno llamado Acapulco. Tomamos el exprés y viajamos setenta horas sólo para encontrarnos en medio de los mosquitos de la selva y de la corrosiva sal de la playa.

Casi a punto de las seis de la tarde llegué a la clínica —así las llaman ahora— y de inmediato me di cuenta de que era un lugar improvisado: sin rejas, sin muros altos, sin la seguridad necesaria para que la gente de afuera se sintiera lo suficientemente segura del peligro que se encontraba adentro. Como si fuera cualquier hija de vecino, me hicieron aguardar en una sala de espera con demasiados ornamentos, y pidieron revisar mi bolso y los pliegues de mi vestido.

—¡¿Perdone usted?! —le pregunté con auténtica indignación a la enfermera.

—Son las reglas de la institución psiquiátrica —respondió con una calma que sin duda alguna era una burla.

—¡Pero si los criminales están allá adentro!

—Disculpe usted, señorita, siento contradecirla, pero adentro no hay ningún criminal, aquí se encuentra gente enferma que, en su mayoría, no representa peligro alguno.

—¡Pero eso no es posible! ¡Son gente que está mal de sus facultades! ¡Que en cualquier momento puede atacar, ultrajar, violar!

La mujer se me quedó viendo, fingiendo su mejor cara de fastidio, y entonces me preguntó con una soltura muy ramplona:

—Perdone que le pregunte, señorita, pero ¿cuáles son sus negocios con el doctor Campuzano?

—Y ¿por qué debo de indicarle eso a usted, *enfermera*?

—Porque yo soy la asistente directa del doctor Campuzano, *señorita*, por eso. Y no soy enfermera: soy doctora. Y ahora me veo en la lamentable posición de informarle que no va a poder acceder a las instalaciones.

La *doctora* se dio la media vuelta y se alejó. Cinco minutos después, ya me encontraba afuera de la *clínica*. Recordé otra vez a mi padre y entonces me quedó claro: jamás me volverían a humillar de esa manera, los mejores logros los podía obtener yo sola. *Sola*.

Comunicaciones espiritistas

La única manera que se me ocurría para ayudar a Ángela era sacándola de su realidad. La realidad ya la había atacado demasiadas veces: como brutal violencia en el prostíbulo, como grosera indiferencia en su supuesta curación. Y justo cuando Servando comenzaba a entender que la comprensión era fundamental para ayudarla, la realidad regresaba rotunda e inhumana. El caso de Ángela me aseguraba que haber estudiado psicología pedagógica no había sido tiempo perdido. Pero la decisión de estudiar justamente eso tuvo un origen que pocos creen. Mi padre siempre me dijo que la pedagogía y el espiritismo serían las ciencias del futuro. Sus colegas lo veían como un excéntrico y, en el mejor de los casos, no le prestaban demasiada atención. En el peor, le lanzaban diatribas con tinta envenenada en las páginas de distintos diarios que tenían secciones dedicadas a la ciencia.

En mi adolescencia, mi padre me llevaba a sesiones con médiums y con la gente que comulgaba con sus creencias. Las primeras horas discutían sobre Allan Kardec, el padre del espiritismo francés. Hablaban sobre *El libro de los espíritus* y *El libro de los médiums*, sobre todo. Hablaban sobre una quema que habían hecho de ambos volúmenes en Barcelona hacía poco, y de la barbarie que eso significaba para la ciencia espiritista. Un "auto de fe", decían que había sido. Hablaban de cómo el darwinismo explicaba al espiritismo: primero habíamos sido seres acuáticos, luego seres cuadrúpedos, luego primates, luego *homo sapiens*, luego humanos y luego trascenderíamos a seres espirituales en otros mundos. Hablaban de reencarnación y de la forma en que habitaríamos esos orbes hasta convertirnos en espíritus puros, lo que los católicos confundían con ángeles. Hablaban de teosofía y de astrología. De homeopatía y de acupuntura. Y luego hablaban de cómo Kardec había sido uno de los alumnos favoritos de Johann Heinrich Pestalozzi, el célebre pedagogo suizo. Y cómo ambos tenían manías parecidas que sus colegas confundían con locuras, de la misma manera que los condiscípulos pensaban de mi propio padre.

Después pasábamos a la sesión en donde, por medio de psicografía, una médium de nombre madame Sirvot se comunicaba con espíritus bien conocidos: Diderot, Aristóteles, a veces Platón, San Agustín. La psicografía era el método en el que ella era experta: insertaba un lápiz boca abajo en una cesta también boca abajo, ambas sobre un papel. La médium entonces cerraba los ojos, colocaba las palmas de sus manos con los dedos apenas tocando la cesta y la magia ocurría: tras cada pregunta —siempre sobre temas de la humanidad y universales— la cesta comenzaba su vaivén y contestaba escribiendo sobre el papel. A veces respondía en español, a veces en francés, a veces en latín. Todo esto sucedía en medio de la penumbra interrumpida apenas por algunas velas.

Más tarde, regresábamos a la sala luminosa para conversar sobre lo ocurrido y escribir una especie de minuta que sería publicada en el siguiente número de una revista que tenía el anfitrión de la casa, Refugio I. González, llamada *La Ilustración Espírita*. Recuerdo haber visto en aquel lugar a varias personas públicas: Santiago Sierra, hermano del famoso poeta Justo, a Manuel Acuña, a Manuel Gutiérrez Nájera, entre otros. Sin embargo, mi padre no me convenció del todo. La verdad es que nunca terminé de creer que el espiritismo era una ciencia con todas las de la ley. Tal vez me pesaron demasiado las burlas y los ataques de sus compañeros, tal vez era demasiado oscura aquella habitación para mí, tal vez mi padre murió demasiado joven para explicarme a fondo los misterios de aquella disciplina. De hecho, el espiritismo terminó por recordarme demasiado a mi padre, que ya no estaba y que nunca se manifestó después de la muerte. No obstante, sí adopté una tangente: la pedagogía.

Comencé a leer no sólo a Pestalozzi sino a Freud, pero quien realmente me inspiró de una manera que jamás hubiera pensado fue María Montessori. Sin duda, repetí un poco la historia de mi padre: mis colegas se burlaron cuando la señalé a ella y a Freud como mis más grandes influencias. "Están muy poco probados", decían. "No tienen un método científico", aseguraban. Aquello me significaba un problema práctico. Varios de esos colegas eran como el primer Servando que había conocido varios meses atrás: tenían un ánimo científico que me parecía demasiado conservador. Mantener las reglas sin doblarlas, sin romperlas. Sin jamás atreverse a probarlas. Una ciencia que, al fin, no experimentaba: sólo repetía. Y eran ellos con los que estábamos diseñando el nuevo hospital de La Castañeda, el cual sustituiría al de San Hipólito. Me quedaba claro, entonces, que el resultado no sería muy alentador. Por ello, fue que propuse mi plan alterno: una pequeña clínica en Cuernavaca regenteada sólo por mí.

Sin embargo, aunque estuviera bajo mi jurisdicción, necesitaba su aprobación como consejo. Así las cosas, los invité a que reprodujeran el experimento que Freud hizo sobre la cocaína y sus efectos energéticos tanto en la mente como en el cuerpo, para que entendieran que el médico de Viena sí tenía método y registro. Freud solía inyectarse ciertas dosis de cocaína de manera habitual, y llevaba un diario en donde anotaba los beneficios del consumo, incluyendo el aumento de masa corporal. No fue sino hasta que el consejo imitó el experimento que quedaron convencidos y me dieron el visto bueno. Entonces nació el Hospital Psiquiátrico del Verrón en Cuernavaca. Una casa con amplio jardín y cuartos sólo para diecisiete personas, sin rejas ni celdas, donde los internos podían escribir, dibujar o conversar en las distintas bancas y mesas de granito blanco que estaban dispuestas por todo el prado. El exceso de libertad nunca provocó que nadie hubiera deseado fugarse.

Con Montessori descubrí que la ciencia médica, la psiquiatría, la filosofía, la pedagogía, la antropología y la biología podían combinarse en un solo conocimiento. Contemporánea de Sigmund Freud, quien también supo combinar diferentes disciplinas para un mismo frente, Montessori logró su hazaña para un caso específico: los niños con perturbaciones mentales de diversos tipos. A diferencia de la gran mayoría de mis colegas, a mí no me molestaba que Montessori fuera mujer. Tal vez lo había aprendido en casa: mi madre nunca asistió a mi padre, iba a la par que él en sus propias investigaciones. Por lo mismo, yo tenía a Luisa en la clínica. Demasiados la confundían con una enfermera o asistente cuando en realidad entre los dos ideábamos las metodologías para cada paciente. Sin embargo, fue ella quien me sugirió no decirlo abiertamente porque, me comentó, gastaríamos demasiado tiempo dando explicaciones innecesarias. Por ello, me sorprendió mucho el día en que llegó muy enojada diciendo que había venido la mujer de Servando, pues quería hablar conmigo sobre Ángela cuando la niña llevaba apenas unos días de haber ingresado a la clínica. Me impresionó sobre todo porque, en ese momento, Luisa sí decidió decirle cuál era su puesto real y no el ficticio. Y entonces la mujer de Servando tuvo que irse sin poder decir más.

Luisa sabía la historia de Ángela: una niña que había vivido una pesadilla. Sabía que el espejismo estaba injerto en su cabeza, que no la dejaba. Le había contado que el primer Servando la había querido utilizar sólo como herramienta para esclarecer un caso tan brutal que ni siquiera un adulto podría haber quedado bien de sus facultades al haber presenciado tan atroz crimen. Pero también le conté que el segundo Servando —aquel que ya había tenido mayor contacto con la niña— había entendido, de alguna manera, que los métodos ortodoxos no lo estaban ayudando. Que Ángela no hablaría, no se comunicaría a partir de actos de disciplina sin una auténtica comprensión. Fue Luisa la que me aconsejó que no le contara a Servando que buena parte de mis propuestas provenían de Maria Montessori —pues jamás los habría aceptado—, entonces le dije que eran resultado de experimentos míos y de mis colegas: todos varones. Estoy seguro de que fue uno de los pocos momentos en la historia de la ciencia en donde un plagio ha resultado provechoso.

Después, el paradero de Servando fue desconocido. Me enteré del escándalo por los diarios de la ciudad. Señalaron que, tras un rápido tratamiento médico, el insigne doctor Lizardi había desaparecido sin dejar rastro. Yo me había presentado en la gendarmería para interceder tanto por Servando como por Ángela. Pero fue demasiado tarde para seguir el rumbo certero de Servando. Por fortuna, el destino de Ángela fue distinto. Al parecer, el poco contacto que Servando decidió tener conmigo para pedir consejo, casi siempre de manera escrita, como evitando cualquier disculpa después de nuestro primer encuentro, tuvo para él más peso del que yo creía. Aunque no lo supe hasta que llegué a la gendarmería.

Mi ánimo aquel día estaba preparado para la confrontación, aunque también había hecho acopio de paciencia. La burocracia policiaca era como un duelo de esgrima: a veces era necesario atacar; a veces, aguantar en la retaguardia. Creía imposible que me cedieran a Ángela con facilidad. A pesar de mis credenciales, a pesar de estar certificado por un par de instituciones de beneficencia, a pesar de haberla tratado en el pasado. Pero la sorpresa llegó desde el principio:

—¿Es usted el doctor Campuzano? —me preguntó un funcionario con la actitud del que sabe desde su nacimiento que no hará muchos amigos en la vida.

—Así es.

—¿Se puede saber por qué ha tardado tanto en venir a recoger a esta niña? ¿Se cree que somos una casa hogar?

Pensé que se trataba de un error administrativo. Un milagro provocado por la torpeza de una firma o un traspapeleo. Pero no era así. El hombre, que jamás iba a permitir que se filtrara algo parecido a la alegría en su semblante, me aventó tres documentos a un escritorio.

—Firme usted en los tres y haga favor de llevarse a ese problema.

—¿Así nada más? —tuve la torpeza de preguntar. La cólera del funcionario agradeció mi intervención.

—¡Tres semanas, señor! Tres semanas ha tardado usted en venir por ella. ¡¿Sabe usted todo lo que hemos tenido que hacer con esta niña?! Causó problemas en el hospicio, en el nosocomio, en el asilo. Lo suyo ha sido un acto de irresponsabilidad.

Había tardado el tiempo que me llevó enterarme de lo que había pasado para dar con el paradero de Ángela. No más. Pero lo que no entendía era la razón por la que aquel hombre me daría a Ángela sin necesidad de más gritos. Cuando me acerqué a los papeles para firmar, pude leer con detenimiento uno de los documentos. Servando era necio, pero previsor. Había creado un fidecomiso con un responsable para Ángela en caso de que algo le pasara. El fideicomiso en realidad no era muy generoso, lo que hablaba de que Servando no creía que hubiera contratiempos, y el responsable era yo, lo que me indicaba, justamente, que había confiado más de lo que creía en mis consejos.

Hacía mucho tiempo que la había visto. Cuando finalmente llegó, la noté más grande. Llevaba el pelo a rape y los músculos de su cara estaban tensos. Sin embargo, su mirada seguía siendo la misma de meses atrás: los ojos inmensos enmarcados por largas pestañas que parecían inquirir sin querer molestar.

Al realizarle las primeras pruebas, me di cuenta de que ya podía comunicarse de mejor manera. Con lápices de colores, con objetos inanimados, con muñecos, incluso con algunas palabras. En efecto: Servando había seguido mis indicaciones. El avance era sorprendente; no obstante, fue con la ayuda de los asistentes de mi clínica y de Luisa que en un tiempo relativamente corto logramos que se comunicara verbalmente de forma eficiente e incluso que escribiera. El dinero que Servando destinó para ella no duró más de dos meses, pero en la clínica tomamos la decisión de que se quedara. Todos estábamos aprendiendo. Ella a comunicarse, nosotros nuevas técnicas para el tratamiento del síndrome postraumático en un infante. No se acordaba de mí: el tiempo que pasamos juntos en un principio había sido muy breve, y Ángela era muy pequeña; además, su estado era deplorable: el dolor que sufría la tenía enceguecida. Me di cuenta más adelante de que el trauma de lo sufrido todavía le provocaba lagunas mentales consecutivas. Su mente seleccionaba de manera defensiva de qué cosas acordarse y cuáles olvidar. Por esa razón fue que, en cuanto aprendió a escribir con cierta soltura, la convencí de llevar un diario que a cada tanto releía. Aprovechaba los ratos de mayor lucidez para que escribiera, y luego, cuando el dolor la sumía en el olvido, le leía sus propios escritos. En esos momentos, el diario era su memoria extraviada y era más confiable que su propia mente. En más de una ocasión, pasados varios días, regresaba a una entrada anterior y se sorprendía: "¿Esto lo escribí yo?", preguntaba azorada. "¡No me acuerdo!". Era un rompecabezas armado por un ciego que, cuando recobraba la vista y lo veía completo, se sorprendía de la imagen final, de que su cabeza ya no estuviera fragmentada.

Al principio me costó trabajo convencerla. Mucho. Su negativa a recordar era comprensible, pero el esfuerzo era ineludible: recordar el origen del trauma sirve para comprender la fuente del dolor y exorcizarlo. Una tarde, mientras revisaba otros expedientes en mi escritorio, Roberto uno de mis enfermeros, se me acercó, me tocó el hombro sin decirme nada y me señaló la ventana de mi oficina. Me asomé y vi en el jardín, sobre una pequeña loma de pasto verde, a Ángela sentada en una silla escribiendo con alguna dificultad. Dos días más tarde ya tenía en mi escritorio la primera entrega de su diario, que decía:

El doctor Campuzano me ha pedido que escriba un diario con mis memorias. Dice que eso ayudará para que vengan a mi cabeza otros recuerdos que ahora no aparecen. Que esto servirá para arreglar lo que siento, lo que me duele.

En quien pienso primero conforme veo el progreso de Ángela es en mi padre. Me hubiera gustado contarle esto. Que supiera que parte de su excentricidad se había convertido al fin en un avance, en un progresismo que le estaba sirviendo de manera efectiva a una niña —¡ya adolescente!— que estaba superando uno de los eventos más atroces que alguien pudo haber vivido. Ángela estaba de alguna forma utilizando la psicografía: se estaba comunicando con sus muertos.

Rendez-vous à Paris

No conocía a Ángela, pero sí conocí los efectos que provocó en Servando. Le cambió la vida. Le hizo entenderla desde una óptica más compasiva, que es la única manera en la que la vida tiene sentido. Pero el pasado de Servando llegó para reclamar lo que era suyo: le recriminó el intentar escapar de las certezas químicas, de la soberbia tecnológica. Como si Servando hubiera querido escapar de un clan de malhechores, y ellos se empeñaran en darle una lección. Su certeza se convirtió en deriva. Su elocuencia en locura, como lo pude ver en aquel espectáculo que le restaba cualquier ápice de dignidad. Y yo algo sabía de dignidades perdidas.

Mi padre, Armando Sarías de Tagle, siempre me dijo que la fortaleza era la que definía al hombre. Que era justamente eso lo que lo diferenciaba de la mujer. A partir de los doce años me inscribió en cursos de calistenia y gimnasia. La idea era que brotaran músculos en piernas y brazos, pero había un problema grave: mi herencia familiar. Mientras la estirpe de mi padre era robusta y varios de sus barones podían ser confundidos con armarios, mi familia materna era más bien enclenque y algunos de mis tíos habían sufrido de tuberculosis. Y yo tenía la complexión y salud de la familia materna. Y a mi padre eso le parecía un abismo insuperable. Pero no era el único abismo que había construido.

Me aseguraba que había una diferencia insalvable entre los léperos y nosotros, entre la gente inculta y nuestra familia. Que la alta cultura era la civilización y hacía la diferencia. Por eso a los diecisiete años me pagó un viaje y una inscripción para ir a estudiar artes plásticas a París. 1889 en la ciudad de la luz. Lo que mi padre no sabía era que, en esa ciudad, en ese momento, convergían con euforia la alta cultura y la homosexualidad.

Después de tres semanas en un barco de vapor y dos días en tren, llegué finalmente a la Gare de Lyon en París. Tenía reservado un cuarto en una modesta casa de huéspedes cercana tanto de la estación como de la Academia de Artes, y esa misma noche me cité en un bar con Bernardo Couto y Ciro B. Ceballos, quienes también coincidían en aquella maravillosa metrópoli. Ambos estaban enterados de mi homosexualismo y fueron ellos los que me alentaron a aceptar la propuesta de mi padre, aunque sin revelarle todos mis propósitos. El amor entre dos hombres era tolerado en París mientras que en la ciudad de México estaba penado. Ciro era un poco amanerado sin ser homosexual, pero en París podía agitar las manos como se le diera la gana y, en vez de granjearse miradas reprobatorias, la gente lo confundía con ademanes de elegancia. Bernardo… Bernardo era muy joven y bebía mucho, pero de igual manera la gente ahí decía que nuestro amigo no hacía otra cosa que practicar el *savoir vivre*.

Después de un abrazo largo y apretado —sin miradas sospechosas de terceros—, nos sentamos y me contaron en una cascada de entusiasmo:

—¡Tienes que ir al cementerio Père Lachaise!

—¡Ahí están enterrando a todos los grandes!

—¡O al de Montparnasse!

—¡Julio Ruelas me dijo que ahí quería que descansaran sus restos!

—Sin embargo, antes se interpone una cena a la que no debes faltar: ya te hemos invitado.

—¿Con quién?

—Con un par de pintores que están apareciendo en las planas de todos los diarios por un escándalo que les regaló un crítico obtuso la semana pasada.

—Escucha esto: expusieron sus obras impresionistas en el d'Orsay, en la galería principal que, como bien sabes, tiene las esculturas clásicas del gran Donatello. Pues este crítico conservador, mala leche...

—Y sin duda un tanto frustrado...

—Se le ocurre decir a voz en cuello: *"Oh, Donatello chez les fauves!"*.

—"Donatello entre las bestias" —me tradujo Couto.

Y entonces cuando a los bribones les preguntaron qué pensaban al respecto del mote puesto por tan reputado crítico, contestaron que les había fascinado y que a partir de ese momento se autodenominaban los fauvistas.

Ambos estallaron en sonoras carcajadas que me contagiaron y que, sin embargo, apenas eran audibles por el clamor de las otras pláticas y las otras risas del lugar.

—En fin, en la reunión también estarán el gran escritor Jean Lorrain y Oscar Wilde.

—¡¿Qué me dices?! —contesté estupefacto.

—Te dije que se le iba a caer la quijada —codeó Bernardo a Ciro.

—Wilde está abandonando su estilo conocido para adoptar uno más oscuro y simbólico, y Lorrain lo está ayudando.

—Ése es el estilo que debemos importar a México, amigos. Hacer una revista solamente dedicada a este arte modernista —se entusiasmó Couto.

—La única mala nota, querido, es que a uno de los pintores le pareció buena idea invitar a un alumno de ese médico vienés que tanto ruido está haciendo.

—¿Qué médico?

—Freud se apellida. Su alumno está vacacionando aquí, y al parecer es un tanto obtuso, defensor de la ciencia por encima de todo.

La cita con ellos terminó temprano, entonces aproveché la hora para pasearme por los bordes del Sena. No entraré en muchos detalles, pero puedo decir que al día siguiente desperté con un refinado y bello joven en mi cama de quien escribí un soneto tachonado con potentes ritmos que deseaban ser alegres, pero que al final no supieron traducir la alegría que sentí en ese momento. La matrona de la casa de huéspedes,

201

por cierto, no puso ningún reparo cuando nos vio salir en la mañana hacia el desayuno.

Pero entre París y la ciudad de México también había semejanzas. A las afueras de la Ciudad de la Luz podías ver locales hechos mayormente de madera en donde por medio franco podías revisar, con todo detenimiento, sumergidos en formol, a fetos con deformidades: tres bracitos, labios leporinos, ausencia de orejas, aves carentes de plumas, minúsculas cabezas de jíbaros, manos con dedos tan artríticos que formaban espeluznantes garras. *Laboratorios* justificados por la divulgación de la *ciencia* que en poco diferían al circo en donde me encontraría a Servando algunos años después para intentar rescatarlo. De la misma manera, si te internabas en los barrios lejanos al centro, había tabernas repletas de criminales dispuestos a agujerearte por tu cartera o a mujeres que se ofrecían para luego hacerte beber formol en botellas y también quitarte la cartera.

En los quioscos de periódicos, varias revistas semanales retrataban en daguerrotipos accidentes mortíferos: niñas tragadas por trilladoras en campos de trigo, suicidas que se lanzaban de quintos pisos enajenados por la morfina, padres obsesos que mataban a la esposa y a sus hijos para luego irse a trabajar vestidos de impecable manera. Era un mundo lleno de atrocidades que, sin embargo, no se cansaba de señalar con dedos como llamas lo que no entendía.

Activo, pasivo: ésas son las definiciones para los invertidos. Y muchas veces solamente nos reducen a eso, como si nuestra personalidad no tuviera mayores complejidades. Como si nuestro cerebro sólo secretara sexo, no sentimientos, no pensamientos, no deleite frente al arte. Yo soy pasivo. En más de un sentido. Durante años fui pasivo frente a las decisiones de mis padres y de mis hermanos mayores. No los cuestionaba. Pero el viaje a Francia cambió eso también en más de un sentido.

Minutos antes de asistir a la cena que mis amigos me habían agendado, nos vimos en un bar que estaba en la esquina de la casa del anfitrión, tomamos un par de coñacs cada uno y nos dirigimos a nuestra cita. Al llegar, ya estaban todos ahí.

Quedé admirado por Jean Lorrain. A diferencia mía, declaraba como virtudes su homosexualidad, además de su adicción al éter:

—Saben qué dicen de mí en las cantinas, ¿verdad?

—¿Qué dicen, monsieur Lorrain?

—¡Que todo el mundo sabe que voy a llegar exactamente cinco minutos antes de que lo haga!

—¿Y eso?

—¡Por el fuerte olor a éter que desprendo!

Carcajadas generales. Yo ya había visto varias caricaturas de Lorrain en la prensa. Se había vuelto un personaje público notable. No sólo por sus novelas provocadoras, sino porque él mismo se había convertido en un personaje: dos o tres anillos en cada dedo, un bastón de ébano y un contoneo de cascabel al caminar. Todo en él era exagerado, y lo hacía a propósito.

Un poco más tarde, y en un tono menos jocoso, Oscar Wilde nos relató la razón de su estadía en París. Por supuesto que jamás perdía oportunidad de venir a esta ciudad ante la menor excusa, pero en ese caso —lo aceptaba y nos pedía toda nuestra confidencialidad—, estaba huyendo de la justicia inglesa. Lo habían descubierto en una relación amorosa con el hijo de un barón prominente que tenía tanto poder como recursos económicos. Debía, entonces, pasar una temporada en un país librepensador para intentar librar varios años en la cárcel.

—Sin embargo —nos dijo en una mezcla de inglés y francés—, la huida ha sido fructífera para mi trabajo, en buena medida gracias a monsieur Lorrain.

Jean Lorrain lo había introducido en las diferentes corrientes literarias en boga en Francia. Estilos oscuros con todo propósito que buscaban entrometerse con la mente del lector —o espectador, si de teatro se trataba—, que cuestionaban las rígidas morales impuestas de una ciencia obtusa y de un conservadurismo que se negaba a dar la palabra sobre enfermedades mentales a los jóvenes.

—De esta manera —seguía Wilde—, he decidido abandonar por un momento las historias de los nobles pájaros que van arrancando laminillas de oro para alimentar a familias humildes o de rosas que sufren por sus espinas.

—¿Cuál es su trabajo ahora, estimado maestro? —se atrevió a preguntarle Bernardo Couto, a quien siempre le faltaba un poco de prudencia y le sobraba… juventud.

—Trabajo en una tragedia: *Salomé.*

No miento al decir que la comitiva guardó algunos minutos de silencio. Aquél era un tema provocador: Salomé, hija de Herodes Antipas que pide la cabeza de Juan el Bautista en bandeja de plata.

—Pero le voy a dar un giro —prosiguió—. En la historia bíblica, Salomé pide la cabeza porque en realidad es su madre quien la quiere. En mi versión, deseará hasta la locura al santo, pero el beato barón se negará rotundamente y Salomé se volverá loca por no obtener lo que desea. Después de este cambio de rumbo, regresaré a la historia original en donde seduce al padre otorgándole el mejor de los bailes. El padre, embelesado, promete que le dará cualquier regalo y es hasta ese momento que Salomé le pide la cabeza del santo. No sé qué resulta más bello y escandaloso: mi agregado, o lo que proviene del original —Wilde sonreía intentando hacerse el distraído, aunque por su enorme tamaño eso resultara difícil.

Los tres mexicanos nos miramos. Pensábamos que se trataba de un tema excesivo aun para la Ciudad de la Luz… por eso nos encantó. Yo, por mi parte, especulé que debíamos reproducir una literatura así en nuestro país. Era necesario para hacer avanzar el pensamiento y romper el anquilosamiento patriótico en el que estaba sumido. Couto pensó lo mismo y Ceballos, que nunca fue de muchas palabras, a partir de ese momento comenzó a escribir sobre mujeres crueles y hombres debilitados. Estaba decidido: ya no sería pasivo en todos los aspectos de mi vida.

—Por lo visto —terminó Wilde—, mi homosexualidad me ha traído algo bueno, muy bueno.

Luego, se escuchó una voz profunda que no se había hecho presente en toda la noche, pausada y con fuerte acento alemán. Era el alumno del doctor Freud. Herr Ernst Lúriya. Se comunicaba más en inglés que en francés. En realidad, todos los extranjeros lo hacíamos, a pesar de que nuestro corazón latiera con ritmos francófonos.

—Si me permite usted corregirlo, amable maestro, la homosexualidad en ningún caso trae consigo nada bueno. En la comunidad psicoanalítica, le tenemos reservas porque está claro que es una enfermedad, tratable, pero una enfermedad, al fin y al cabo. El progresismo tiene alma de avance; sin embargo, hay tótems que se mantienen.

—¿Sugiere usted que se les recluya?

—Claro que no, pero sí que tomen una cura adecuada para su malestar.

—Disculpe usted, herr Lúriya, pero creo que le sobra ciencia y le falta arte —le replicó Lorrain—. Son áreas de entendimiento por completo distintas, y afortunadamente una es más libre que la otra.

Ernst, encendiendo un puro, contestó:

—Se sorprendería, monsieur Lorrain: mi propuesta es tomada las más de las veces como literatura que como medicina. Y el impacto que está teniendo en este país y en varias partes de América está siendo notable, aunque a veces muy mal interpretado.

—Sin embargo, una cosa muy distinta es escribir ficciones sobre relaciones conyugales, adulterios, homosexualidades, represiones y lograr un buen libro, y otra hacer lo mismo para obtener un mal diagnóstico.

Yo ya estaba harto de ser pasivo, debíamos crear un manifiesto para separar el arte de vanguardia de esas ideas retrógradas. No soportaría más las atrocidades y sinrazones en nombre del orden y el progreso. El arte tenía mucho que decir de la sociedad, de la condición homosexual. Me sumé al entusiasmo de Lorrain y a la poco cautelosa juventud de Couto:

—Además creo, *herr professor*, que el equívoco de muchos no convierte en verdad una creencia. Y usted como hombre de ciencia sabrá distinguir entre opiniones y hechos. Y ya que menciona que su… propuesta está llegando con entusiasmo a mi continente, no le vendría mal darse una vuelta por allá y revisar la manera en que la ciencia y la cárcel se unen para crear las curas más atroces.

Luego, con toda calma, me levante y saludé de cabeza a todos los presentes:

—Ésta ha sido una velada encantadora y sobre todo muy ilustrativa, agradezco de verdad a todos los presentes. Voy en este momento a mi casa de huéspedes a desarrollar la idea de una publicación que acompañe las magníficas ideas literarias que el señor Wilde ha adoptado y que monsieur Lorrain lleva ya tiempo trabajando.

Para mi sorpresa, Couto y Ceballos se levantaron después de mí fingiendo la misma cortesía:

—Ese proyecto es titánico y son necesarias varias cabezas para llevarlo a cabo. Les deseamos a todos una estupenda noche.

Al cerrar la puerta detrás de nosotros, irrumpimos en sonoras carcajadas y regresamos al bar para hablar de una revista moderna con viñetas fantásticas y violentas que hablaran de la animalidad del hombre, además de relatos originales y traducciones de los textos que ya se estaban escribiendo en Francia.

Dejaba de ser pasivo y me convertía en decadente, que siempre es mejor. Era otra manera de no permitir las injusticias.

Compra—venta

Varios años después, aunque con las mismas ideas en mi cabeza, me encontraba negociando en un circo lleno de polvo y grasa:

—Mi última adquisición me ha costado mucho dinero. El hombre sabio es un espécimen que ha sido trrratado durante larrrgos meses parrra llegarrr a su estado óptimo. Como usted pudo constatarrr, es el número estelarrr.

El dueño del circo Cremades era de origen húngaro o polaco, no alcanzaba a distinguir bien su acento. Lo que sí podía notar es que era un negociador con mucho filo.

—Lo entiendo completamente, señor Lavobsky, por ello es que le ofrezco esa cifra que en otras circunstancias sería desproporcionada. Es una pieza que me resulta imprescindible para mi colección. En casa cuento con las instalaciones necesarias para mantenerlo en las mejores condiciones y lo podremos transportar hacia acá cada vez que usted lo necesite en su espectáculo.

—No es un espectáculo, señorrr, es un museo.

—Pues cuando lo necesite para su museo. Imagínese: ya no tendría que gastar en su manutención y aun así se vería beneficiado por las ganancias que le produciría.

—No lo sé, de verdad no lo sé.

—Señor Lavobsky, yo hago muchas tertulias entre mi grupo de escritores *decadentes*, quienes no se cansan de ver rarezas que combinan arte con ciencia, y el hombre sabio es un ejemplar ideal para ello. Imagine usted la cantidad de artículos que escribirán al respecto mencionando, por supuesto, que fue usted quien con su sensibilidad lo descubrió. Además, estaría en toda la libertad de visitarlo en mi casa de San Ángel cuando se le diera la gana, con previo anuncio de algunos minutos.

Tras decir esto último, vi cómo le brillaban los ojos. Lavobsky sabía dónde vivía, y seguro se imaginó en mi sala tomándose con toda comodidad un anís rodeado de mis piezas y alejado de la barbarie y de los vapores nauseabundos que se elevaban por su circo.

Después de algunos minutos en los que caminaba de ida y vuelta con sus roídas botas de presentador, levantando el polvo del piso, me dijo:

—Está bien, está bien; sin embarrrgo, la suma que me ofrece es pequeña.

—¿¡Pequeña?! Pero si acabo de comprar un Gauguin por la mitad de eso.

—Pues me gustaría el doble. El Gauguin muerto, el señor sabio vivo.

—Le doy cincuenta por ciento más y cerramos el trato en este momento.

—Trato hecho.

Y me estrechó las manos, que las tenía grasientas porque había interrumpido la comida de pollo frito en su carromato.

La madrugada siguiente contraté una discreta mudanza y varios amigos de mi cenáculo, incluyendo a José Joaquín, me fueron de mucha ayuda. Para ellos, todo era una aventura mientras íbamos rumbo al circo. Sin embargo, cuando reconocieron al hombre sabio como aquel visitante ingenioso que sabía de venenos, y vieron su deplorable estado, además de escuchar las cantaletas que le era imposible reprimir, toda algarabía cesó. Me preguntaron qué le había sucedido. Yo, para ese momento, ya había hecho mis pesquisas y les contesté que con toda probabilidad se debía a un pésimo tratamiento médico que lo había llevado al estado de la locura. ¡Pero si era un hombre tan brillante! ¡Tan elocuente!

Lo subimos a una carreta no sin pocos esfuerzos y, tras aproximadamente dos horas, ya estábamos en mi casa. Lo primero que hice fue sacarlo de su jaula y ponerlo en un cuarto que había acondicionado como enfermería para él. En mi pasillo se veían las manchas de siete cuadros faltantes que tuve que vender para conseguir el dinero necesario de los gastos que estaba absorbiendo. Claro que ni Servando ni yo volvimos a ver a Lavobsky. Instruí a mi mozo de confianza para que cada vez que tocara a la puerta, le indicara simplemente que no nos encontrábamos. Después del quinto intento, le pedí a un amigo que a su vez tenía un conocido en la gendarmería de Coyoacán que le hicieran una auditoría al circo por falta de seguridad y ausencia de higiene. Poco después, Lavobsky se trasladó a una ciudad lejana.

A diferencia de lo que varios periódicos declararon, yo sabía que Servando no era un pedófilo. La irrupción en su casa —que también publicó la prensa—, la separación de Ángela y Servando, además de su aparición en el circo de Lavobsky, eran piezas que no sabía cómo unir. Sólo estaba seguro de que a Servando alguien le había tendido una trampa.

En el cuarto que improvisé como enfermería, Servando mejoró, pero no mucho: sus nervios se relajaron un poco, pero aún continuaba ensimismado y con sus cantaletas a *sottovoce*. Había ganado algo de peso, pero la enfermera insistía en administrarle morfina para que no tuviera ataques psicóticos, lo que lo mantenía aletargado si no es que dormido la mayor parte del tiempo. Una tarde, pesando en las posibilidades para lograr una auténtica mejoría, recordé al doctor Campuzano. Servando me había comentado que era el otro asesor en lo que a Ángela tocaba. Era médico, psiquiatra me parecía, y de alguna manera estaría enterado del problema. Entonces tomé la decisión de ir a conversar con él. Me informé de que tenía una clínica en Cuernavaca, el Verrón. Pedí una cita y hasta allá me trasladé.

Me recibió una enfermera muy amable y de muy buenas maneras:

—El doctor Campuzano no me conoce personalmente —le advertí—; sin embargo, tenemos un conocido en común: Servando de Lizardi, quien trataba a una niña de nombre Ángela. Como usted sabrá, en últimas fechas se dijo en los diarios que el doctor Lizardi abusaba de la niña, cosa con la que no estoy de acuerdo y apuesto a que el doctor Campuzano tampoco.

—¿Y viene usted, señor, a tratar qué asunto con el doctor Campuzano, si es que se puede saber?

—Claro que se puede: que el doctor Lizardi se tenía por perdido, pero lo he encontrado, aunque en deplorables condiciones, y creo que sería de mucha valía un diagnóstico del doctor Campuzano.

La enfermera no ocultó su sorpresa, me pidió que aguardara unos segundos y salió caminando por uno de los pasillos de aquella institución.

Pocos minutos después ya estaba sentado en el despacho del doctor Campuzano. Una agradable oficina con sillones de cuero, muy bien iluminada y que daba a los prados donde se podía ver deambular a varios de los pacientes: unos escribiendo, otros en terapia, otros jugando ajedrez o simplemente charlando. En su escritorio había varias estatuillas de las culturas egipcia, griega y romana, además de cristales que quebraban la luz blanca pintándola de colores cuando filtraba a través de ellos.

—Señor Sarías de Tagle, es un gusto conocerlo —me dijo el doctor Campuzano entrando con paso resuelto y una sonrisa en la cara.

—Con *Sebastián* es más que suficiente, doctor.

—Entonces, llámeme Rogelio.

Nos pusimos al día respecto a Servando. Ambos coincidimos en el rechazo que nos provocó cuando lo conocimos. Y también estuvimos de acuerdo en el paulatino cambio que fue teniendo. Ninguno de los dos creíamos lo de la pedofilia. Nosotros éramos observadores de una historia que involucraba la vida rota de dos personas, y no nos detuvimos demasiado en elucubraciones, creo que a ambos nos parecían de mal gusto dada la historia de Ángela y Servando. Era curioso: a pesar de tener intereses tan opuestos, había empatía. Ambos nos situábamos en esa frontera poco rotunda que se establece entre la ciencia y el arte.

—Pues, estimado Sebastián, le tengo una noticia que estoy seguro le parecerá buena.

—¿Cuál es?

—Ángela está aquí entre nosotros desde hace ya varios meses, y sus progresos han sido notables.

Mi sorpresa no fue tanta, de alguna manera me parecía lo más lógico y conveniente.

—Pues yo le tengo otra noticia que no sé si sea buena o mala: he encontrado a Servando.

—Eso me ha dicho Luisa —respondió con entusiasmo.

Le conté los pormenores del circo y de sus condiciones, luego fui lo más franco que pude:

—Acondicioné una suerte de enfermería, pero me temo que lo que podré hacer por él en casa será muy poco. Me gustaría traerlo acá. El problema es que cuento con escasos recursos.

Rogelio se quedó meditando unos minutos y luego declaró:

—Establezcamos una tarifa conveniente. Es importante que ese hombre se cure lo más pronto posible. Si le parece bien, puedo mandar la próxima semana una ambulancia para la ciudad de México y traerlo a las instalaciones.

—Eso sería fantástico.

—Una cosa más, estimado Sebastián. Es prioritario que no le diga a Servando que Ángela se encuentra aquí. Eso podría alterarlo demasiado y lo que buscamos en principio es lo contrario: darle toda la tranquilidad y reposo que sean posibles. Lo mismo haré yo por mi parte con la niña. ¿Le parece a usted bien?

—Es un trato, aunque la verdad, Rogelio, no sé si Servando está en la capacidad de entender nada por más confidencias que le pudiera decir.

—¿Así de mal se encuentra?

—Ya lo verá.

Antes de irme, y cambiando con todo propósito de tema porque, a pesar de las coincidencias, lo que permanecía era un tono desdichado con el que no quería viajar de regreso a casa, le pregunté:

—Una pregunta más, estimado Rogelio, ¿qué le significan todas esas estatuillas que tiene dispuestas en su escritorio?

—Son un referente de las culturas antiguas, Sebastián. Ya sabe, obsesiones de la psicología: las contradicciones humanas que se expresaban

211

de manera más pura en las obras de los antiguos, sin tantas parafernalias. Aunque también son una especie de homenaje al padre del psicoanálisis, Freud.

—¡Vaya!, ¿sabía usted que yo conocí a un alumno suyo bastante cercano cuando era muy joven?

—¡Qué privilegio!

—Pero debo decir que en esa reunión me comporté con él como un patán.

—¿La razón? —preguntó intrigado Rogelio.

—Su opinión sobre la homosexualidad.

—Sí, *herr professor* y sus seguidores han cometido varios yerros, pero no se deje guiar por ellos, sus aciertos son mayores y más valiosos. Me gusta pensar que el transcurso de la vida no es una serie de eventos que cambian de rumbo sin sentido, sino que hay hombres que son capaces de dotarlos de significado, aunque se equivoquen de vez en cuando. Vea usted cómo el día de hoy estamos los dos frente a frente. Esperemos que entre ambos logremos el cauce correcto a pesar de la desgracia ajena que nos juntó.

Nos estrechamos las manos de buena gana.

Quitar el tapón de la tina

La ambulancia llegó a la clínica jalada sólo por un caballo: el segundo se había fracturado la pata a la altura de Huitzilac. Cuando bajaron a Servando, no pude más que sacudir la cabeza. Sebastián había hecho un diagnóstico correcto. Aquel hombre inteligente, y sí, soberbio, estaba hecho un manojo de nervios. Era un trapo lánguido que sólo podía provocar conmiseración. Apenas podía caminar, necesitó apoyarse en los hombros de dos de mis enfermeros, quienes, de hecho, lo llevaron en volandas. Al subir los escalones que daban al patio, Servando se tropezó prácticamente en todos.

Durmió durante casi una semana, inducido por una dopamina natural recién descubierta por un laboratorio alemán que le suministramos. Mientras tanto, aproveché para tomarle los signos vitales y comprobar el estado de sus huesos. Asimismo, realicé algunas revisiones físicas, aunque sabía que su problema no tenía que ver con el cuerpo. Cuando finalmente despertó, su ausencia era intermitente. Conversaba consigo mismo en una especie de autismo, y muy de vez en cuando se relacionaba conmigo, pero haciéndome preguntas que venían de sus dudas más profundas y que, por lo mismo, resultaban ininteligibles.

Traté de que llevara un diario al estilo de Ángela, pero lo único que lograba era una mezcla distorsionada de frases tomadas de la filosofía clásica, de grandes pensadores como Kant o Hegel, de principios físicos y químicos, de fórmulas matemáticas que no tenían sentido, además de muchos dibujos de máquinas imposibles y de rostros de niñas que se parecían a Ángela. Traté de que interactuara con algunos juegos de cubos y triángulos de madera que me habían traído de Inglaterra y que en realidad eran para niños, pero Servando sólo se quedaba viendo las figuras sin hacer nada. Intenté algunos métodos más, pero al final me di cuenta de algo: la cabeza de Servando estaba completamente saturada de información. Eran datos que estaban mal conectados y que no le permitían elaborar ningún tipo de lógica. Era una especie de locura inducida por el dolor y el exceso de información.

—Creo que sólo nos queda una opción —consulté con Luisa mientras veíamos dormir a Servando varios días después—. Imaginemos el cerebro del doctor Lizardi como una enorme tina. Imaginemos que, a lo largo de su vida, Servando fue llenando esa tina con líquido de cientos y cientos de botellas. Cada líquido es información; la enorme cantidad, académica; la menor, emocional. La tina finalmente se ha llenado, Servando es un hombre muy docto, cargado de fundamentos. Pero sucede que cae en las manos de un sádico, el cual toma un enorme cucharón y comienza a revolver con toda violencia el líquido dentro de la tina, dentro del cerebro de Servando. Encima le vierte nuevos líquidos pero que son corrosivos, disolventes, pinturas indelebles y, de esta manera, toda la información previa y nueva quedan mezcladas logrando conexiones absurdas y volviéndose no sólo inútiles, sino nocivas dentro de la tina (la cabeza) de Servando.

"¿Qué se debe hacer? Resulta imposible separar unos líquidos de otros: están mezclados sin remedio. Hay que practicar entonces una especie de 'lavado de cerebro', vaciar la tina para que todo lo aprendido no le *oprima* la cabeza hasta la locura y pueda volver a ser funcional. Servando dice sinsentidos porque está saturado. La cura sería quitar el tapón a esa tina llena de agua sucia para que se cree un remolino que succione la información confusa, que oprime.

—¿Cómo podemos hacer eso, Rogelio? No estarás sugiriendo meternos con el lóbulo frontal, ¿verdad?

—No una por completo. No hasta dejarlo embobado y sin capacidad de reacción porque el resultado sería exactamente el mismo que el que presenta en estos momentos. Pero podemos hacer una intervención minúscula y muy selectiva que a la larga le permita recobrar sus recuerdos de manera ordenada, sin los solventes que le aplicaron. Solamente tenemos una consecuencia que, sin duda, será inevitable y dolorosa.

—¿Cuál es?

—Que también se va a tener que despedir de sus recuerdos más arraigados, de buena parte de su pasado.

—¿Incluyendo a Ángela?

—Ángela, sí. Probablemente el último recuerdo que se vaya en ese remolino, haciendo el característico sonido de sorber agua, será el de Ángela.

El sonido de los pájaros

Trece meses y cinco obras de arte perdidas después, regresé a la clínica del Verrón. Rogelio me había mantenido al tanto de los avances de Servando y de Ángela a través de telegramas breves pero continuos. Por ellos podía colegir que la niña vivía una mejoría contra toda probabilidad. No recordaba nombres ni rostros exactos, pero ya tenía bastante clara su historia. El caso de Servando era más complejo y doloroso. Se vieron en la necesidad de extirparle algunos fragmentos de los lóbulos frontales para "liberar un espacio congestionado por una locura deliberadamente inducida".

Sin embargo, cuando tuve la oportunidad de visitarlo en su habitación, la mejoría era notoria. En cuanto entré, lo vi conversando con su enfermera sobre el sonido de los pájaros. La verdad, por lo que había leído, cada vez que pensaba en intervenciones quirúrgicas en el cerebro, imaginaba a pacientes con la mirada vacía y tal vez babeando, sin control de los esfínteres y, en el peor de los casos, en estado catatónico. Pero me quedaba claro que lo que Rogelio Campuzano estaba haciendo en su clínica era una medicina de auténtica avanzada. Servando ya no elaboraba monólogos a media voz sin ilación, incomprensibles. Sí hablaba como un niño de nueve o diez años, pero eso era preferible al espantoso espectáculo que había presenciado en el circo.

—Con el tiempo —me explicó Rogelio en voz baja para no interrumpir el diálogo que tenían el paciente y la enfermera—, irá adquiriendo más y más sus antiguos conocimientos. Es difícil que llegue al nivel de sapiencia previo (tampoco a su nivel de soberbia, por suerte), pero creemos que su estatura intelectual se acercará a la de un adulto común y corriente.

Servando se levantó y, asistido también por la enfermera, comenzaron a dirigirse a la puerta. Sus pasos eran menos vacilantes, pero aún le costaba trabajo caminar. Muchas veces, me dijo Rogelio, era necesaria una silla de ruedas. Ambos nos hicimos a un lado con discreción. Al pasar a nuestro lado, nos dijo:

—Buen día tengan ustedes, caballeros, si me permiten, voy al jardín a escuchar el sonido de los pájaros.

No reconocía a ninguno de los dos.

Lo vimos alejarse con paso lento por el pasillo mientras por el mismo espacio deambulaban otros pacientes a sus propios ritmos. De pronto, Rogelio me dijo:

—Pero mira quién viene ahí.

Vi a una señorita muy guapa de semblante alegre que estaba impecable, con el pelo bien cortado y peinado, con un vestido completo que se parecía al uniforme de las enfermeras, pero con un color demasiado alegre para ser institucional. Era larguirucha, más una señorita que la niña asustadiza que siempre había imaginado cada vez que hablaba de ella con Servando. Pero lo que más me impresionó fueron sus ojos: eran muy grandes y hermosos. Servando jamás me había contado de ellos.

—¿Ella es…? —pregunté sólo por cortesía.

—Sí, Ángela.

Cuando Servando y ella se cruzaron en el pasillo, sólo se sonrieron con mucha amabilidad y cada uno siguió su propio camino.

Una vez en la oficina de Rogelio, conversamos largo sobre el proceso de recuperación de las dos personas que nos interesaban. A fuerza de involucrarnos, los cuatro parecíamos ya una familia. No miento al decir que ahí había más que interés, un auténtico cariño. Rogelio me dijo:

—Mi querido Sebastián, creo que ya vamos a prescindir de sus pagos.

—¿Y eso?

—Me encuentro enfrascado en la redacción de un largo ensayo sobre el caso de los dos pacientes que nos conciernen, que será auspiciado tanto por la Sociedad de Estudios Científicos, Filosóficos y Económicos como por la Sociedad Científica "Antonio Alzate". Y creo que usted ya ha hecho suficiente por su amigo y por la causa.

—Rogelio, le quedo en deuda. Y aprovecho para decirle que entonces utilizaré lo que me queda de mis recursos para realizar un largo viaje que tenía pendiente a Europa, en específico a Viena. Creo que tengo que reconciliarme con varias de las disciplinas que se gestaron ahí.

—Hará usted bien, compañero. De cualquier manera, no crea que no lo tendré al tanto de los avances de nuestros queridos Servando y Ángela.

—Nunca deje de hacerlo, estimado amigo, y crea que todo mi agradecimiento se queda con usted y con su institución.

Leopoldo Limanterri
o la mejor cura para la neurosis

La casa donde terminó viviendo sólo tenía tres cuartos y se encontraba muy lejos de Avenida Reforma. Las paredes estaban descarapeladas, en los techos no había lámparas, sólo focos colgando. En los rincones del piso se acumulaban papeles, pero sobre todo botellas de vidrio. Tal vez el primer tropiezo lo dio cuando aún tenía la venda de la soberbia en los ojos. Las semanas que siguieron a la entrega de Servando, no sintió remordimiento. Todo lo contrario. Despertaba de buen humor y le sobraban energías. Limanterri sentía que había resuelto un grave problema y que eso era la confirmación de que tenía las cosas bajo control. Todas las preocupaciones y la paranoia habían desaparecido. El sacrificio de su alumno se justificaba por completo. Era el mal menor de un bien mucho más grande. Entusiasmado por los resultados, quería aumentar la alegría. Sentía que su regocijo no era proporcional al logro. Se permitió, entonces, tomar dos whiskies antes de sus clases vespertinas. Durante algunos días, la combinación fue exacta. Los alumnos se entusiasmaban con él, reían cuando debían hacerlo y se admiraban en los momentos precisos. Después sintió que el cansancio llegaba. No lo permitió. Aumentó la dosis a tres whiskies, los cuales le daban la energía suficiente para mantenerse en un estado al que no quería renunciar. El alcohol también mitigaba la edad. Él no estaba viejo, era un robusto representante de la modernidad, y modernidad era sinónimo de juventud. La edad nada tenía que ver.

Cuando llegó a la cuota de cinco tragos antes de sus clases, determinó que la hipocresía era enemiga de la ciencia. En un auditorio repleto, que ya incluía a diletantes además de sus alumnos, contó el final de Servando. No utilizó nombres propios: quería que el público se concentrara en la experiencia, no en la anécdota. Señaló el tratamiento que le había dado a base de agua, electricidad y tecnología. Aseguró que ahí se había logrado una proeza: curar lo que las mentes estrechas consideraban incurable. Hacia el final de su vehemente exposición, alguien preguntó por el estado y el paradero del paciente. Limanterri habló maravillas de su docilidad, de su vida —ahora— en paz, sin los tormentos que antes lo aquejaban. También dijo que, en ese momento, estaba en otro ámbito donde era observado y resultaba de utilidad para interesados menos doctos.

Pero ser timorato era ser enemigo de la ciencia. Así que, en el típico corrillo que se formaba al final de sus lecciones, nutrido sobre todo por seguidores tan incondicionales como en algún momento lo había sido Servando, comenzó a bromear sobre los circos de fenómenos que se instalaban en las afueras de la ciudad. Bastó con que un par de alumnos relacionaran el entusiasmo y la imprudencia. Las lecciones y las bromas. Los días siguientes, un rumor a media voz inundó los pasillos. La academia a la que Limanterri estaba acostumbrado no confrontaba esos pormenores de manera directa. Se consideraba un acto de vulgaridad. Entonces, esa elegancia que rodea y calla, pero que no resulta menos letal, terminó por vaciar sus aulas. Los directivos tampoco dieron mayores argumentos. Le pidieron a Limanterri que se dedicara a conferencias magistrales y que no perdiera el tiempo en clases ordinarias. Las conferencias magistrales nunca llegaron. Cuando Limanterri se dio cuenta de eso, su dosis matutina ya estaba por los siete whiskies. No le parecía un exceso: él era médico, él sabía de dosis y enfermedades.

Sin clases ni conferencias, Limanterri se dedicó a sus pacientes. En un inicio, las máquinas de rayos X le garantizaron una afluencia continua. No eran muchos los locales médicos que contaban con esa tecnología, y el entusiasmo por ver los huesos propios lograba que la gente se sometiera a las radiaciones ante la menor provocación. Más de un paciente —le habían confesado— enmarcó su placa para ponerla en la sala de su casa. Luego llegó otro rumor: que la sobreexposición a los rayos X afectaba las células del cuerpo y podía crear enfermedades. Limanterri vio cómo un chisme de verduleras provocó que su clientela bajara. Cada vez estaban más reacios a ese tratamiento. Las placas enmarcadas fueron quitadas de las paredes.

Leopoldo comenzó a rumiar la decepción que sentía por la humanidad con nueve whiskies por la mañana. ¿Cómo era posible que la gente se dejara llevar por mitos y temores arcaicos? El vulgo, concluía, sería siempre el vulgo. Y esa constante se mantuvo. Una tarde se enfrentó a la familia de un paciente que, en un principio, había acudido a él por un agotamiento nervioso. El hombre dormía mal, no rendía en su trabajo como funcionario del servicio postal, vivía sobresaltado. Limanterri actuó conforme al manual: era un caso simple. Recetó láudano para el día y morfina para las noches. Durante unos días funcionó. Recibió una misiva de agradecimiento del paciente, acompañada de una agradable antigualla: un prisma de cristal en cuyo interior se había labrado un castillo medieval. Después dejó de saber de él. Limanterri estaba seguro de que su vida había tomado los cauces de la productividad y que a él no lo necesitaban más.

Pero una visita de la familia indicó lo contrario. La madre lloraba y el padre apenas podía retener sus accesos de rabia. La acusación era que había vuelto a su hijo un adicto. El hermano mayor del paciente sirvió de intérprete. Su estado de ánimo era un poco más templado. Le contó que, después del láudano y la morfina, comenzó a probar éter y cloral. Y que la última vez que lo habían visto, porque había desaparecido de su trabajo y del entorno familiar, también consumía nitrito de amilo. El embuste desbordó la calma de Limanterri y los corrió en el acto. Si su hijo y hermano tenía un problema en su voluntad y una tendencia al vicio, no era su problema. Cierto era que algunos especialistas sin escrúpulos estaban ensañados en hacer responsables

223

a los médicos y farmacéuticos de las adicciones pero, de nueva cuenta, como con los rayos X, eran ataques sin mayor fundamento científico. Sin embargo, Limanterri lo supo días después, la familia, que estaba bien posicionada como todos sus clientes, se encargó de esparcir un rumor más que atacaba por la espalda y por lo mismo era difícil de prevenir.

El whisky era ahora valor líquido. Sin alumnos, con cada vez menos pacientes, surgía en su cabeza algo parecido a la posibilidad de ser olvidado, pero también de que las cosas se le hubieran escapado de control. Con la bebida obtenía cierto ánimo que le recordaba cómo había salido de un peligro mayor. Limanterri estaba saturado de ese valor líquido todas las mañanas y el resto de los pacientes se dio cuenta. Su estado de ánimo había cambiado de ser docto y tranquilizador a irritable y perturbador. La decisión de vender sus aparatos llegó una tarde con la hija de un colega. La había mandado porque aseguraba que ya nada podía hacer con ella y con su rebeldía. El colega estaba convencido de que la relación familiar impedía la sanación. Además, hacía mucho que no veía a Limanterri. Su confianza aún estaba intacta.

Hasta su consultorio llegó una joven con una displicencia que enervó a Limanterri. Contestó sus preguntas con malos modos y sorna. Se encargó de decirle que había leído casi todos los libros de medicina de su padre y, cuando Limanterri le diagnosticó histeria, se carcajeó mezclando la burla con la actuación. Quería sumergirla en baños de agua fría para pasar después a la caliente. El procedimiento normal. Tenía que hacer los preparativos él solo porque hacía tiempo que no contaba con ayuda. El valor líquido entorpeció sus habilidades motrices. Confundió las mangueras, tiró el hielo al piso y se le desbordó la tina que meses atrás había traído de Europa. La paciente lo veía sentada desde una silla sin dejar de sonreír. Cuando terminó la faena, con la frente mojada, la niña se negó a entrar. La rabia de Limanterri ya no tuvo diques. La intentó someter, la jaló de los brazos, pero se dio cuenta de que la diferencia de fuerza era insalvable. Recordó su hazaña en el prostíbulo, y eso le dio un renovado pero breve brío. Cuando intentó golpearla con el puño, ella desvió la trayectoria y utilizó su propio impulso para darle la vuelta. Limanterri cayó por completo en el agua helada y comenzó a gritar. La niña sólo sacudió la cabeza. Ya no reía, lo miraba con una conmiseración que Limanterri sintió más helada que el agua donde estaba hundido. La hija de su amigo se fue y a él le costó más de diez minutos salir de aquel suplicio.

Era suficiente. Ya no tuvo ni ánimo, ni fuerzas. Fue cuestión de tiempo para que los negocios se desplomaran. Limanterri se dio cuenta demasiado tarde de que había destinado mucho dinero en aparatos que pocos especialistas realmente usaban. Aquello, entonces, no fue una ganga como él creyó, sino una mala inversión. La gente comenzaba a recurrir más a clínicas y hospitales que a consultorios repletos de tinas de hidromasajes con sales traídas de Suiza o con máquinas que daban altos y largos voltajes eléctricos en la cabeza para "aclarar la mente".

La realidad era que los nuevos especialistas formaban grupos para crear proyectos mayores. No se aislaban ni se quedaban cada vez más solos, sin colegas, sin alumnos, sin pacientes. Sin sus alumnos más devotos. Leopoldo Limanterri también entendió demasiado tarde esto, o tal vez nunca lo quiso entender.

Un día, en medio de cierta desesperación, mientras veía cómo se oxidaban sus aparatos —muchos de ellos usados una o dos veces solamente—, pensó que la única salida para su descenso económico era comenzar a venderlos. Pidió dos catálogos de instrumental médico y se topó con dos malas noticias: la primera era que varios de los aparatos que estaban en su residencia ya se encontraban descontinuados. Esto quería decir que, si deseaba venderlos, debía hacerlo por fuera del mercado legal. La segunda era que el dinero que podría obtener por aquellos artefactos clínicos que aún estaban en el catálogo sería menos de la mitad de lo que le habían costado, y eso si eran nuevos. Su fortuna invertida, lo sabía, se había esfumado. Pero la pérdida de la fortuna no era lo que más le pesaba.

Una tarde decidió dar un paseo por la ciudad e internarse en algún museo. Venciendo su depresión, se aseó, se vistió y colocó sobre su cabeza su recién comprado Cloth inglés. Algunos ritos no iban a cambiar, aunque el dinero faltara. Las calles soleadas lo animaron, también los tragos que a cada tanto daba a su anforita. Por la hora, decidió entrar al Salón del Comercio en la calle de La Palma a comer un bocadillo. Sólo recibió dos o tres saludos. Entre menos pacientes tenía, menos partidarios lo seguían. Dos asociaciones científicas ya le habían retirado su apoyo económico. Limanterri se había quedado anquilosado en más de un sentido, y no había terapia física que lo pudiera remediar.

El último bocado no le supo nada bien, aunque no se trataba del jamón serrano. Abandonó el plato a medias, pagó sin dejar propina y se fue del local sin despedirse de nadie. Unas cuadras más adelante, llegó al Museo Nacional y paseó con mucha calma por las salas de arte clásico. Conocía de memoria varios de los cuadros y las esculturas, pero los disfrutó como si fuera la primera vez. Era un paseo por las certezas de antaño. Cuando ya iba de salida, se topó con la sala de exhibiciones temporales. En un cartel de la entrada leyó que ese mes estaba consagrado al arte modernista. No resistió la curiosidad y entró. No debería haberlo hecho. Ahí adentro estaban las aberraciones que ahora llamaban arte de vanguardia. Una era más escandalosa que otra: hombres decapitados, escenas lóbregas, cadáveres danzarines, y luego se topó con un dibujo en tinta de apenas unos centímetros, una viñeta realizada por Julio Ruelas. Lo conocía. Servando no se había ahorrado los detalles al contarle sobre las obras que había visto en casa de Sebastián, y por las descripciones intuía que se trataba de simples desviaciones mentales vueltas bosquejos, pero lo que estaba presenciando no tenía nombre: sobre un sendero de espinas gruesas en su base y delgadas en su punta, yacían siete cuerpos que habían caído desde lo alto y que se habían incrustado de una manera brutal. Brazos, piernas, torsos y caras estaban perforados y manchados de sangre, todos muertos. Su cabeza comenzó a darle vueltas. Su memoria lo llevó, sin poder frenarla, al prostíbulo de años atrás. Al experimento fallido con el que no pudo comprobar nada. Seguía sin entender a De Quincey. Seguía sin entender por qué esa literatura, ese arte estético, cautivaba. Sólo recordaba, con cierta vergüenza que le enrojeció el rostro, el placer que le produjo haber destazado a esa prostituta. El poder completo que tuvo sobre ella, que pudo comprarla y cuando fue de su propiedad pudo hacerle lo que fuera: azotarla de diferentes formas, arrancarle las uñas, desmembrarla y, lo mejor de todo, diciéndose que era por el alto propósito de indagar sobre la verdad de los sentimientos humanos. Mezclar placer con investigación científica.

En ese momento, pasó a su lado otro visitante bastante más joven. Vio el cuadro y luego a Leopoldo. Vio su rostro desencajado, le sonrió con amabilidad y le preguntó:

—¿Está sufriendo usted el mal de Stendhal?

—¿Perdón?

—El mal de Stendhal: cuando una obra de arte es tan bella, tan impactante, que sufrimos algo cercano al síncope y es necesario incluso salir del recinto para tomar aire.

—Lo que usted dice, joven, es ridículo y médicamente imposible.

El joven ahora lo vio contrariado.

—Pues a mí me ha sucedido en más de una ocasión.

—Pues tendrá un espíritu muy endeble, si no es que se trata de un débil mental.

—Es usted un imbécil que no entiende nada de arte —le replicó el joven, se dio la media vuelta y se fue.

Mientras se alejaba, Leopoldo Limanterri sólo atinó a gritarle:

—¡¿Sabe usted con quién está hablando, jovenzuelo?! ¡¿Lo sabe?!

Tuvo que llegar hasta él un guardia del museo para pedirle con severidad que por favor guardara silencio. Evidentemente el gendarme tampoco sabía con quién estaba hablando.

Limanterri se quedó temblando de la impotencia. Tenía la quijada trabada y de sus ojos brotaron lágrimas. Se las secó rápidamente con el pañuelo que guardaba en el bolsillo de su saco. A pesar del temblor que le atizaba todo el cuerpo, volvió a ver la asquerosa propuesta de Ruelas. Si el síndrome de Stendhal se traducía en náuseas, entonces sí lo tenía. Luego se puso las gafas para leer la ficha técnica. La viñeta no tenía título —¿quién le pondría nombre a una mamarrachada como ésa?—, pero sí tenía precio. La cantidad que costaba ese minúsculo pedazo de papel superaba por más de la mitad el precio de los aparatos médicos que tenía en su consultorio. Sujetó sus gafas con unas manos poseídas por la ira y las trituró con sus dedos. Otro gasto más.

Meses después, ya sin pacientes, sin aparatos y sin mansión, dedicó la mayor parte de su dinero a comprar ginebra. Las copas y los sirvientes también habían desaparecido. Su mozo principal no quería irse, le ofreció sus servicios gratuitos. Eso sólo provocó la furia de Limanterri. Lo despidió de la peor manera, entre gritos y patadas que hicieron volar los pocos muebles que aún quedaban, mientras le aseguraba que no necesitaba de su conmiseración.

En el expendio que se encontraba a dos cuadras de su nueva casa, ya lo conocían. Iba dos veces por día a recoger tres botellas de doscientos mililitros que el dependiente ya le tenía preparadas. Tomaba las garrafas con manos temblorosas porque dejar de beber por tan sólo unas horas ya le provocaba un agudo síndrome de abstinencia. El barrio era miserable, pero eso ya no le importaba. Al salir del local, pronto se tomaba de un trago la mitad de una de las botellas, y el malestar disminuía casi de inmediato. Luego, al avanzar una cuadra, con el líquido aposentado en su vientre —lo sentía bajar ardiente y agradable por el estómago eternamente vacío—, el bienestar en su cabeza se convertía en alegría. Se detenía, entonces, en la esquina de esa cuadra y comenzaba a reírse sin vergüenza frente al único edificio pequeño que existía en esa zona llena de casuchas mal construidas. Veía luego las ventanas delgadas y alargadas del sótano y se regodeaba de lo que había hecho ahí para después gritar:

—¡Soy un monstruo! ¡Sí, soy un poderoso monstruo! —y luego volvía a reír y a caminar.

La gente que lo veía se reía también, pero de él. Era un loco más del barrio.

En sus últimos días, ya no podía levantarse del colchón que tenía en el piso de una de las habitaciones. Había hecho un pago extra al dueño del expendio para que le llevaran hasta la casa sus botellas de ginebra. Cada vez que recibía al mensajero, le decía exactamente lo mismo:

—¿Sabe usted que la mejor cura para la neurosis es la ginebra?

—No lo sabía, señor —respondía, paciente, el mensajero.

—Créamelo que yo soy científico y he tratado a miles de pacientes.

—No lo dudo, señor.

—¡Es más efectivo que todas esas curas modernas que están inventando en esas clínicas de mierda que crearon los jóvenes!

—Tenga usted buena tarde, señor.

En su último día vomitó un líquido entre negruzco y amarillento. Dio un largo trago a su botella. El segundo vómito vino con pequeños trozos de carne. "Es el hígado", pensó Limanterri, y entonces supo que ése sería su último atardecer. Entre vómito y vómito, entre trago y trago, pensó en muchas cosas. Recordó su consultorio con sus tinas de hidromasaje llenas y con la sala de espera atiborrada. Recordó sus conferencias y los aplausos. Pero también recordó que después de la desaparición de su alumno dilecto, la gente comenzó a separarse de él. Académicos, otros discípulos, coordinadores de las sociedades científicas y proveedores de los innovadores aparatos médicos que no deseaban ver sus marcas involucradas con su nombre. Aunque no se lo dijeran en la cara, todos sabían lo que había hecho.

Cuando le llegó la imagen de Servando, profirió un grito que le provocó una arcada incontenible, la cual se convirtió en nuevo vómito con trozos de carne mayores que sentía salir por su garganta para aterrizar en el piso. A pesar del padecimiento físico, no podía quitarse a Servando de la cabeza. Lo veía primero en su clase, muy elegante, atento y admirándolo. El más aventajado. De inmediato aparecía boca abajo, sangrando por la nariz, enloqueciendo, observándolo a él, pero ahora con terror. Cada grito que intentaba dar provocaba otro vómito.

No se le permitía gritar.

Acopió las pocas fuerzas que le quedaban para acercarse a su aparato telefónico, que aún conservaba para alguna emergencia y porque el contrato con la compañía no tenía finiquito. Marcó el número de Carmela. En medio de las mareas etílicas, la aventura con Carmela se había robustecido. En su soledad, su imagen aparecía como un refugio. Como si su relación hubiera durado más y hubiera tenido más importancia. Como si la hubiera tratado bien. Del otro lado de la línea, le contestó una mujer. Con un hilo de voz y reprimiendo un nuevo vómito, dijo:

—Con Carmela, por favor.

—¿Perdón? —preguntó la mucama sin entenderle.

—¿Carmela?

—La señora Carmela no puede atenderlo en este momento, se está preparando para su reunión de gala —y cortó la comunicación sin decir más.

Limanterri volvió a vomitar, esta vez de manera interminable. De Carmela le quedó en la mente lo obvio: su relación con Servando. Ni eso había sido capaz de respetar. Como si fuera un ejército de la venganza, los recuerdos de Servando volvieron a llegar ocupando todo el espacio. El líquido caliente volvió a salir por boca y narices para dejar espacio. Terminó por asfixiarlo.

Nunca se arrepintió de lo que hizo en el prostíbulo. En ningún momento.

Cuando minutos después el mensajero del expendio tocó varias veces la campana de su puerta y nadie abrió, tuvo la amabilidad de dejarle las botellas de ginebra en el rellano de su casa.

Carmela o de lobos y ovejas

Salió de su baño de tina con aceites y se secó meticulosamente el cuerpo. Se puso la bata y mientras se enjugaba el cabello, la mucama tocó a su puerta:

—¿Señorita Carmela?

—¿Dime, Estela?

—Mientras se bañaba, recibió usted una llamada, pero no dejaron referencia. Era de un hombre que parecía encontrarse en un estado inconveniente.

Carmela la volteó a ver con cara de interrogación.

—¿Tienes idea de quién pudo ser?

—Ninguna, señorita.

—Con el nuevo proyecto, las llamadas de quienes requieren de mis beneficios ya me tienen loca. No le des importancia, querida.

Terminó de ponerse su vestido de gala. Salió de su casa, que en los últimos años había sabido modernizarse, pero que no había perdido nada de su esplendor original. Afuera la esperaba un auto con chofer. Avanzaron, en realidad, muy pocas cuadras hasta llegar al que dentro de muy poco sería el primer club de rotarios en México, pero que ya contaba con buena parte de sus instalaciones en forma. El orgullo que tanto el equipo de Carmela como los representantes del club en México sentían era mucho. La asociación apenas había nacido en Chicago, contando entre sus filas a los mejores abogados, pero ya tenían contemplados los proyectos que harían en la metrópoli del país vecino: nuevo alumbrado en la Alameda central, un parque para niños, incluso la colocación del primer semáforo que habría en la ciudad.

La puerta del auto la abrió el chofer, la puerta de la gran casona la abrió el mozo. En la recepción la esperaban quienes serían los tres principales representantes del club en México, y uno de Estados Unidos. Las presentaciones se hicieron en inglés:

—Sir Frank Leeth, ella es la señorita Carmela, la fundadora del club en este país.

—Es un gusto conocerla.

Todos se estrecharon las manos con amplias sonrisas en los labios y algunas palmadas en la espalda.

Desde la separación con Servando, Carmela supo lograr su inserción en la sociedad con sutileza y encanto. En un principio, ubicó a sus amigas acomodadas —que no eran demasiadas— y luego a aquellas que había conocido a través de Servando pero que, sabía, no la culparían por su desaparición. En todos los casos, pedía una amable cita para llegar a llorar. Pedía disculpas por la escena que estaba haciendo. Contaba lo desolada que estaba. La ilusión que le había hecho el matrimonio con Servando, el desamparo que le había provocado su monomanía —de la que jamás daba detalles a pesar de las interrogaciones— y de lo desprotegida que se sentía en ese momento.

Algunas amigas y conocidas no se tragaron el sapo —los chismes en la alta sociedad, que poco tiene que hacer, poseen alas en los pies—, pero la fórmula funcionó la mayoría de las veces.

El siguiente paso tuvo como escenario las diferentes sociedades científicas de la ciudad, sobre todo aquellas que siempre le habían pedido una cita a Servando y que, por alguna razón u otra, él había rechazado dar: la Sociedad de Estudios Pedagógicos —a Servando le hubiera dado un síncope—; la Sociedad Mexicana de Historia Natural —que se dedicaba sobre todo al estudio de las plantas—; y la Sociedad para el Cultivo de las Ciencias —que más bien funcionaba como una especie de beneficencia para la divulgación entre las clases más bajas—. A cada uno de los recintos entró con un fajo de documentos: estudios, apuntes y conferencias que Servando jamás había sacado a la luz. Eran auténticas tentaciones para esas sociedades de mediana reputación. Los papeles menores los donó, consiguiendo a cambio agradecimiento y reputación. Los de mediana envergadura los vendió a un precio razonable, con lo cual creó una pequeña fortuna que le sirvió para firmar el fideicomiso que daría inicio al club de rotarios. Finalmente, pidió a las sociedades que fuera ella quien dictara la decena de conferencias que había dejado Servando en la oscuridad. Pensaron que era una buena idea: la viuda leyendo los trabajos del maestro que había tenido un final oscuro. Ciencia y morbo. En todas las lecturas, el público superó la capacidad de los recintos. Carmela, como esos escritos de Servando, salía de la penumbra a la luz pública. De ahí en adelante, la solvencia llegó sin que la tuviera que mendigar.

En el club de rotarios, todos los dirigentes fueron a la sala que se encontraba a un costado del escenario principal. Con varias apariciones detrás, los nervios de Carmela vibraban en la frecuencia correcta. No estaban demasiado tensos ni demasiado lánguidos.

Bebieron una copa de champagne, pero Carmela rechazó la segunda:

—Una mujer moderna sabe cómo disfrutar, pero sabe también medirse.

Gestos de aprobación, incluso de admiración.

—Ahora, si me permiten, voy a sentarme al sillón a repasar algunas de mis líneas. Con toda la actividad que he tenido en los días recientes, apenas he encontrado el tiempo para elaborar mi conferencia.

—Por supuesto, Carmela —le dijo su asistente—, yo me encargo de que nadie te moleste.

El auditorio principal estaba repleto. Varias personas habían quedado afuera, frustradas.

Minutos después, por el pasillo que conectaba la sala con las bambalinas del escenario, Carmela y su asistente conversaban de veloz manera, afinando los últimos detalles:

—El auditorio es mayormente femenino, Carmela, pero también hay varios hombres, no descartes la posibilidad de preguntas imprudentes.

—No pasa nada, tengo a la mano las tarjetas que armamos.

—Bien.

—Mucha gente se quedó fuera, sirvió de mucho la publicidad en los diarios, pero si me preguntas, creo que lo que causó un mayor impacto fue la contratación de la agencia de publicidad norteamericana que hicimos de último momento: los volantes repartidos en las calles y los carteles pegados fueron un éxito según sus estudios.

—Nos mantendremos cercanos a ellos entonces.

Subieron los escalones de madera. Carmela se detuvo en el penúltimo. Respiró hondo. Sonrió y salió al escenario. La mayor parte de la gente aplaudió con entusiasmo. En el escenario sólo había un pódium con un micrófono del tamaño de un melón. A un costado, en un caballete, reposaba un cartel de cartón con un retrato de Carmela muy bien hecho, con un encabezado que decía: "Retos y mitos de la mujer moderna. Conferencia magistral dictada por Carmela de Lizardi".

Carmela dio a todo el auditorio las buenas noches, les agradeció su presencia y sin más comenzó a leer. Su lectura era segura e histriónica: sabía en qué momentos debía hacer pausas, cuándo levantar un dedo y agitarlo con firmeza en el aire, cuándo levantar ambas palmas hacia arriba y agitarlas levemente, cuándo tocarse con tres dedos la sien para pedirles a los escuchas que reflexionaran sobre una idea. Su discurso duró poco más de dos horas. Habló sobre la necesidad de que la mujer moderna, a pesar de la vorágine de los tiempos, supiera conservar las raíces de su feminidad y su valía como mujer. Que la mujer actual no debía dejarse llevar por varios mitos de una vanguardia nociva que se disfrazaba de modernidad. Para ilustrar mejor lo señalado, utilizó la imagen "es un lobo con disfraz de oveja". Al auditorio le encantó esa advertencia. Carmela ahondó al respecto: el libertinaje poco tenía que ver con la cultura; cortarse el pelo por encima de los hombros no ganaba igualdad, hacía perder feminidad; dedicarse a fumar en esferas públicas y olvidar el hogar no era ganar espacios, era perderlos, puntualizaba. Eran procesos preocupantes que sucedían en ese momento afuera de las puertas del auditorio y en muchas partes de la ciudad. Por eso su fundación, de la mano de otras organizaciones como el club de rotarios, la sociedad para las señoritas o el club de rescate de las tradiciones modernas, buscaban lograr hacer sinergia —una palabra que también cautivó a los escuchas— y así construir los lugares óptimos para que la mujer pudiera desarrollarse en la mejor modernidad. Y más aún, específicamente con el club rotario, ya comenzaban a trabajar en la Granja del Niño, un sitio en donde acogerían a los huérfanos para que las mujeres modernas pudieran dar servicios voluntarios sin descuidar su casa y para que esas pobres criaturas no sufrieran más en las calles. Porque la niñez, terminó Carmela, sobre todo la más endeble, sigue y seguirá siendo responsabilidad de la mujer moderna.

Los aplausos fueron atronadores, y contrario a lo que su asistente temió en un principio, no fueron necesarias las tarjetas en caso de réplicas negativas: las más de diez preguntas que se hicieron tenían el barniz del halago. Al final, más aplausos, mientras Carmela regresaba caminando y bajaba las mismas escaleras de madera por las que había subido.

De haber estado entre la audiencia el primer Servando de Lizardi, el que había entrado por vez primera al burdel donde estaba destazada con metódica crueldad aquella mujer, habría disfrutado mucho de su conferencia. Ésta sintonizaba una moral que no retaba, unas costumbres que parecían propulsarse hacia adelante, pero que se quedaban en el impulso hacia atrás. Para ambos, las buenas costumbres tenían mayor peso que cualquier modernidad.

Telegramas

002115

COMPAÑÍA TELEGRÁFICA MEXICANA

"VÍA GALVESTON"

CIUDAD DE MÉXICO

MSE 22

De: Viena

Palabras: 110

Doctor Rogelio Campuzano
México.-

Estimado doctor ya bien instalado en Viena desde hace un par de meses. Con el gusto de saludarlo. Para saber de la salud de nuestro querido
y mutuo amigo y del hermoso ave fénix de enormes ojos. Para saber
igualmente cómo se encuentra usted y sus proyectos clínicos. Por mi
parte sólo decirle que nada más llegar la visión que tenía del doctor
Freud me ha cambiado por completo. He tenido contacto con más de
un alumno y me han sido de gran utilidad. A la distancia se extrañan
menos los bienes vendidos para realizar este costoso viaje. Reciba un
cordial saludo.

Sebastián S. de T.

002175
COMPAÑÍA TELEGRÁFICA MEXICANA
"VÍA GALVESTON"
CIUDAD DE MÉXICO

MSE 36
Para: Viena
Palabras: 152

Señor Sarías de Tagle
Viena.-

Estimado señor su telegrama me ha dado un enorme placer, al que co-
rrespondo con noticias que estoy seguro usted también encontrará pla-
centeras. Servando ha tenido progresos que ni yo mismo esperaba: el
habla, tres meses después de que usted lo vio, ya estaba al nivel de un
infante de cinco años, el día de hoy, lo calculamos entre ocho y diez
años. Puede parecer nimio pero créame que significa que logramos sacar las partes correctas para dejar las indicadas. La pequeña Ángela, nada
tiene ya de pequeña. Es una señorita que ha logrado entenderse y casi
superarse. Cada día que pasa se interesa más y más por la psicología y
las funciones del cerebro. Se ha vuelto una voraz lectora. Espero que su
propio acercamiento al psicoanálisis en la tierra que lo engendró también le haya otorgado entusiasmo y placer. Quedo de usted.

Doctor R. Campuzano

002341
COMPAÑÍA TELEGRÁFICA MEXICANA
"VÍA GALVESTON"
CIUDAD DE MÉXICO
MSE 12
Para: México
Palabras. 166

Doctor Rogelio Campuzano
México.-

¡La alegría que provoca leer buenas noticas en el idioma propio es impagable querido amigo! Tras la lectura de su amable mensaje, quedé reflexionando y pienso que en los últimos años, la vida de nuestro querido amigo no ha sido otra cosa más que un vertiginoso proceso. Del Servando que yo conocí al que le quitaron la razón y de ahí a la recuperación que usted ha provocado, me recuerda a esa llamada "montaña rusa" que hicieron en EEUU hace un par de décadas. Lo que me inquieta es saber si Servando, cuando acabe ese viaje, descenderá mareado y con arcadas o aplaudiendo feliz de emoción. Yo por mi parte me encuentro más bien en análisis estimado amigo. Así como el arte, así como algunas ramas científicas, descubro que el psicoanálisis también tiene el imperio de cambiar percepciones de la vida y de uno mismo. Cada quien monta su propia montaña rusa como puede. Reciba un saludo fraternal.

Sebastián S. de T.

010248
COMPAÑÍA TELEGRÁFICA MEXICANA
"VÍA GALVESTON"
CIUDAD DE MÉXICO
MSE 72
Para: Viena
Palabras: 259

Señor Sarías de Tagle
Viena.-

Estimado amigo, la montaña rusa de nuestro amigo avanza, para bien, espero. El día de hoy ya tiene el lenguaje de una persona adulta, pero con una variante: ha borrado de su cabeza la enorme cantidad de datos académicos y científicos del Servando que usted conoció. Es casi como si se rehusara de manera voluntaria a volver a adquirirlos. ¡Incluso me prohíbe llamarle doctor Lizardi: me exige llamarlo sólo por su nombre de pila! Todo lo relacionado con ese orbe se le traduce como una especie de amarga pesadilla. Por el contrario, ahora parece disfrutar de las cosas más simples: el paseo por los jardines es de sus actividades favoritas, lo mismo que comer. Está descubriendo todos los sabores por vez primera y a cada comida llega entusiasmado y con mucha expectativa. Nuestra querida Ángela por su lado ha pasado de la teoría a la práctica. Me explico: ahora es una especie de asistente de las enfermeras, en algunos casos incluso en procedimientos físicos. Los pacientes la adoran. Cerrado su propio proceso (tal vez su propia montaña rusa), se ha vuelto afable y encantadora. De vez en cuando la ataca un poco la melancolía, pero lo supera con celeridad. Es una chica muy inteligente que a diferencia de Servando sí recuerda su pasado y se ha sabido reconciliar en parte con él. Espero que usted mismo vaya en esa dirección (curiosa frase para el análisis en donde hay que ir al pasado para avanzar). Quedo de usted mi muy estimado amigo.

Doctor R. Campuzano.

0012371
COMPAÑÍA TELEGRÁFICA MEXICANA
"VÍA GALVESTON"
CIUDAD DE MÉXICO
MSE 95
Para: México
Palabras: 257

Doctor Rogelio Campuzano
México.-

Querido amigo, me ha dado usted una grata impresión con lo que me cuenta de Servando. Y también me deja en la duda: ¿habrá decidido voluntaria o involuntariamente no regresar a sus pasados conocimientos? Más todavía: ¿tener ese tipo de conocimientos lo hacían mejor o peor persona? Sapiencia y análisis por un lado, soberbia y una casa construida con pura razón que no permitía dejar entrar a los sentimientos, hasta que éstos rebotaron solos y, con un poco de ayuda, se volvieron el escombro de la locura. Regresar a la vida simple. ¡No puedo imaginar a un Servando así! Cuénteme usted este nuevo comportamiento ¿no modifica la esencia de la persona? Por el otro lado, lo que me cuenta de nuestra querida Ángela de grandes ojos es extraordinario. En ese caso me queda muy claro que ha ido mejorando su esencia, lo cual me da un gusto enorme. Aún recuerdo cuando Servando comenzó a pedir consejo a ambos y la niña apenas podía comunicarse. Yo por mi parte también voy en busca de mi esencia: me marcho por un tiempo largo a un retiro que ha sabido combinar bien el psicoanálisis con la teosofía. La mixtura me ha ayudado a encontrarme y a entender muchas cosas, sobre todo la piedad en la pesadumbre, sentimiento al que equívocamente me había dedicado. Temo que por un largo periodo no podré comunicarme, pero sepa que será para bien y que le mando un enorme abrazo y mi agradecimiento siempre. Con todo cariño.

Sebastián S. de T.

031975
COMPAÑÍA TELEGRÁFICA MEXICANA
"VÍA GALVESTON"
CIUDAD DE MÉXICO
MSE 43
Para: Viena
Palabras: 364

Señor Sarías de Tagle
Viena.-

Querido amigo, saludando con cariño y esperando que este mensaje lo reciba aún en domicilio conocido. Debo decir: se necesita gran valentía para hacer un retiro, el enfrentamiento con uno mismo, sus errores, miedos y defectos para salir fortalecido no son poca cosa: ¡sinceramente lo felicito! Sobre la pregunta al respecto de nuestro mutuo conocido debo decirle que tal vez usted tenga mejor respuesta. Considero que esas preguntas las atrae más el imán filosófico que el médico. Yo sólo puedo decirle que veo a Servando con una serenidad que antes no tenía, que ha superado el infierno inmediato de la locura (una locura tremendamente racional, en eso estamos de acuerdo), y que ahora piensa en términos más prácticos para él y no para un "superyó" del deber. No sé si el actual Servando lo agradece o si el primer Servando me detestaría. Resulta imposible hacer una comparación: esas dos personas jamás se van a conocer. Lo de Ángela sí que es extraordinario y las diferentes Ángelas pueden convivir la mayor parte del tiempo. Sí existe una disociación palpable pero reconciliable: una personalidad se comporta tal vez exageradamente madura (sobre todo aquella que ayuda en la parte fisiológica en la clínica), y de pronto regresa la niña, no la aterrada y violenta que conocimos, sino tan alegre que es capaz de contagiar al más adusto. A mí me gusta pensar que en esos momentos está reinventando una segunda niñez, una segunda oportunidad. Y hay una tercera Ángela que mezcla armónicamente a las dos, y que aparece (se va usted a sorprender) cuando se junta con Servando. Sobra decir que ambos siguen sin reconocerse del pasado, pero, si fuera un poco místico, diría que espiritualmente tal vez nunca se olvidaron: ella lo llama de cariño "abuelo" y él le corresponde llamándola "corazón". No sé si son las mejores versiones de ellos mismos, estimado amigo, pero son el resultado de todo lo que han vivido, que no ha sido poco. Le mando a usted un abrazo muy grande y le deseo la mejor de las suertes en el viaje que va a emprender. Con toda mi atención.

Doctor R. Campuzano

Despaché el último telegrama con uno de mis mensajeros. Tanto Sebastián como yo habíamos gastado una pequeña fortuna en esos mensajes tan extensos, pero el contenido bien lo valía. Comentar las satisfacciones de manera veloz superaba el valor de cualquier bien material.

Después empecé a revisar los historiales clínicos de varios de mis pacientes. La alegría suele tener la necedad de querer ser matizada: no todos lograban los progresos de Ángela y de Servando. Un paciente con un pasado complejo había tenido una regresión en los últimos días. Hasta hace poco menos de un mes, podía comunicarse usando un lenguaje de señas que habíamos inventado para él —a pesar de que no era ni sordo ni mudo—, pero de un día a otro lo había desconocido por completo, y cuando la enfermera lo saludaba y le *hablaba* con sus manos, él la veía como un ser venido del espacio exterior. No tenía ningún trastorno físico, su reseña clínica no mostraba mayores traumas, y por desgracia el lenguaje de señas no había llegado a desarrollarse de tal manera que pudiera contarnos más de su vida.

Cerré el último expediente de esa mañana con un breve suspiro. No me vendrían mal unas vacaciones. Recordé que Luisa me lo había sugerido. "Vete tú solo", me insistió, y ella ofreció quedarse al frente de la clínica. Luego pensé que tal vez lo que Servando estaba haciendo en ese momento de manera involuntaria era tomarse vacaciones permanentes. Y probablemente era justo, después de haber trabajado toda su vida sin saber bien cuál era el propósito final: dinero, reconocimiento, filantropía, terquedad, culto a su propia persona… labor que, a falta de una meta concreta, debía ser agotadora. Finalmente tomaba un descanso. Una tregua de todo lo que amaba hasta la locura, pasando antes por una soberbia que lo había dejado aislado.

Como si la reflexión llamara al aludido, una enfermera tocó a mi puerta para anunciarme que era la hora de su terapia. Seguía sin reconocerme. Para él, yo sólo existía después de su episodio desequilibrado. Le pedí a la enfermera que lo hiciera pasar.

—Querido Servando, ¡buenos días!

—Doctor, es un placer verlo. ¿Ya se fijó el día que hace?

—Lo vi desde que venía hacia la clínica.

—Pensar que sólo un astro nos puede poner así de contentos.

De algunos días para acá, Servando puede hacer referencias cultas de manera tangencial, pero sólo aludiendo a eventos simples y por completo carentes de soberbia o adoctrinamiento, anoté en su expediente, el cual se encontraba en mi regazo.

—¿Cómo te has sentido, Servando?

—Pues usted me dirá, doctor: siento que escucho trinar a los pajaritos por primera vez. Me sorprendo porque no me despierta mi cabeza con preocupaciones ni angustias y eso, a veces, hasta me hace reír. Y a veces creo que me estoy volviendo loco porque cosas tan tontas me emocionen tanto.

—Tal vez tiene alma de escritor, Servando. Tal vez la sensibilidad de un poeta.

—No creo, doctor, acercarme a los libros aún me produce algo de miedo, tal vez sea fobia.

También las definiciones más elaboradas aparecen cuando expresa sentimientos rotundos como la aprensión, lo que me facilita comprender su estado de ánimo. En esos momentos, es como si Servando se analizara a sí mismo.

—Pero no tendrías que acercarte a un libro, Servando: sólo a un papel y unas hojas.

—No, no, es casi lo mismo.

—¿Ni para dibujar? —intenté avanzar.

—Tampoco, ¿cómo voy a dibujar encerrado en un cuarto estando el día tan bonito?

—Puedes dibujar afuera.

—Se me vuelan las hojas.

—Ahora mismo no estás afuera: estás dentro de una habitación conmigo.

—Pero las ventanas de su cuarto son más grandes que las que están en el mío.

—Puedo dejarte dibujar aquí.

Sin previo aviso, Servando se levantó casi corriendo y fue hasta el cristal que estaba cerca de una de mis ventanas.

—¡Oh, doctor!, miré cómo su cristal refracta la luz del sol: una luz blanca que se vuelve arcoíris —remató como un niño entusiasmado.

Finalmente, éste es el tercer tipo de situación en donde vuelve a rescatar algo de sus conocimientos anteriores: cuando evade un tema o una conversación que lo fastidia y que ya lo está acorralando. También como un niño, con esas evasivas, cree que voy a ceder y me voy a olvidar de lo anterior.

—Servando, me quieres distraer de lo que estábamos hablando.

—¿Sabe usted, doctor, que fue Isaac Newton quien logró por vez primera fragmentar la luz en un arcoíris?

—Servando...

—¿Y a que no adivina con qué lo hizo? ¡Con un prisma que en ese momento era el juguete más popular entre los niños!

—Está bien, Servando, dejemos el asunto.

Me queda claro que, si sigo insistiendo en lo anterior, Servando continuará terco con Newton, el color, los descubrimientos. Tal vez incluso podría llegar a darme fechas y datos matemáticos. Pero no deseo eso. No quiero que escupa sapiencia por presión como la chimenea de un tren de vapor, ése fue el camino que lo convirtió en un hombre duro, cerrado y soberbio. Y con toda probabilidad fue el mismo método que utilizaron para volverlo loco: presionarlo, llevarlo hasta la frontera de su cordura, esgrimiendo los datos que sabía, los libros leídos y los experimentos realizados como una falsa huida. Llenándose hasta que su cabeza cedió y no pudo recabar más, no pensó más, dejó de hacer sentido, y se protegió con la demencia. Una cruel libertad.

—Perfecto, Servando. No hablaremos más del tema. Dime una cosa: ¿las enfermeras te tratan bien?

Como si hubiera apretado un botón, regresó de inmediato a sentarse enfrente de mí y respondió:

—Son estupendas. Amables con mis achaques y comprensivas cuando necesito algo de soledad. Pero hay una en especial con la que me gusta mucho conversar y pasar el tiempo.

—¿Quién es?

Mientras Servando hacía su resumen del comportamiento del personal, ya se estaba distrayendo con otro objeto de mi consultorio.

Quitar algunos de mis adornos, anoté en la libreta.

Pero cuando le hice la pregunta, nuevamente obtuve toda su atención. Me miró y su rostro se iluminó.

—Es la enfermera más joven. La de los ojos de mariposa.

—¿Ojos de mariposa?

—Sí. Cuando uno pone atención, se da cuenta de que sus enormes pestañas son como alas de mariposa y el iris es de un color tan claro que, si uno juega un poco —aquí levantó el dedo índice mientras sonreía—, entiende que las manchas se escaparon de las alas y se quedaron en los ojos porque las mueve tan rápido y son tan grandes que era lógico que eso iba a suceder.

—Te refieres a Ángela.

Servando se me quedó viendo como si hubiera dicho una estupidez.

—No, doctor, me refiero a la enfermera con los ojos de mariposa. Supongo que sí conoce a todo su personal, ¿no?

—Claro que lo conozco. Ya sé a quién te refieres.

Los siguientes minutos los pasé haciéndole una revisión. Las heridas en el cráneo estaban prácticamente selladas y, salvo dos pequeños huecos en donde se habían iniciado las incisiones, el cabello había crecido con normalidad. Las manos, que hasta tres meses después del procedimiento aún temblaban un poco, ya se mostraban firmes, aunque jamás podrían recuperar toda su estabilidad, por ello, Servando debía pasar buena parte del tiempo acompañado, para no tirar objetos frágiles. Lo único que jamás se pudo rehabilitar fueron sus piernas. La culpa no la tenía la operación, sino el trato inhumano al que había sido sometido durante lo que no podía haber sido otra cosa que una terrible tortura. Siempre debería tener su silla de ruedas cerca, sobre todo cuando la fatiga fuera incrementando. A mí sólo me quedaba constatar que no se le hicieran llagas en las piernas por la inmovilidad.

Al terminar la revisión, dos camilleros lo llevaron justamente a su silla, entonces la puerta se abrió y no miento al decir que todos los presentes olfateamos algo parecido a un olor a menta. A uno de los camilleros se le iluminó la cara. En la puerta, silenciosa pero muy sonriente, estaba Ángela, viéndonos con paciencia pero divertida, borrando con un pestañeo toda la gravedad de la situación. El anciano Servando dejó de ser un hombre decrépito para convertirse en un abuelo radiante.

—Doctor Campuzano, disculpe la interrupción, es que al abuelo ya le toca su paseo por el jardín.

—Pasa, Ángela, pasa.

—¿Cómo te sientes, abuelo?

Vi cómo Servando se perdía en sus ojos y cómo en su cara se encendían luces de cariño.

—¿Viste el día que hace hoy, corazón? ¡Está hermoso! Nadie puede sentirse más que bien con eso. Vamos, vamos ya al jardín.

Ángela me volteó a ver pidiendo permiso y yo asentí. Creo que también tenía una sonrisa en mis labios.

Mientras salían Ángela, Servando y los dos camilleros detrás, pensé en una de las paradojas que incluía a mis dos pacientes: el día de hoy, a diferencia del pasado, Ángela era mucho más madura que Servando quien, de vez en cuando, aún se comportaba como un niño mayor. Ángela logró recordar sus pesadillas y sobrevivir. Sin embargo, la base de su carácter seguía manteniendo cierta oscuridad. Había conseguido aceptarse, pero si ponía la atención suficiente, podía descubrir cuando se pellizcaba el brazo a la altura del hombro de manera reiterativa y sin darse tregua. También notaba que, en muchas ocasiones, mientras se mostraba afable y con la cordialidad que a todos nos encantaba, tenía la compulsión de apretar y soltar los puños de una forma casi rítmica que no podía ser otra cosa que la danza de la ansiedad. Un par de veces me sorprendió observándola, y de inmediato dejó de hacerlo. Ángela estaba bien, pero no estaba curada. Ese estado tal vez nunca llegaría. No después de lo que había vivido. Entonces, aceptaba con tristeza, su mejoría era en parte genuina y en parte una actuación. Probablemente pensaba que, si notábamos sus persistentes síntomas, nos decepcionaría. Así de buena era con nosotros, así de dura consigo misma.

Otro rasgo que me preocupaba era su necesidad por estar ocupada. La utilidad se tornaba en evasión y se estaba volviendo adicta. Todos admiraban su capacidad de trabajo, pero en esa virtud había demasiada compulsión. Lo sabía porque tendía a exagerar el peso de la responsabilidad. No había tarea simple: todas eran complejas y urgentes. Las hacía con una sonrisa y se sentía satisfecha, pero mientras tanto seguía apretando los puños y pellizcándose los hombros. Resolviendo los dilemas cotidianos, intentaba solventar las partes que aún le eran dolorosas. Y había días en que no se detenía. Recuerdo una tarde en que la vi agotada: había leído manuales de psicofarmacología toda la mañana, a media tarde había revisado los expedientes de la mitad de los pacientes y el resto del día lo pasó asistiendo a los mismos. Cuando la encontré sentada en el pasto sin moverse, sola porque los enfermeros se habían llevado a la paciente con la que había estado jugando mientras tomaba notas, recordé a la niña que se negaba a salir de su mutismo. Preocupado, me acerqué a ella.

—Ángela: tienes que parar un poco.

—Hay muchos pendientes, doctor Campuzano.

—Siempre los hay y no se van a ir. Pero si te descuidas, no vas a poder ayudarnos y entonces sí se nos van a acumular —fingí una preocupación que no me interesaba. Sin embargo, con decirle lo que realmente tenía en la cabeza no habría logrado más que su rechazo.

—Quiero ayudar, necesito ayudar —me dijo.

—Y lo estás haciendo, pero si te quemas de agotamiento, entonces no vas a poder hacer nada.

Su respuesta me sorprendió:

—Se me está olvidando el rostro de mi mamá, doctor. Me acuerdo de su vestido, pero su rostro se me escapa.

Estaba a punto de llorar, pero se detuvo y se recompuso:

—Voy a revisar que le den a Carmen la nueva medicina —me dijo. Luego intentó abrazarme, pero el gesto se quedó en un torpe manoteo que me azotó la espalda.

Ángela estaba mucho mejor, mil veces mejor, pero no estaba curada. Resplandecía con furia, pero a veces lo hacía para distraernos, para que no viéramos su oscuridad. Los próximos años serían fundamentales para saber qué parte prevalecería. Una recaída. Un avance armonioso. Ojalá me alcance el tiempo para ver ese progreso. Para atestiguar la historia de la Ángela completamente adulta.

Servando, por su lado, había decidido olvidar. Tal vez, por el poco tiempo que le quedaba, intuyera de alguna forma que, si pretendía una reconciliación con su pasado, se quedaría en medio de una nueva opresión. Tal vez prefería la nueva versión de sí mismo. Finalmente pensé que a veces, y a pesar de los logros, el área de mi especialidad tenía demasiados *tal vez*.

Salí al balcón para fumar uno de los puros que mi colega Sterring me había hecho el favor de traerme de Cuba, y entonces los vi muy cerca de mí. En realidad, el jardín no era tan grande, lo que me permitía a cada tanto escuchar conversaciones completas entre pacientes, o entre ellos y las enfermeras. Iban lento, y daban vueltas por el camino de cemento que serpenteaba el pasto y las plantas. Él en su silla de ruedas con el pelo completamente blanco y el pulso agitado por lo perdido en su pasado. Ella empujándolo sin esfuerzo. Al final se sentaron en una banca de granito blanco a pocos metros de mi ventana. Servando no paraba de hablar de las virtudes de aquel día y del buen clima que hacía.

—¿Qué crees que nos darán de comer hoy, corazón?

—Aún no lo sé, abuelo: es muy temprano.

—Ojalá repitan las albóndigas de la semana pasada: picaban, pero me gustaron mucho.

—Mira qué te traje, abuelo —dijo rápidamente Ángela, tal vez para hablar de otro tema, mezclando autoridad con cariño, que era un tono que conciliaba bien sus dos cualidades principales. Y de inmediato le entregó dos cartulinas. Vi cómo Servando las tomaba con sus

249

manos temblorosas y por largos segundos finalmente ignoró el clima y el día soleado.

—¡Vaya, corazón! —dijo después de un rato—. Ya no sé qué vas a ser tú de grande, si médico o artista. ¿Quién es éste?

—Es un retrato del doctor Campuzano.

Sin poder evitarlo, traté de acercarme lo más posible a ellos doblando un poco mi cintura sobre el barandal de mi balcón. Eso no tenía nada de clínico, lo acepto: era puro fisgoneo. De cualquier modo, no alcancé a ver nada, me tuve que contentar con la reseña que hizo Servando:

—Es magnífico. La ondulación del cabello. Su sonrisa discreta y afable. ¡Mira!, si hasta le dibujaste la pequeña protuberancia que tiene en la parte de la coronilla. Y sus ojos, con ese brillo de interés que siempre tiene. ¿Por qué le pusiste un fondo verde?

—Porque lo recordé en la sala de operaciones.

Servando se quedó callado unos segundos más, como intentando recordar o hacer sentido a algo, luego desistió y pasó al segundo dibujo:

—¿Y éste quién es, corazón?

—¡Ay, abuelo!, ¿no lo reconoces?

—Me resulta familiar, pero…

—¡Entonces mejor me dedico a la medicina y no a ser artista! —reprochó Ángela, y después se rio un poco.

—Espera… Éste, ¡éste soy yo!

—Exacto.

—Caramba, qué viejo estoy —los dos se rieron con mesura—. Mira mi pelo blanco de ancianito.

—Se ve elegante, abuelo.

—Mira mi piel arrugada.

—Experiencia marcada —dijo Ángela imitando la voz docta de algún conferencista.

—Y mis orejas tan grandes —continuó el anciano, a quien comenzaba a gustarle la manera en que Ángela convertía los defectos en piropos.

—Son para escucharte mejor —dijo Ángela ahora imitando la voz de un lobo.

Servando puso los dibujos en su regazo y tomó con mucha delicadeza el brazo de Ángela.

—Tus dibujos son más bonitos que este día —le dijo mientras cerraba los ojos y aspiraba el olor del jardín. Luego, con lentitud volteó a ver a Ángela y se dio cuenta de que estaba observando directamente al sol.

—¡Corazón! —casi le grita en tono de alarma—. No veas el sol directamente.

Con una de sus manos incluso trató de cubrirle la vista, pero ni su fuerza ni su temblor se lo permitieron. Alcancé a ver que no jugaba: en su rostro había una auténtica preocupación. Luego, un poco más tranquilo, intentó dar explicaciones:

—Es muy importante que jamás veas directamente al sol, menos aún por momentos prolongados: los rayos y la luminiscencia te quemarían tus ojitos, y nadie quiere que eso suceda. Yo no quiero que eso te suceda.

—¡Ay, abuelo! —contestó Ángela más jugando que realmente reprochando—. Todo eso ya lo sé, ya me lo enseñaste varias veces.

—Es que ya no me acuerdo tan bien como antes. Y además no quiero que te quemes tus ojitos de mariposa.

—Abuelo: si los monstruos de las esquinas oscuras no se los comieron, mis *ojitos* podrán aguantar una o dos miradas al sol.

Servando otra vez se sumió en el mutismo para pensar. Luego preguntó:

—¿Los monstruos son los que creen que se están pudriendo en vida?

—¿Qué? No, abuelo, ésos no son los monstruos.

—¿Son los que no reconocen a sus padres y se tienen que poner máscaras?

—Tampoco, abuelo, no sé de qué monstruos me hablas.

—Pueden ser los que te ponen de cabeza y te ahogan.

Ángela sí entendió esta última referencia. Sabía parte del historial médico de Servando. Entonces atajó:

—Son los monstruos que llevan insectos en las manos y te los quieren meter en el cuerpo.

—Que te pegan con tablas y te llenan la cabeza de cosas.

—Que arrancan el cuerpo mientras no puedes gritar.

—Que piensan y piensan pero no sienten.

—Son todos ésos, abuelo. Pero ¿sabes qué?: ya no importan. Esos monstruos ya quedaron en el pasado. Como sea, ya no están entre nosotros —sin embargo, mientras decía eso, apretó y soltó sus puños varias veces.

Luego vi que Ángela ponía su mano encima de la de él y que, controlando los temblores, Servando le apretaba con mucho cuidado los dedos. Unos dedos estaban arrugados y manchados, otros tenían una piel lisa y muy blanca. Ángela recostó su cabeza en el hombro de Servando, y él arqueó el cuello recostándose también.

Así se quedaron un par de minutos.

Luego, Ángela levantó la cabeza, volteó a ver a Servando, le acarició con el pulgar una mejilla y le preguntó preocupada:

—Abuelo, ¿por qué lloras?

—No sé, corazón —respondió Servando—, no sé por qué lloro si me siento tan feliz.

Burbujas del tiempo

El siguiente anexo pone en evidencia algunos procesos históricos reales que incluí dentro de la ficción en esta novela. Estos eventos, advierto, se mezclan con aquellos que nunca existieron, pero tampoco se trata de señalar con neurótico afán cuáles corresponden a una canasta y cuáles a la otra. El único fin es realizar algunos guiños que se conviertan en el botón histórico de esta muestra. Así, dependerá de cada lector si quiere avanzar para leerlos. Como en todo, hay ventajas y desventajas: adentrarse en ellos tal vez suponga observar una suerte de vivisección de la literatura histórica. El conejo deja de ser blanco y suave, deja de correr para que podamos ver algunas de sus vísceras rojas a través de un corte de bisturí, o para revisar el rostro inerte del inquieto animal que ahora ya no se mueve. O bien, para utilizar una imagen menos violenta, es como observar los andamios que detienen una escenografía.

Por otra parte, enterarnos de lo que realmente sucedió puede darle una nueva dimensión a lo leído y, con un poco de suerte —espero—, otorgar nuevas sorpresas. El tiempo transcurrido —cien, doscientos años— a veces basta para que la realidad sea otra por completo diferente. La idea de un anciano en 1901, por ejemplo, no es la misma que la de 2020. El primero difícilmente superaría los setenta años, cuando el día de hoy la longeva expectativa de vida sorprendería a más de un ciudadano decimonónico. Lo mismo pasa con conceptos como

253

el amor, el divorcio, el cortejo, la equidad de géneros, la educación de los hijos, o la medicina, la niñez, la virtud o las drogas. El paso del tiempo afina, depura, trastoca, vuelve obsoletas ciertas ideas que antes podían ser novedosas. Es una de las mejores armas que tiene la historia para hacernos entender que el humano es un ente en movimiento perpetuo. Siempre matizando la percepción que tiene de su entorno. Darnos cuenta de esto, a algunos historiadores muchas veces nos dice más del pasado que aprendernos de memoria una fecha o el nombre completo de algún prócer. De la misma manera, distinguir lo real de lo ficticio creo que puede ser útil para discernir lo que realmente existió de lo que no. De esta forma, nunca aseguraremos que ciertos disparates en realidad ocurrieron: que si Cristo tiene una descendencia secreta que protege sus valores hasta nuestros días, que si los templarios caminan entre nosotros aún hoy. La historia y la ficción se aman enloquecidamente, pero al final del día se despiden y cada una se va a su casa con su mochila llena de virtudes.

Sin embargo, como en una novela de Enid Blyton, a partir de este punto cada lector elige su propia aventura y decide si sumergirse o no en estas burbujas del tiempo.

LA CIUDAD DE MÉXICO EN 1901

Justamente en ese año, los ingenieros Adolfo Prantl y José L. Groso publicaron un enorme tomo de 1005 páginas llamado *La Ciudad de México. Novísima guía universal de la capital de la República Mexicana. Directorio clasificado de vecinos y prontuario de la organización y funciones del gobierno federal y oficinas de su dependencia*, editado por Juan Buxó y compañía. Buena parte de las descripciones de la ciudad provienen de las de estos dos autores: hoteles, cafés, edificios públicos, teatros, calles y plazas. Un verdadero deleite.

Muchos sitios quedaron fuera de la novela, entre ellos, los baños públicos —que eran muy solicitados en esa época debido a la escasez de baños particulares—, algunos con historias interesantes. Dos botones:

el baño La Perpetua, que estaba "en la casa número 8 ½ de la calle de este nombre, casa notable porque en ella estuvo la cárcel de la Inquisición". O los baños de la cerrada de La Misericordia, número 8, muy antiguos "como consta por una lápida que se encuentra arriba del balcón principal de la casa: en dicha lápida se lee que con licencia del virrey Conde de Fuenclara, concedido el año de 1743, [se] estableció éste en la casa que nos ocupa, un *baño para mujeres solas*...".

El tono de la guía recuerda el lapso que ha pasado. Está escrita con un estilo que no conocía la corrección política. Así, al describir el Paseo de la Reforma, una de las calles más nuevas y elegantes para 1901, la cual tenía muy pocas construcciones en sus costados y se encontraba más bien rodeada de llanos, eucaliptos y fresnos, los ingenieros declaran sin pudor: "Lo primero con que tropieza la vista al comenzar el Paseo es un par de monstruos, es decir, un par de colosos aztecas fundidos en bronce, que son dos monstruos engendrados en la mente de alguien que no tiene la más ligera noción de estética". Se refieren a los indios verdes —color que posteriormente adquirieron por la reacción del bronce al clima— y que ahora están al norte de la ciudad, cerca de la estación de metro que lleva ese nombre, y que fueron quitados de Reforma justamente por este tipo de críticas. El artista vilipendiado es Alejandro Casarín.

De la misma manera, la idea de respeto a las identidades patrias no era lo que es el día de hoy. Los ingenieros nos ofrecen una estampa de lo que pasaba adentro de un kiosco que estaba en medio del Zócalo:

Nuestro bajo pueblo lo ha hecho su favorito [...] Y puede ser causa de que las familias decentes se hayan alejado de este paseo, la dudosa fama de que goza y las escenas poco cultas que la vehemencia y la falta de moralidad de nuestro bajo pueblo representan al aire libre, pues les importa un ardite plantar un tronado beso a su pareja o *cobijarse* con ella en una misma frazada, delante de un extraño y en un lugar público, o manifestar de cualquier otro modo los ardores de su desenfrenado temperamento, sin temor al qué dirán, ni mucho menos a los policías, que en casos tales ven y callan con la más estoica indiferencia.

Las referencias de éste y otros libros se volvieron el escenario, y en varios casos también la utilería —teléfonos de cuatro dígitos, marca de lápices de colores, muebles—, para que las acciones de Servando, Ángela, Rogelio, Carmela, Sebastián y el doctor Limanterri sucedieran.

EL TERROR DEL GENDARME EN EL PROSTÍBULO

Todos los atentados terroristas y asesinatos que le ponen los pelos de punta al gendarme en la escena del crimen sucedieron. Algunos salieron del estupendo libro *Tragédies à la une. La Belle Époque des assassins*, de Alain Monestier, que es un compendio sobre algunos de los periódicos de nota roja de París a finales del siglo XIX, momento en que ese género comenzó a fraguarse. Los diarios mostraban en sus portadas imágenes de los desastres, asesinatos y accidentes. Aún no eran fotografías, pero las litografías lograron el escándalo suficiente como para ser adquiridos rabiosamente. Este tipo de prensa podía hacer pensar que el mundo se tornaba cada vez más violento cuando lo que en realidad sucedía era que el interés de los diarios empezaba a hacer énfasis en temas nuevos que antes se consideraban prohibidos o de mal gusto.

THOMAS DE QUINCEY Y SU LIBRO
DEL ASESINATO CONSIDERADO COMO
UNA DE LAS BELLAS ARTES

Fue escrito en 1827. Aunque causó cierto escándalo, el libro más polémico de este autor inglés fue *Memorias de un adicto al opio*. A diferencia de lo que muchas personas que han escuchado del autor pero no lo han leído creen, estos libros no se regodean en los efectos de las drogas, ni tampoco describen un asesinato tras otro. Constituyen, más bien, ensayos que exploran terrenos como la biología, la religión, el arte y la filosofía. En muchas de sus páginas no hay sangre ni vísceras ni descripciones de *viajes artificiales*. Sin embargo, la adicción y las muertes violentas le sirven al autor para hablar del humanismo y los tiempos que le tocó vivir. Entonces ¿de qué se trata exactamente el libro del asesinato? Cometería un crimen si intentara explicarlo.

Julio Ruelas: el pintor
de los decadentes

Las obras plásticas de Julio Ruelas que Servando descubre en casa de Sebastián existen: se trata de *La domadora* —la mujer con látigo que azuza a un cerdo que corre en círculos— y *La crítica* —el hombre con el mosquito-monstruo que le succiona sangre del cráneo—. El resto —la mujer que decapita al amante y la cabeza colgando de un garfio— son viñetas que aparecieron varias veces en la *Revista Moderna*, la cual duró de 1898 a 1903. Esta publicación fue el epicentro de la literatura decadentista mexicana, y buena parte de las ideas para esos temas y el tono para presentarlos surgió de lo que vieron y leyeron en los viajes que hicieron a París. Esa revista, por cierto, significó un avance radical en la historia de las ediciones periódicas en México.

El baile de los cuarenta y un maricones

Así conocido de manera pública, existió, lo mismo que la consecuencia de deportarlos a Yucatán, aunque no se sabe exactamente a cuántos y por cuánto tiempo. La redada policial se hizo en noviembre de 1901, y sí, una parte iba vestida de hombre y la otra de mujer. También es cierto que, en su mayoría, se trataba de gente *acomodada* del porfiriato. El yerno de Díaz sí tenía una hacienda en Yautepec, uno de los epicentros en Morelos de la Revolución mexicana. Respecto a si realmente estuvo en ese baile, es difícil saberlo, aunque, desde ese momento hasta hoy, el rumor no ha cesado. En efecto: es un rumor de mucho aliento. El evento cobró peso político y la prensa lo explotó varias veces. Una hoja volante, llamada *La Gaceta Callejera*, incluso armó unos versos que el día de hoy crearían otro escándalo:

AQUÍ ESTÁN LOS MARICONES
MUY CHULOS Y COQUETONES
Hace muy pocos días que en la calle de la Paz,
los gendarmes atisbaron un gran baile singular.
Cuarenta y un lagartijos
disfrazados la mitad
de simpáticas muchachas
bailaban como el que más.
La otra mitad con su traje,
es decir de masculinos,
gozaban al extrechar [sic]
a los *famosos jotitos*.
Vestidos de raso y seda
al último figurín
con pelucas bien peinadas,
y moviéndose con chic.

Los campos de exterminio en Yucatán

El amigo periodista de Servando que conoce el infierno de Yucatán juega con la figura de John Kenneth Turner, quien escribió una serie de artículos —que luego se convertirían en libro— para *The American Magazine* en 1909. Sin embargo, la investigación realizada se remonta algún tiempo atrás. Haciéndose pasar por un magnate del henequén, Kenneth Turner se adentra en los plantíos donde ve la trata de personas: sobre todo de indígenas mayas —aunque también había muchos presos políticos—. Familias enteras eran separadas, vendidas y compradas contra su voluntad; los horarios y condiciones de trabajo eran extenuantes hasta la muerte. En suma, aquello era un auténtico esclavismo que llevaba el nombre de *servicio forzoso por deudas*.

El síndrome de Capgras y de Cotard

Por curiosos que resulten, ambos desequilibrios existen. El síndrome de Capgras —cuando un individuo cree que alguien de su familia es un impostor— fue descubierto hasta 1923; sin embargo, Jean Marie Joseph Capgras venía intuyendo el malestar desde 1909. Los casos que finalmente le permitieron perfilar esa condición fueron los de una mujer que había perdido a su hijo pequeño y no lo pudo superar, y la sobrevivencia de un gemelo a su hermano, el cual estaba convencido no de la muerte sino del secuestro de éste y de que, en cualquier momento, el raptor podría venir por él disfrazado como un ser cercano. El origen del síndrome es neuroanatómico. Sam Kean provee mayores detalles al respecto en su libro *Una insólita historia de la neurología. Casos reales de trauma, locura y recuperación.*

El síndrome de Cotard —cuando un individuo cree que está muerto e incluso en estado de putrefacción— fue descubierto por Jules Cotard bajo el nombre de "delirio de la negación" en 1880. El caso rotundo que lo llevó a definir esta condición fue el de una mujer que se internó de buenas a primeras porque había negado terminantemente la existencia de Dios y del Diablo. Cuando Cotard avanzó en sus investigaciones, se dio cuenta de la razón: la mujer estaba convencida de que ya estaba muerta y, por tanto, la muerte "natural" nunca le llegaría. El cielo y el infierno, entonces, podían esperar a esta versión primigenia de zombie.

A pesar de que los síntomas de ambos síndromes son reales, los casos clínicos narrados, así como las soluciones encontradas para ellos, son falsos. Mil disculpas.

La fotografía *post mortem*

Cuando en la segunda mitad del siglo XIX hizo su aparición la fotografía, cambió el orden de muchas certezas: de las que tenía el arte, el periodismo, el registro de la vida cotidiana y de la muerte. Como muchos otros eventos culturales, la costumbre de fotografiar a los muertos acompañados de aquellos que los habían sobrevivido nació en Francia, pero rápidamente llegó a varios rincones del mundo, incluyendo a México.

Un caso que ilustra bien esta tradición es el del guanajuatense Romualdo García, el "fotógrafo de los muertos", quien estuvo activo desde finales del siglo XIX hasta principios del XX. En el texto "Fotografía *post mortem* en México: Romualdo García" que aparece en el blog *Fotografía y cultura visual*, nos cuentan:

> Las personas llegaban arregladas al estudio con su muertito, independientemente de la edad. Las fotografías *post mortem* se convirtieron en una tradición y era muy común que la gente quisiera retratarse para darles el último adiós [...] Como todo fotógrafo, Romualdo García se encargaba de dirigir a sus sujetos. Los integraba en el escenario, agregaba muebles o accesorios, incluso se encargaba de completar el vestuario de sus clientes. También, abría los ojos del difunto. Lo acomodaba de cierta forma para aparentar que aún estaba con vida y estaba en reunión con sus seres queridos. Todo para que aparezcan en el retrato con naturalidad y algo de elegancia sin importar la clase social.

Ver esas fotografías en blanco y negro o en sepia el día de hoy puede darnos escalofríos. Por más arregladas y producidas que se encuentren, uno identifica ojos hundidos en sus cuencas, mejillas chupadas, quijadas caídas, o extremidades entumecidas por el *rigor mortis*. La idea de llegar al *gran final* ha cambiado mucho a lo largo de los años, pero aún mantiene denominadores en común con aquellas prácticas añejas: tal vez la muerte se ha convertido en algo más privado, pero los funerales con ataúd abierto todavía existen. La tasa de mortalidad causada por enfermedades ha disminuido, lo que se traduce a decesos más naturales —resulta más "normal" que muera un hombre de avanzada edad que un adolescente—; sin embargo, las muertes violentas en varios países, incluyendo México, nos obligan a repensar que tan "naturales" están siendo muchas de nuestras muertes.

En fin, antes de apresurar un comentario sobre esas fotos de hace cien años que nos pueden parecer macabras, pensemos lo que los historiadores sacarán en conclusión dentro de cien años sobre las muertes de nuestra época, y de las fotos que siguen apareciendo en la prensa, por ejemplo.

FREUD Y LOS NIÑOS

El padre del psicoanálisis comenzó a trabajar en su texto *Tres ensayos de teoría sexual* en 1903 y lo publicó dos años más tarde. Ésta se considera una de sus obras fundamentales junto con *La interpretación de los sueños*, la cual fue publicada exactamente en 1900. Como muchos de sus otros estudios, los tres ensayos levantaron el polvo de la polémica. De entrada, sostenía con firmeza que la naturaleza sexual del hombre estaba basada en el placer y no en la reproducción de la especie, y señalar esto en aquellos años no era poca cosa. En ese contexto, Freud se aventuró aún más, pues hasta entonces la idea que se tenía de la infancia era muy parecida a la que se tenía de los querubines: seres sin mácula, inocentes y puros. Pero el doctor vienés tuvo a bien contar que, a partir de sus investigaciones, veía que los niños desde muy temprano demostraban una latente y pujante sexualidad que sólo era mitigada de vez en cuando por el sentido de la vergüenza y el asco. Sin embargo, hasta que esos sentimientos se desarrollaban, definía a los niños como poliperversos, es decir, hasta que las contradicciones entre moral y sexualidad terminaran por definir sus filias y fobias en ese terreno cuando fueran adultos.

Mientras buena parte del mundo médico consideró sus ideas como obscenas y deseaban desterrarlas de todo campo científico, el arte las tomó prestadas y las juntó con otras —el sadismo, el masoquismo, el fetichismo— que fueron propuestas por otros psicoanalistas, biólogos y neurólogos para crear arte plástico o narraciones, entre ellas las de los mismos escritores decadentes mexicanos.

EL NACIMIENTO DE LAS MUÑECAS

Por tardío que pueda parecer, no fue sino hasta el siglo XIX que se inventa la idea concreta de *niñez*. Antes de este *descubrimiento*, muchos niños trabajaban, y otros más se embriagaban en la vía pública como lo registraron en su guía los ingenieros Prantl y Groso. Lo anterior no suscitaba mayor escándalo porque justamente la idea de un niño no había sido fraguada. Entonces no debe sorprendernos que los juguetes se destinaran, sobre todo, para mitigar el ocio de los adultos de las clases altas, más como objetos de colección y de ornamento.

En su magnífico capítulo "Entre bastidores", el cual forma parte del no menos magnífico libro —y que el día de hoy ya es todo un clásico— *Historia de la vida privada* (tomo 4, De la Revolución francesa a la Primera Guerra Mundial), el historiador Alain Corbin nos cuenta que las primeras reproducciones en miniatura estaban muy ligadas a la moda. Las muñecas servían como cuerpos de experimentos para probar cómo se veía tal o cual atuendo en la vida real. El detalle debía entonces ser preciso y no estaba exento de tonos macabros: "El cuerpo de la muñeca es de trapo o piel de cordero rellena de serrín. La cabeza y el cuello son de cartón piedra, y los dientes de pajita o de metal".

Poco tiempo después, las muñecas comienzan a ser las compañeras del "monólogo interior". Un sujeto inanimado al que se le atribuye capacidades como escuchar y ser comprensivas. Las niñas, entonces, las empiezan a hacer suyas con propósitos que van más allá de la moda. En Francia, el salto definitivo de muñeca de modas a muñeca para jugar ocurre alrededor de 1855. Las bondades psicoanalíticas son muchas y sucedían varios años antes de que el propio psicoanálisis existiera: "Ese rejuvenecimiento facilita la identificación; estimula la reflexión sobre la relación madre/hija que se reproduce en hueco y solicita la anticipación imaginaria". Dicho de otra manera, la muñeca niña sigue siendo un cuerpo de experimento, ya no para la moda, sino para los eventos que le sucedan a una hija con su madre. Después, hacia 1879, nace el "bebé-biberón"; entonces, el juego se acota. La niña juega a ser madre y la interlocución se pierde bastante.

Así, no debe sorprendernos que el doctor Campuzano le sugiera en su momento a Servando que sea a través del juego con muñecas que Ángela pueda recrear lo que no puede recordar, aunque el experimento haya sido un detonante para sus conflictos domésticos.

LAS OBSESIONES SEXUALES SEGÚN RICHARD VON KRAFFT-EBING

Profesor de psiquiatría de Viena, fue especialista en delirios mentales durante una época en la que la opinión religiosa llevaba poco tiempo sin ser la máxima autoridad en estos temas considerados *espinosos*. Daniel Blain —miembro del colegio norteamericano de médicos— nos cuenta que Krafft-Ebing se adentró en casos clínicos de "hipnosis, histeria, psicopatía criminal, geriatría, epilepsia, psicosis menstrual, migraña y masoquismo". El cuadro que el día de hoy nos puede parecer variopinto y poco centrado, le sirvió como arranque para investigar, escribir y publicar lo que sería su estudio más conocido: *Psychopathia Sexualis* (1886).

Al igual que Freud, Krafft-Ebing estaba interesado en la naturaleza sexual humana y también recibió los dardos de la crítica, pero mientras Freud analizaba la mente como fuente sexual, Krafft-Ebing se decantaba por la biología. Con esta metodología, abordó el instinto de la antipatía sexual, los sentimientos homosexuales latentes, el sadismo, el masoquismo, la sodomía, o el fetichismo. En su libro, cada uno de los casos aparece de manera explícita, como si se tratara de un tablero donde se exponen escarabajos sostenidos con alfileres. Leamos una de las muestras:

Caso 102. Fetichismo de pelo. Sr. X., entre treinta y cuarenta años; de alta sociedad, soltero. A los nueve años fue seducido por una mujer adulta. Él no sintió satisfacción alguna. A los doce años, una amiga de su hermana también lo hizo: lo besaba y abrazaba. Él lo permitía porque su pelo le gustaba. El fetiche creció con el tiempo, hasta que toda su voluntad sexual se rendía sólo ante los cabellos de las mujeres, ya fueran en fotos o en la vida diaria. Muchas veces en multitudes, besaba cabezas ajenas y luego corría a su casa para masturbarse. En ese acto había temor y disgusto.

Los padecimientos de sus *estudios de caso* eran tan detallados que su libro terminó por exponer una cadena de anécdotas tan cruda, que aun siendo considerado como un libro de ciencia, también fue etiquetado como material pornográfico. Entonces, mientras las buenas conciencias gritaban la majadería, varios literatos modernistas leyeron el libro con afanes artísticos y comenzaron a escribir ficciones basadas en las realidades investigadas por Krafft-Ebing. Así, para el caso mexicano, la *Revista Moderna* de pronto se llenó de cuentos sobre sádicos, masoquistas y fetichistas.

EL MIEDO AL EROTISMO

Aquel cambio de siglo fue arrojado en muchos sentidos: varios estudios comenzaron a abordar la sexualidad como un problema biológico separado ya de los dictados religiosos al estilo de Krafft-Ebing. La emancipación espiritual también se veía reflejada en eventos más cotidianos. La sexualidad poco a poco, pero de manera inexorable, empezó a ser más explícita y menos regulada. En Francia, el país que contagiaba junto con Inglaterra sus costumbres a México, suceden múltiples transformaciones que sorprenden a las mentalidades con alma de conservadurismo. Nos dice Alain Corbin:

> Aumenta, no obstante, el miedo a la mujer. Después de la Comuna, obsesionados por el sentimiento de que las barreras levantadas contra la sexualidad femenina están a punto de derrumbarse, los notables tratan de edificar un orden moral que se revela como inoperante. El terror de ver al pueblo y a su animalidad penetrar y contaminar la burguesía nutre la ansiedad sexual. El tema de la prostitución invade la literatura.

Maxime du Camp denuncia la nueva circulación social del vicio, y Zola se esfuerza por ilustrarla escribiendo *Naná*.

El momento histórico es sutil pero contundente. No hicieron falta guerras para atestiguar una revolución íntima. Los avances tecnológicos tenían que ver: la luz eléctrica permitía salir *a horas indecentes*, los médicos cada vez más capacitados podían realizar *auscultaciones vergonzosas*, el crecimiento de las ciudades creaba *ambientes promiscuos*. La gente con la loca idea de que podía decidir sobre su propio cuerpo tenía contendientes muy claros: "Entre 1890 y 1914, las ligas de la moralidad, preconizadas por el senador Béranger y por los dirigentes de las Iglesias protestantes, sostienen agresivas campañas contra las publicaciones obscenas, la licencia en las calles y la desmoralización de los reclutas".

La vorágine era similar a la vivida en un México de clase media y alta previo a la Revolución mexicana. La medicina debía ser decente hasta cierto punto, pero incontrolable en cuanto a su capacidad de eugenesia; los divertimentos citadinos nos ponían *a la altura* de las grandes urbes, pero las deseábamos higienizadas y, de ser posible, con observancia católica. Las contradicciones brotaban en cada esquina, y se sumaban a las de corte económico y social.

La claridad que podemos tener el día de hoy frente a temas que antes parecían tan inquietantes es una ventaja que sólo da el tiempo. Que nadie se pase de listo. Sin embargo, en medio de la marea que la mezcla de avances, conductas morales y sexualidades libres logró, sí se crearon varios monstruos heridos en su lógica conservadora.

LOS CASINOS EN UNA CIUDAD DE CAMBIO DE SIGLO

Durante la segunda mitad del siglo XIX y principios del XX, los casinos en la ciudad de México eran unos de los espacios más concurridos por las clases medias y altas. Prantl y Groso nos los refieren junto con sus ambientes: el Casino Alemán tenía mesas de boliche, billar, biblioteca y hasta departamentos. Se realizaban conciertos y bailes. El Club Americano sólo aceptaba a "socios de la colonia norteamericana, y hay inscritos más de cuatrocientos". El Español fue fundado en 1861 y tenía mil doscientos cincuenta miembros. Originalmente estuvieron en el edificio que había sido el Palacio de los Condes de Santiago de Calimaya, pero en 1905 se mudaron a un predio ubicado en la calle Espíritu Santo, actualmente Isabel la Católica.

El Casino Francés "ocupa un elegante edificio en la calle de la Palma número 11. Consta de buen número de salones", a saber: el del billar, comedor y también biblioteca. Finalmente estaba el Casino Inglés o Jockey Club, que era una suerte de respuesta nacional ante las propuestas de otros países. Originalmente tenía como fin "el mejoramiento y desarrollo de la raza caballar, a cuyo efecto tienen establecido sus miembros un hipódromo en los inmundos y lejanos llanos de Peralvillo". La descripción que hacen los ingenieros es imperdible:

Al pasar por una antigua y hermosa casa de azulejos situada en la 1ª calle de San Francisco, percibiréis una mezcla de perfumes elegantes: Ixora, White Rose, Court Violet y Peau d'Espagne, oiréis sonoras y alegres carcajadas, y si volvéis la vista os encontraréis con un grupo de quince o veinte dandies, ya sentados en el vestíbulo (en sillas austriacas, por supuesto) y en diversas posturas, uno a la Napoleón, otro con las piernas cruzadas, el de más allá a la americana con las piernas tendidas y apoyadas en la pared, o ya de pie, en poses que les da un aire más bien de petulancia que de distinción; los veréis elegantes, acicalados, à la dernière... son los clubmen del Jockey Club, el casino más rico y más chic de la metrópoli. Todos o casi todos sus miembros son capitalistas, pertenecientes a lo más granado de la sociedad; y decimos casi todos, porque a pesar de que los estatutos son de los más severos para la admisión de socios, suelen colarse individuos no del todo distinguidos...

Otro más, el Casino Nacional también fungía como respuesta local en cuanto a casinos: "La mayoría de sus miembros está constituida por diputados, senadores, militares y altos funcionarios públicos, lo que le da cierto carácter de política; pero como es bien sabido ni en ese lugar ni en otro alguno se hace política...".

Así, el Jockey Club era para los empresarios lo que el Casino Nacional era para la clase política.

ORFANATOS Y MANICOMIOS

Como se ha dicho, en la medida que la idea de infancia no fue fraguada sino hasta el cambio del siglo XIX al XX —y la de adolescencia hasta hace menos tiempo aún—, las instituciones que se encargaban de los padecimientos de los niños se encontraban en una zona gris que en el presente nos puede resultar dolorosa y cruel. En su texto *Las casas de cuna en México, su origen*, José Félix Zavala hace el recuento de algunas de estas instituciones a lo largo de la historia mexicana. Así, registra cómo una de las primeras, la llamada simplemente Casa de Cuna, fue fundada por el arzobispo de México Francisco Lorenzana en 1766, la cual se encontraba enfrente del mercado de la Merced. Un poco más tarde, los benedictinos —dedicados tanto al cultivo de la tierra como a la academia— crearon en su monasterio un claustro donde enseñaban a niños huérfanos letras, gramática latina y música. El propósito básico de esta instrucción era la de prepararlos para que fueran acólitos.

Ya en el siglo XIX se registra el caso de las hermanas de la caridad, que llegaron a México en el tormentoso año de 1857, bajo cuyo cuidado estuvieron los Hospitales del Divino Salvador, San Pablo, San Andrés, San Juan y muchos otros. No solamente atendían a los pacientes de estos lugares, sino también iban a las casas particulares a cuidar a los enfermos, dándoles santo ejemplo de las más acendradas virtudes. Fueron expulsadas del país en 1875 argumentando que eran extranjeras que venían a México a secuestrar centenares de jóvenes para arrancarlas del suelo patrio. De las cuatrocientas diecinueve hermanas que salieron al destierro, eran mexicanas trescientas cincuenta y cinco.

Sobre el peligro de las abducciones religiosas no puedo decir mucho, lo que sí se puede comprobar es que la mano eclesiástica en la instrucción infantil en México se mantuvo durante buena parte del siglo XIX. José Trinidad Cázarez Mata nos cuenta en su artículo "Formando ciudadanos" que incluso en "1853, el gobierno decretó como obligatorio dedicar media hora por la mañana y media hora por la tarde a recitar la doctrina cristiana".

En la guía de Prantl y Groso, se menciona que a partir de 1841, con intenciones más laicas, el cuidado de enfermos mentales quedó a cargo del Consejo Superior de Salubridad. Sin embargo, las mejorías fueron prácticamente inexistentes: en un mismo espacio convivían esquizofrénicos y criminales, personas con síndrome de Down y sociópatas, adultos y niños. Más que doctores, había guardias que mantenían a raya a los internos y que poco sabían de tratamientos psicológicos. La rudeza era aplicada sin importar la edad. El mítico hospital de La Castañeda (1910-1968), que durante casi sesenta años de actividad sumó unos sesenta mil pacientes, logró un breve avance en su ramo al hacer una básica división en sus pabellones: el de los pacientes distinguidos (de familias que podían pagar un mejor trato), el de observación (que era momentáneo hasta que los pacientes eran encauzados a otros pabellones), el de pacientes peligrosos, el de epilépticos, el de imbéciles y el de infecciosos. Cristina Sacristán nos cuenta en su ensayo *Historiografía de la locura y la psiquiatría en México. De la hagiografía a la historia posmoderna* que fue hasta 1945 cuando comenzaron a desmantelar La Castañeda, llevándose a los "enfermos mentales pacíficos" a "granjas de recuperación" y que finalmente, a su cierre definitivo en 1968, el resto fue llevado a centros que ya eran más especializados en una "psiquiatría de hospital".

Respecto al censo de estos sitios tan agresivos, nos dicen Susana Sosenski y Gregorio Sosenski que "a pesar de las modernas iniciativas en el tratamiento del niño, a principios de la década de 1930 niños y adultos seguían compartiendo espacios en las instituciones psiquiátricas", esto en su texto *En defensa de los niños y las mujeres: un acercamiento a la vida de la psiquiatra Mathilde Rodríguez Cabo*.

Así de reciente. Por lo tanto, siento decir que el proyecto de la clínica del doctor Campuzano, e incluso el orfanato en el que estuvo algunos días Ángela antes, no pudieron haber existido en ese momento. Las clínicas con jardines y paseos para enfermos mentales hubieran causado risa, y la separación de niñas del resto de la población adulta era un detalle sin importancia en los laberintos de la cárcel de la locura.

Fenómenos y monstruos, saltimbanquis y payasos: los circos en México

Los circos —y espectáculos afines— en México siempre contendieron con enemigos robustos: las buenas costumbres, las buenas conciencias, la moral y la etiqueta. Ya desde el siglo XVIII, nos cuenta Miguel Ángel Vásquez Meléndez, las comedias que se representaban en el "coliseo adscrito al Hospital Real de Naturales" —una especie de abuelo del circo— eran consideradas por algunos cronistas como "escuelas de Satanás y ruina de la juventud". Lo cual, por cierto, no mermó el gran éxito que tenían esas representaciones.

Paradójicamente, los espectáculos que el día de hoy nos podrían parecer grotescos estaban destinados sólo a los círculos de élite. Nos narra también Vásquez Meléndez:

> Desde épocas remotas los deformes procuraban un lugar privilegiado en las cortes, donde eran admirados por su asimetría; esta costumbre varió, y durante los últimos años de la Colonia varios como Bracamontes, Salmerón y José Melesio alquilaban accesorias o solicitaban permisos en los mesones donde se hospedaban para recibir a quienes deseaban admirarlos, previo pago de cierta cantidad pactada.

La *Gaceta de México* se convertía a cada tanto en una especie de cartelera de estos espectáculos y anunciaba a los "prodigios y monstruos" que llegaban de provincia. Tal como los recopila el mismo investigador en una lista, ahí figuraban, entre otros, un hombre sin pies ni manos, "maestro de escuela, que escribe, come con cubiertos, cose, ensarta una aguja y es de San Luis Potosí" (en una edición de 1784); el niño con pelo "como si fuera perro" de Chautla (1784); otro niño de cabeza grande, mudo, ciego, con dientes podridos de Querétaro (1785), y una mujer con cuatro pechos, "dan leche los cuatro", de Durango (1785).

Conforme llegó el siglo XIX, los espectáculos comenzaron a modificar su repertorio. Peleas de gallos, corridas de toros, bailes de *cancan*, títeres, óperas, llenaban las ciudades. La diversificación obligó también a los circos a transformar su oferta: payasos, equilibristas, malabaristas, animales amaestrados, contorsionistas, empezaron a sustituir a los fenómenos. Finalmente, llegó el canon circense importado durante la segunda mitad de ese siglo: el Circo Chiarini de Italia, el Circo Conklin de Estados Unidos, la Compañía Schumann de Dinamarca, entre muchos otros.

Con los nuevos aires en el mundo del espectáculo, fue el Circo Orrín —de origen inglés— el que tuvo mayor éxito en México. Nos cuenta Julio Revolledo, en *El circo en la cultura mexicana*, que a finales del siglo XIX, esta compañía competía con la mexicana de los hermanos Treviño, y que su gran artista era el *clown* británico Ricardo Bell. El artista resultó tan conocido que cuando le preguntaban a Porfirio Díaz por qué no llamaba a elecciones, en reiteradas ocasiones él contestaba sardónico que era porque la gente votaría por Ricardo Bell. La compañía Orrín decidió abrir su propio Circo Metropolitano en la Plazuela del Seminario —a un costado de la catedral— en el año de 1881. Posteriormente, en 1891, construyeron el segundo circo estable en la ciudad de México en la Plaza Villamil, y fue el primero en usar la luz eléctrica. Este nuevo circo probó el éxito en varios sitios de la república, y cuando la compañía también se dedicó a los negocios de los bienes raíces, fraccionó lo que el día de hoy es la colonia Roma, bautizando a varias calles con el nombre de los estados en donde el circo había tenido mayor éxito.

El espiritismo a finales del siglo XIX

La doctrina espiritista tuvo un auge y un perfil a finales del siglo XIX que hoy nos puede sorprender. Sobre todo porque se trataba de un conjunto de principios que no permanecía oculto, sino que se manifestaba públicamente y era practicado por varios pensadores reconocidos. Como muchas ideas, el espiritismo fue catapultado desde Francia, por el pensador Allan Kardec, aunque sus orígenes eran norteamericanos. Aquel espiritismo se acercaba a la filosofía y era heredero del darwinismo, la crítica de la razón pura de Kant y el idealismo de Hegel. Vivió alimentado por publicaciones en muchos países de Occidente —la *Revue Spirite* en Francia o *La Ilustración Espírita* en México por dar dos ejemplos—, además de congresos internacionales que se celebraban cada año. En México había más de cuarenta círculos de estudio espiritista y todos se acercaban de alguna manera a Refugio I. González, exgeneral liberal, editor del órgano de difusión más importante y presidente vitalicio del círculo espírita principal en nuestro país.

Las sesiones tenían una metodología muy bien establecida: se citaban en la casa anfitriona, entonces comenzaban con el estudio de algunas ideas y libros de filosofía y espiritismo, para luego pasar a la comunicación con los espíritus, a quienes jamás se les preguntaba sobre tesoros escondidos por la abuela o por el futuro de alguno de los presentes, sino por cuestiones morales que involucraban a la humanidad, por explicaciones históricas o por dilemas existenciales. Luego se realizaba un análisis de la información recibida y se redactaba el mensaje, el cual terminaba en la página de alguna de las revistas del círculo.

Para celebrar todo el rito anterior, Allan Kardec había dado instrucciones precisas que se concentraban en dos volúmenes: *El libro de los espíritus* (1857) y *El libro de los médiums* (1860). Así, declaraba, no cualquiera podía ser médium. No todos estaban dotados del "fluido universal" que conectaba el "fluido animal" con el "fluido espiritual", lo que permitía la comunicación de ambos mundos. Y las maneras de comunicación eran distintas dependiendo de las capacidades del médium: los había auditivos, visuales, sonámbulos, parlantes y aquellos que escribían. Los espíritus con los que se solían contactar podían ser familiares, pero las comunicaciones que más salían a la luz pública eran con figuras reconocidas e históricas: San Agustín, Platón, Aristóteles, Maquiavelo. Todos ellos aparecían abajo como firmantes en las revistas espiritistas junto con el médium que los había contactado.

Como en el resto del mundo, el espiritismo en México derivó hacia intereses más prácticos y con los primeros vientos de la Revolución mexicana, el pragmatismo se apoderó de la corriente. Francisco I. Madero —quien comulgó tanto con las armas como con los espíritus— probablemente tomó como ejemplo la revuelta de Tomóchic —mitad social, mitad mística—, en donde los pobladores se rebelaron contra los caciques locales y después contra el ejército federal utilizando como referente moral la imagen de Teresa Urrea, una médium convertida luego en santa por los tomoches, que fue entrevistada para *La Ilustración Espírita*. Así, con ese potencial que el espiritismo tenía para mover gente, Madero lo aplicó para comunicarse con varios espíritus de familiares que le indicaron que debía derrocar al régimen porfirista e iniciar lo que hoy conocemos como la Revolución. Y con ella, hay que decirlo, llegó el fin de una filosofía que originalmente tenía una vocación más bien contemplativa.

La pedagogía como sublevación del pensamiento: Maria Montessori

Si hiciéramos una lista de todas las corrientes de pensamiento que brotaron a finales del siglo XIX en el mundo, nos daríamos cuenta del torbellino intelectual que se vivió en un lapso muy breve: el darwinismo, el psicoanálisis, la neurología, la filosofía moderna —con la muerte de Dios por delante—, las modernas filosofías económicas, el espiritismo, el espiritualismo y la pedagogía, entre otras propuestas, intentaron interpretar el mundo desde nuevas perspectivas.

Sobre la pedagogía, hay que decir que, en los siglos anteriores, pensadores como Comenius y Rousseau habían logrado importantes avances —apartar a los niños del mundo adulto, enseñar las materias de manera separada para su mayor comprensión—, pero no fue hasta el siglo XIX cuando la pedagogía moderna estableció unas bases sólidas. Johann Heinrich Pestalozzi (1746-1827) creía que buena parte de los problemas del mundo se basaban en una deficiente educación, y que la instrucción debería acercarse más a un descubrimiento por parte del alumno que a un aprendizaje memorizado de materias. El creador del espiritismo —Kardec—, por cierto, fue uno de los alumnos más reconocidos de Pestalozzi.

Sin embargo, fue Maria Montessori (1870-1952) quien dio un paso fundamental en la pedagogía moderna. Buena representante de su tiempo, aunque con una mente de avanzada, Montessori fue producto de una época que aún se debatía entre el detritus del mundo metafísico —la religión, el espiritualismo— y el porvenir que sustituiría las monarquías por las democracias. E. M. Standing la cita en su libro *La revolución Montessori en la educación*: "[Un maestro] por encima de lo demás debe cultivar dentro de sí mismo una actitud adecuada en el orden moral. De manera especial debe limpiar su alma de esos dos pecados mortales a los que siempre están propensos los maestros: el orgullo y la ira".

Rasgos religiosos, aunque no carentes de una razón laica que cualquier modernidad aprobaría. En el mismo estudio, aparece otra cita que revela a una Montessori con una visión que aún hoy sigue saboreándose como vanguardia:

Sin duda alguna en el pasado fuimos los opresores inconscientes de esta nueva semilla que brota pura y cargada de energía [...] Muy a menudo, es nuestro excesivo cuidado del niño lo que impide el ejercicio de sus propias actividades, y por consiguiente la expansión de su propia personalidad.

Así sucede que cuando nosotros, con las mejores intenciones y con el más sincero deseo de ayudar, hacemos todo por el niño —cuando lo lavamos, lo alzamos y lo ponemos en su silla, cuando lo alimentamos y lo ponemos en esa especie de jaula que llamamos cuna—; al prestarle esas ayudas inútiles no lo ayudamos sino que lo estorbamos.

[…] Y así proseguimos indefinidamente; y a esto lo llamamos educación.

La propia vida de Maria Montessori se debatió entre el mundo conservador y el progresista: su padre era un estricto militar, pero en la familia había una novedosa apertura hacia la educación de la mujer. Así, Montessori estudió ingeniería, biología, medicina, antropología y filosofía. Como Krafft-Ebing y Freud, también analizó y clasificó varias enfermedades mentales. Asimismo, fue activista: intervino en dos congresos internacionales sobre las mujeres, uno en Berlín (1896) y otro en Londres (1900). Su tema ya vislumbraba la relación que tenían en la sociedad las mujeres y los niños. Más tarde se enfocó sobre todo en los últimos, especializándose en el punzante terreno de las deficiencias mentales infantiles. Como si esto fuera poco, también desarrolló varios trabajos sobre abandono infantil y delincuencia adulta.

He aquí una burbuja del tiempo que flota hasta la superficie de nuestro presente y que, al reventar, nos otorga varios cuestionamientos que tienen que ver con la manera en que aún hoy vemos a los niños, a las mujeres, a las causas del crimen y la poca atención que les prestamos a estos temas.

Oscar Wilde en la corte por *indecente*

El encuentro narrado entre los escritores decadentes mexicanos y Wilde en París nunca ocurrió, pero sí varias de las circunstancias que lo rodean. Ciro B. Ceballos y Bernardo Couto sí existieron, y fueron parte del grupo que creó en México la *Revista Moderna*. Algunos de los escritores nacionales de esta corriente sí llegaron a conocer a Wilde en París durante su exilio. Y sí, Oscar Wilde huyó en cierto momento a Francia porque tenía problemas con la ley británica que lo buscaba por actos indecentes relacionados con su homosexualidad.

El infortunio para el escritor inglés comenzó en 1891 cuando conoció a lord Alfred Douglas, un joven de veintidós años —Wilde tenía treinta y siete— que admiraba su carrera literaria, que tenía un carácter explosivo y que su buena cuna lo había convertido en un muchacho más bien caprichoso. *Bosie*, como Wilde lo llamaba, realizó varios viajes con el escritor y compartían cuartos y camas. Para el literato resultó imposible no escribirle numerosas cartas en donde expresaba sus sentimientos más profundos, a pesar de estar casado. El primer problema fue un descuido público con carga íntima: Bosie le regaló uno de sus sacos a un compañero de la universidad que no tenía mucho dinero, sin darse cuenta de que en uno de los bolsillos se encontraban algunas de las cartas que Wilde le había escrito. El nuevo dueño de la prenda entendió a la perfección el idilio amoroso y le sacó ventaja: chantajeó a Wilde y durante algún tiempo obtuvo buenas sumas de dinero.

Pero el verdadero problema con Bosie era su padre, John Sholto Douglas, marqués de Queensberry. Un hombre dedicado al boxeo —considerado en ese momento deporte real— que tenía un temperamento colérico. En un principio, Wilde logró atemperar los vientos de ira del padre, pero aquella historia tenía un final inevitable: amenazas a la servidumbre que aún aceptara en restaurantes y hoteles a la pareja, encrespadas advertencias contra el propio Wilde y, por último, un juicio. Contrario a lo que se puede suponer, no fue el padre quien demandó a Wilde, sino todo lo contrario: el escritor recurrió a los tribunales alegando difamación. En algún momento previo, el abogado y amigo de Wilde, Travers Humphreys, le preguntó si era verdad que era "sodomita", cosa que Wilde negó rotundamente.

El juicio fue largo y hasta el día de hoy resulta bastante revelador. Muy a su estilo, Oscar Wilde intentó hacer del acto una broma que dejara en ridículo al abogado enemigo y en general a una sociedad conservadora. En vez de concentrarse en defender su postura —y luego su persona—, se dedicó solamente a defender al arte. No era el sitio más indicado. Jamás midió las consecuencias de sus actos, lo cual muestra que, en muchos casos, la enorme inteligencia no está reñida con una enorme soberbia. El abogado del padre de Bosie, que tal vez no sabía nada de literatura, pero sí mucho de leyes, aprovechó todas

las debilidades: utilizó las cartas que Wilde había escrito a su ena-
morado y, por una vez, la escritura se fue en contra del escritor. Pero
el golpe mortal fue que, en la sala contigua al jurado, el abogado tenía
a un nutrido grupo de jóvenes que estaban dispuestos a atestiguar que
Wilde, en algún momento de su vida, se les había insinuado sexualmente.

Eso fue suficiente: el escritor se decidió a retirar los cargos de difamación —consejo que mucho antes le habían dado amigos escritores
como Bernard Shaw—, pero fue demasiado tarde: para ese momento,
Oscar Wilde ya tenía una orden de arresto por delitos de graves indecencias. Así, después de dos juicios, pasó dos años en prisión.

En medio de estos infortunios, Wilde huyó también dos veces
a Francia: antes del primer juicio que él mismo inició, en un viaje
donde aún caminaba con pasos fuertes y soberbios acompañado de su
problemático Bosie; y después de haber pisado la cárcel, ya con pasos
menos rotundos. Murió en París exactamente en el año de 1900.

FREUD Y EL HOMOSEXUALISMO

La postura del padre del psicoanálisis respecto a ciertos temas que incluso hoy se consideran *peliagudos* —el consumo de cocaína, la histeria
femenina, el homosexualismo como enfermedad— cambió a lo largo
de su vida. Si bien pensaba, a grandes rasgos, que la homosexualidad
era una suerte de desviación, tampoco estuvo de acuerdo con otras
propuestas prácticas que intentaban prohibir el acceso de los homosexuales a ciertos grupos y trabajos, incluyendo el propio psicoanálisis.
Durante toda su vida, Freud propuso una disciplina que hacía con-
verger las ciencias *duras* con las humanidades y las bellas artes. El sitio
elegido logró una perspectiva novedosa y eficaz para tratar males y
entender enigmas que antes sólo eran patrimonio de los médicos, los
biólogos o los curas y los brujos. Pero ése era un sitio poco cómodo.
En su extenso libro *Freud en su tiempo y en el nuestro*, Élisabeth Rou-
dinesco nos dice que si bien "él mismo se consideraba un rebelde, los

sexólogos lo juzgaban un conservador y los mandarines de la ciencia médica lo veían como un *literato*".

En este sentido, a pesar de alejar a los homosexuales de la "normalidad", tampoco estuvo de acuerdo cuando en 1919, Ernest Jones, al intentar aplicar una política en el psicoanálisis con vistas a darle mayor repercusión en Estados Unidos, decidió que "los homosexuales no podrían ser ni miembros de una asociación ni ejercer como psicoanalistas, porque, *en la mayoría de los casos, son anormales*". Previamente, Freud ya se había declarado contrario a que se condenara con cárcel "el comercio sexual entre personas del mismo sexo", en Viena.

LAS SOCIEDADES CIENTÍFICAS Y ACADÉMICAS

A la par de los diferentes intentos que se hacían para llegar al ideal de civilización en el México de aquel cambio de siglo, estaban las sociedades científicas. Muchas no tenían todavía una metodología estructurada, otras tomaban retazos de clubes sociales y los bordaban con parches de dogmatismo para producir un cobertor cercano a la ciencia. Lentejuelas y microscopios, glamour y batas blancas. Es importante saber que, para ese momento, la ciencia admitía muchas disciplinas que el día de hoy serían expulsadas por considerarse poco serias: el propio espiritismo, la homeopatía —su aparición en los años sesenta del siglo XX es más bien un resurgimiento—, la teosofía, y también varias ramas del orbe artístico.

Esta amplitud de materias bajo un mismo concepto entorpecía los métodos que servían para salvar vidas, pero permitían tener miras más amplias para analizar dilemas humanos desde el terreno de las ciencias sociales. Conforme el siglo XX avanzó, para bien o para mal, se optó por la especialización y luego la hiperespecialización. Hace poco más de cien años, el origen de todo ese viaje estaba en estas sociedades que se reunían generalmente una vez al mes: la Sociedad de Estudios Pedagógicos, la Sociedad de Estudios Científicos, Filosóficos y Económicos —que era muy pequeña—; la Sociedad Científica "Antonio Alzate"

—que no permitía la entrada de escritores—; la Sociedad Mexicana de Historia Natural —que, a pesar del nombre, se dedicaba prácticamente al estudio de plantas—; la Sociedad para el Cultivo de las Ciencias —más filantrópica que generadora de conocimiento, ya que su misión era la divulgación de la ciencia entre las clases menos pudientes—, y aquella que probablemente era considerada la más importante —o *seria*, para los parámetros del momento—: la Academia de Ciencias Exactas, Físicas y Naturales, análoga a la de Madrid, la cual fue inaugurada el 24 de noviembre de 1894, y publicaba anuarios sin falta, además de estar repleta de "las más eminentes personalidades de la ciencia natural", como nos refieren de nueva cuenta Prantl y Groso.

El misterioso hombre del balcón

Sobre la persona asomada al balcón que Servando ve mientras espera a Carmela en la plaza de Santa Catarina, me avergüenza decirlo, pero a pesar de mis pesquisas, no pude encontrar mucho. El día de hoy, ese edificio aloja una oficina que, paradójicamente, se dedica al rescate del patrimonio histórico, pero a mediados del siglo xx fue un hospital para atender partos. Incluso se realizaban abortos y adopciones cuando ambas prácticas estaban prohibidas. Es por eso que en su tercer piso, al fondo de un pasillo, se puede encontrar una capilla dedicada al culto de la virgen de Guadalupe. Antes del hospital, el edificio era la casa del prócer que el buen Servando cuenta.

Cuando tuve la oportunidad de subir al mismo balcón donde estuvo aquel hombre, vi la plaza, las fuentes y las bancas, todas restauradas, pero con la misma disposición que cien años antes atestiguó Servando. En realidad, pocos detalles habían cambiado: en uno de los costados de la plaza, por ejemplo, el día de hoy se despliega una gruesa cadena incrustada en bases de cemento. Esos eslabones fueron reubicados con motivo de las Olimpiadas de 1968, pues antes estaban frente a la catedral cuando se inauguraron las primeras farolas eléctricas a finales del siglo xix. La novedad logró sacar por las noches a la gente de alcurnia

278

y ponerlas a caminar en círculo alrededor de la luz y el hierro, en un rito que se conoció como el "paseo de las cadenas".

Una vez en ese balcón, pude imaginar con toda claridad a nuestro detective sentado en una de las bancas, rumiando las pocas pistas que tenía del asesinato e ignorante todavía de la identidad del homicida. Me quedé pensando que, para ese momento, Servando aún estaba seguro de sus convicciones y no pensaba que su futuro podía ser vivido de un modo diferente: que ese futuro podía ser menos cruel en su indagación, menos rotundo en sus certezas políticas, y tal vez más tolerante en el entendimiento de los otros. Tal vez dudar de manera más amable en vez de corregir de forma más vulgar. Tal vez, pensé, sólo era necesario abrir más los ojos y hablar un poco menos. Y fue justo en ese momento, mientras estaba perdido en mis pensamientos en el balcón de aquella casa, que vi a un hombre de la plaza Santa Catarina observándome. Un hombre vestido con harapos, la barba muy larga, pero la mirada no de un loco, sino una mirada profunda, penetrante. Un hombre que parecía perdido entre el pasado y el presente. Me metí de inmediato y entonces ya no pude investigar más sobre esa misteriosa persona.

Índice

Lo que los monstruos nos hicieron de José Mariano Leyva
se terminó de imprimir en el mes de octubre de 2023
en los talleres de Diversidad Gráfica S.A. de C.V.
Privada de Av. 11 #1 Col. El Vergel, Iztapalapa,
C.P. 09880, Ciudad de México.